中国专业作家小说典藏文库

中国专业作家小说典藏文库
王鸿达卷

诱惑

王鸿达 ◎ 著

YOUHUO

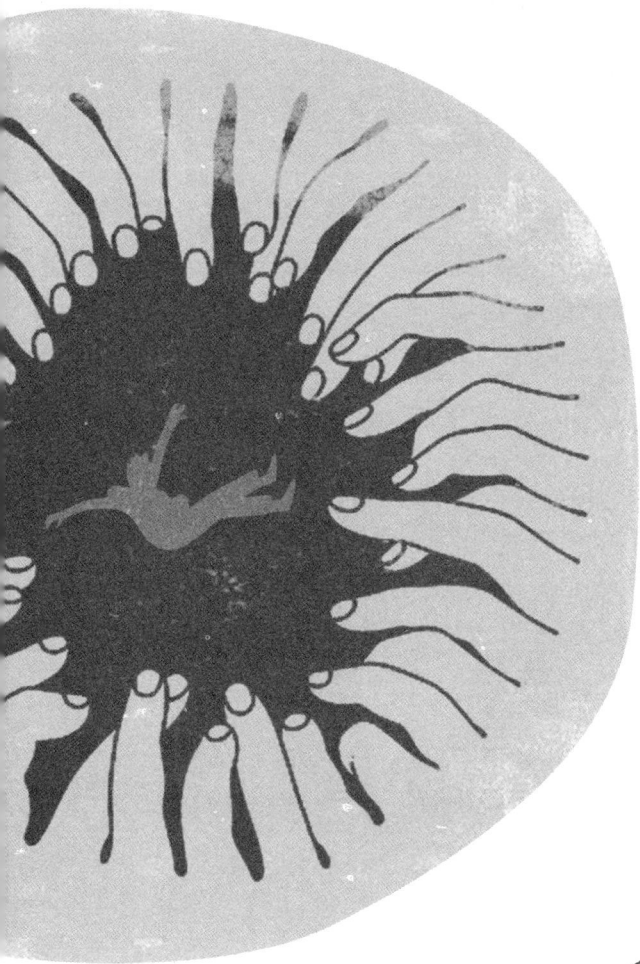

中国文史出版社

目录

父亲的入党申请

父亲临退休前在他的单位废品收购站里入了党。我不知道父亲为什么要入党，这在我心里一直是个谜。

七一那天，父亲像喝醉了酒似的回到家，这情形使父亲看上去年轻了许多。父亲是骑着自行车回来的，这架破旧的白山牌自行车是单位里作价处理卖给父亲的。那时有自行车的人家很少，父亲第一次骑着它回来，母亲站在院子里望见了，说了一句："你们父亲骑着飞机回来了。"这天傍晚的夕阳正一点一点从我家桦木桦子垛上落去，红色的彩霞泼洒在从远处走来的父亲身上。

父亲那天晚上回家来的确让母亲给他烫了酒。

"……你们知道我们老王家还有谁是共产党吗？"后来父亲瞪着发红的眼珠问我们。我们都以为他喝多了，没有在意。

"就是你们的四叔爷……"

这一下连母亲也跟着我们一样大吃一惊啦。看他的眼神像看一个神神秘秘的地下工作者。证实了酒精还没有让他丧失神志的时候，我们就彻底惊呆了，或者说绝望像一条潜伏在我家土豆窖里的蛇，悄悄爬上我们的脚背。

"为什么？为什么你不早说？"

母亲发疯地喊道，她简直有点儿歇斯底里了。

父亲在黑暗中躲闪了一下眼神，随后平平淡淡地说道："说有什么用呢？谁会相信呢？"

接下来母亲嘤嘤饮泣，不知道是悲伤还是在痛惜什么。总之，是父亲一下子打破了这个夜晚的平静。而他则很快跌入梦乡中去了，并且还发出了鼾声，他该心满意足了……

我一个人孤零零睡在东屋里的火炕上，在这之前我是和大哥睡在一起的。可是他去了青年点。他今年刚刚参加了"文革"后的第一次高考，但是他落榜了，不是因为分数，而是因为父亲档案里的家庭成分问题在政审时没有过关。他不得不到山上青年点去干活儿了。

父亲的老家是山东黄县高王胡家村。父亲十九岁从这个村子走出来，再很少提起过它。父亲后来只回去过两次，一次是他回去娶母亲，一次是他回去给祖父奔丧。我们倒是偶尔从母亲嘴里听她提到过这个村子。母亲的娘家并不在这个村子里，母亲的娘家所在的村子是距这个村子十里远的龙化村。当时祖父家里在这一年正发生一系列变故。四叔爷在二月里突然死去后，三叔爷也不见了踪影，下落不明。一股毒火攻心，太祖父、太祖母相继抱病去世。在外跑生意的祖父不得不回来，支撑起了门面。

从这以后，祖父就不断把自家的田地卖给同村的一个姓胡的地主家。卖走了地就等于卖走了粮食。祖父就用做生意积攒下的钱到县城里去买粮食吃。父亲回忆说，那时的通兑券毛极了，一口袋通兑券才能买回来一袋面粉。言外之意，家里人那时都对祖父的做法有了些抱怨。家里人都说祖父在外做生意做得游手好闲了，对田地里的事不愿意管了。

直到土改时，家里人才对祖父少了些抱怨。因为家里田地的减少，祖父家被定为富农，否则依祖父家的地产一定会被定为地主的。家里人似乎一夜之间明白了祖父的做法。只有父亲不以为然，因为他知道祖父那样做并不是有什么先见之明，而实在是因为祖父那会儿心情糟糕透了，高堂老父老母双双抱病而去，两个兄弟，也就是我的三叔爷、四叔爷也因为政见不同仿佛一夜之间反目成仇。也许那时只有祖父才会相信共产党和国民党一定会打个鱼死网破，因为他从三弟和四弟身上看到了这种影子。

父亲十九岁从老家跑到东北来时，高王胡家村刚刚开始进行土改。他事先没有告诉任何人，祖父似乎也默许了他这种做法，在他离开家的几年里并没派人去找他，打听他的下落。

父亲从山东老家来到黑龙江找工作。黑龙江的小兴安岭刚刚开发。林区工人也大多是从关内闯关东来的，人生地不熟，正合父亲的心意。以他高小的文化程度很快找到了一份会计工作。父亲从老家娶来母亲后，母亲也被安排在他工作的那个名叫苕青的商店里，当了一名店员。小卖店里主要经营烧酒和面包，供应林业工人。母亲至今还记得那些常来店里买酒喝的工人，一下了班就会成群地到店里来，他们身上散发着浓烈的汗味和松木油味，两眼喝得红红的望着母亲嬉笑：

"喂，闺女，是谁这么有福气，娶了你做老婆……"

父亲站在柜台里飞快地打着算盘……那个时候应该是父亲人生最得意的时刻。

人在得意的时候似乎会忘记命运中潜伏的危机，父亲也正是这样的。他在这时候向党组织提出了入党要求。我完全能够想象得到，风华正茂的父亲是怀着怎样一种激动的心情把一份入党申请书交到商店主任手里的。这位主任是商店里的党支部书记。父亲当然没有想到入党还要搞政审外调。主任去了父亲老家，走时是父亲把他送上出山去的小火车。他还非常热情地拍了拍父亲的肩膀，问父亲有什么东西捎回老家去。父亲摇了摇头，他木讷的表情一定复杂极了。我想当时父亲的心情，一定比少剑波听说了小炉匠从小火车上跳车逃跑还有苦难言。结果是不言而喻的，那位主任从父亲的老家回来后，像不认识父亲一样打量着父亲……他再也没找父亲谈过一次话，父亲那份入党申请书也被他当着几位支委的面撕掉了。外调人员不但查清了父亲在老家的家庭出身，还查到了逃到台湾去的父亲的三叔早就是一个国民党党员。他们用盯特务一样的眼神盯着父亲，每天下班都有人核对父亲做的账目明细表。没过多久，父亲就被调离了这家商店，发配到另一个老区废品收购站里工作，母亲也因此失去了她那份让人羡慕的工作。这也是后来他们经常吵架的一个原因。

我懂事以后一直像探询一个谜一样探询父亲老家的一切。可是除了听到父亲几声无奈的叹息外，我什么也探询不到。母亲除了会抹眼泪外，对父亲老家的事也所知甚少。高王胡家村一直像一道神秘面纱，直到我九岁那年才逐渐在我的记忆里变得清晰起来。这一年，我跟二姨回了一趟山东老家。

我九岁那年是一九六九年，这一年无论是我家还是国家，都有几件事值得记住。这一年的秋天，父亲又固执地在废品站里向党组织递交了入党申请书。

一九六九年的这年夏天真好，一切都因了二姨要带我回老家去。回老家要坐一天一宿的火车，还要坐一宿的船，才能到达龙口。我是第一次坐火车和轮船，由于是二姨主动提出要带我回老家看看，这样可以为家里省下一笔路费。父亲也很乐意让我回去。二姨被母亲从山东带出来后，先后嫁给一个木匠和一个铁匠，可是她一直没有孩子。她当然希望路上有一个孩子做伴，这会满足一个少妇的虚荣心（事实上二姨的这一计谋得逞了，在路上不断有人把我误作二姨的孩子）。只是母亲有些放心不下我，她怕我会想家。她背着我们偷偷抹过眼泪，我兴高采烈的样子一定叫她伤透了心。

父亲背着母亲和二姨偷偷塞给我二十二元八角钱，叫我回到高王胡家村时交给四叔奶。我对父亲的举动一时摸不清头脑，不过这笔钱的来历我是清楚的。有两回在父亲上班的路上，我发现他在偷偷顺路捡破烂。这是令我和大哥十分难堪的事，在同学和老师面前，我们都很少提到父亲的工作。父亲在收购站里管磅秤，偶尔捡破烂完全是他的业余"喜好"。父亲的眼神告诉我，这件事不能和母亲说。

八月的胶东大地上到处飘荡着桂花香味、橘子花香味和红高粱的味道。不过我却又想起小兴安岭家中的向日葵来，这个季节母亲该把菜园子里的向日葵割下来晾晒在房檐下了。外祖母的屋檐下挂满了大蒜和红辣椒。二姨带我回外祖母家住的第七天，才带我去高王胡家村。老舅用小推车驮着我和二姨，刺眼的太阳在头上滚动，我们穿行在一眼望不到边的庄稼地里，青纱帐在眼际里起伏。人高马大的老舅一会儿工夫就把我们送到了高王胡家村里。

推开黑漆漆的大门，祖母正坐在自家的宅院里挑芸豆，她对来人愣了一下。二姨往前推了我一下："叫奶奶。"

我对这个大脸盘小脚的奶奶一时叫不出口，三千里的路程太遥远了。我怯生生地打量着她，打量着这个阴气森森还不失威严的王家老宅。

正中是三间高大的灰瓦屋，屋顶上的灰圆瓦已有些发黑，院子里是东西相对的两间红木窗棂的厢房。听父亲后来讲，三叔爷、四叔爷成家时就住在这东西各一间的厢房里。四叔爷出事后，祖父曾找算命先生算过一卦，算命先生说这东西两间的厢房是犯克的。

"三子，三子的……"老太太瘪瘪的嘴里颤巍巍发出声音来。三子是父亲的乳名。她眼睛发亮起来。

祖母颤巍巍迈着小脚走到房后院去，工夫不大，她摘回一衣襟桃子来。桃子又红又大。祖母重新坐下来，一边同二姨说着话，一边给我扒着桃皮。阳光在她手里红绿相间的桃子上明明灭灭闪动。

祖母家的房后是一片很大的苹果园，果园都归公家生产队了，只有两棵桃子树留给了祖母家。祖母说这话时带着一种很仇恨的表情。

二姨吃过午饭就回去了，把我一个人留在了奶奶家。奶奶和老叔家住在一起，老叔见到我不冷不热，这当然缘于父亲很少写信捎钱回家来。老婶是个能干的媳妇，她每天上生产队干活儿前，都要把偌大的宅院所有的窗台擦一遍。宅院里的窗台我数过，大大小小有十几个。想当年住在这里的一大家子人是何等的热闹啊。而如今东西两个厢房里堆着一些废弃不用的农具，两个屋子里结满了蜘蛛网。

四叔奶住在村子西头。我问过奶奶，她为什么不住在原来的老宅里，而非要搬出去住呢。奶奶生气地说了一句："犟种……"就不说话了。

我是一个人去看望四叔奶的，我的东北话一定是吓着她了，她站在自家矮屋里久久地打量着我。不到五十岁的四叔奶似乎还能看到当年漂亮的风韵，高挑的个儿，枣核脸，大眼睛。只是有两道很深的皱纹已爬上了她光洁的额头。

"你是三子的儿子?"

我点点头。

我把父亲要我交给她的二十二块八角钱掏出来递给她。她退缩了手。

"这是我爸特意要我捎给你的。"

她的目光像在寻找什么,久久停留在我的脸上。

她的儿子,即我的堂叔从生产队收工回来了,这个老实木讷的青年农民见了我先脸红起来。听了四叔奶的介绍,他才变得像孩子般亲热起来,带我到房后院里的草丛里去捉蝈蝈。可是不久,又听到四叔奶在屋里叫他到村外的小河里去摸鱼。他一蹦三跳地去了。因为四叔奶要留我在她家吃饭。我要跟他去,他突然虎起了脸,说那条河里淹死过人,叫我留在草丛里等他。我失望地看着他走去了,那个下午有一只绿肚皮蝈蝈留在我手上的蝈笼里拼命地嘶叫,发出孤独的长鸣……

父亲还叮嘱我要到四叔爷的坟上去烧点儿纸。我去了王家祖上的坟地,这才知道四叔爷的坟并不在这里。老叔阴沉沉地告诉我说,四叔爷是横死的,不能葬在祖上的坟地里。

自然是四叔奶领我去的四叔爷坟头。四叔爷的坟在村西头四叔奶家一块自留地里。平整的坟头杂草已被剪过了,那天四叔奶着意打扮了一下自己,穿了一件红斜襟布袄。我跟着四叔奶对着那块写有"王秉义之墓"的木牌跪了下来。四叔奶嘴里替我念叨着:"秉义,你的三子侄孙从东北来看你了。"

我给他烧了纸。九岁的我那时还不知道埋在坟里的这个人日后会给我家带来一种什么样的运气,还不知道我是在替一个人内疚,其实那个人就是我的父亲。

那个垂着头的男孩儿倒是想到了跪在地上那个穿红斜襟袄的女人，她打算守着埋在这堆黄土底下的人过一辈子吗？他已听到村子里的人包括祖母的一些议论。阳光寂寞地落在她的脸上，她的脸还是那样平静。和我来到高王胡家村第一眼见到她时一样的平静。

离开高王胡家村时，我又去了四叔奶家。是那位堂叔把我找去的。四叔奶给我装了半面口袋国光青苹果，要我带回东北去。这种青苹果是生产队果园里的，还没有长成，咬一口青涩发苦。即使这样的果子，分到社员手里也是要扣工分的。这是用堂叔半年的工分换来的。

"你们东北那里没有苹果树吧？你们东北那里吃不到苹果吧……"四叔奶一遍一遍问我。

"没有，我们那里没有苹果。"

"把这个带回去，带给我的三侄……"

四叔奶和堂叔把我送出来，他们一直把我送出村口很远。

后来，父亲就嚼着我从山东带回来的青苹果，一遍一遍问我：

"她还没有成家吗？她还一个人过吗？"

我说："不，她和我堂叔在一起过。"

父亲听了还是说："这么些年了，她还是一个人过，唉。"

父亲的表情沉重下来，仿佛四叔奶一个人过日子是他的罪过。这让我百思不得其解。

那种青青的、涩涩的苹果的味道一直留在我九岁的记忆里，直到一九七六年以后的某一天，突然从父亲的口中说出四叔奶是烈士的家属来，我的胃里又像反酸水一样一下子冒出青涩的苹果味道来。

如果祖父料到王家后来发生的事，就不会听从太祖父的吩咐，把父亲的四叔王秉义从济南城里叫回来了。一九四六年的春节对祖父一家子来说无疑是祥和的、团圆的。这种祥和不仅限于太祖父一家，对于大多数黄县人来说也是这样的，那时候许多跑到外地、外县去做买卖的黄县人都回来了。因为日本人走了。祖父每次进县城去做生意再也不用对着插在城门上的膏药旗三鞠躬了。祖父头顶上有一块伤疤，那是有一次走过城门忘了鞠躬被日本兵用枪托砸的。

那一年的冬天，祖父正在为自己家地窖里贮存的苹果而发愁，因为这一年苹果获得了大丰收。祖父差不多三天两头就要往县城倒腾一趟苹果。父亲说太祖父家里的苹果差不多当饭吃。苹果当饭吃会是一种什么样的日子呢？我不知怎的又想起了四叔奶那青涩的苹果来。与父亲提到的红玉、红香蕉、黄元帅比起来，那简直不叫苹果。父亲说家里的苹果除了叫祖父往黄县县城倒腾，也往龙口倒腾。

祖父把王秉义要回来的消息告诉了四叔奶的家里。四叔奶知道了又吃惊又高兴。祖父说家里已为他们选了好日子。四叔奶脸就羞成了红布。当时四叔奶家人还为王家这么武断定下婚期而显得有些不高兴，当着祖父的面要更改一下日子，把婚事拖到年后去办。倒是四叔奶阻止了家里人，同意了太祖父定下的日子。因此那天祖父从四叔奶家走出来，还在心里想着他这个兄弟真好福气，娶了这么个又俊俏又通情达理的媳妇。

由于年关祖父苹果生意做得顺利，在四叔爷成亲的那天，家里还请了戏班子来村，唱了一天的大戏。这让三叔奶很生嫉妒，她说她嫁到王家来还从来没这么排场过。三叔爷王秉礼平日在县上做事，只有在腊月里才带着家里人一起回到乡下来住些日子。

父亲说，从他记事起，就很少看到三叔爷和四叔爷在一起说话，两人一说起话来就像吵架似的大声争执着什么。他模模糊糊听到他们在吵吵着"国家""民族""主义"这样的字眼，这是他听不懂的。有时把太祖父吵烦了，就走到屋子里去点着拐棍说："你们要吵就到外面吵去！"两人这才住了嘴。

正月里的喜事冲淡了两兄弟之间的不愉快，王家添人进口，是人人都感到高兴的事。老太爷更是万分欣慰，于是就请来了黄县城里一家照相馆里的照相师给照了张全家福。照片上的四叔爷和三叔爷并肩挨站在一起。他们的脸上都带着一种对未来充满美好憧憬的微笑。

在父亲的记忆里，三叔爷和四叔爷从来没单独在一桌上吃过饭。就在三叔爷全家临离开高王胡家村的那天晚上，三叔爷叫父亲去把四叔爷叫到东厢房里来吃饭，连父亲也觉得奇怪。不过父亲还是照着三叔爷的话去做了，把四叔爷叫到东厢房里来。从不喝酒的三叔爷那天晚上拿出来一坛好酒，兄弟俩一坐到炕桌前就闷头喝起来。父亲后来想到三叔爷之所以打发父亲去叫四叔爷，是因为四叔爷和三叔爷都很喜欢他，再则那天晚上的谈话也是不想让家里别的大人听到，包括四叔奶。四叔奶前天回娘家去了。酒菜是三叔奶备下的，炒好了菜后，三叔爷就打发她抱着孩子到别的房间去坐了。父亲被三叔奶炒的蟹黄馋得流了口水，三叔爷就叫他留了下来一块儿吃。四叔爷和三叔爷都往他碟子里夹菜，他只顾埋头吃，并没理会两个大人的神情。他们沉默好半天不说话，只是默默地喝酒。

"四弟……"

"嗯?"

"你后天要去龙口吗?"

"是的，是去龙口接他四婶回来。"四叔爷淡淡地答了一句。

"后天你不要去了。"

"为什么？"四叔爷停下筷子，抬头望了三叔爷一眼。

三叔爷久久没有说话，他仍在低头抿酒，此时他的脸已喝成了红布。

"他们已查到了你是共产党员，你这次回来不光是为了结婚吧？"

父亲看到四叔爷的筷子头抖了一下。

这是父亲第一次从三叔爷嘴里听到"共产党员"四个字，他和四叔爷都有点儿惊讶地望着三叔爷。

三叔爷并不去理会他们，他默默地嚼着菜。

"是又怎么样呢？抗战胜利了，中国不久就要统一了，蒋先生不是还邀请毛泽东去重庆谈判了吗？"四叔爷激动起来，脖子上的青筋像蚯蚓似的涨得通红，这是父亲每回看到他和三叔爷争吵时的样子。

"你太天真了。"三叔爷淡淡说一句。四叔爷愣了一下，像不明白什么似的看着三叔爷。

"国军要来了……"

四叔爷摔下筷子生气地走了出去。肚子吃得胀得慌的父亲抬头看了看走出去的四叔爷，又看了看脸也发红的三叔爷，不明白发生了怎么一回事。

父亲至今还有些后悔那天听从了三叔爷的话把四叔爷叫到东厢房来，让他吃了一肚子气回去。更主要的是四叔爷出了事后，让他想到了那天晚上四叔爷和三叔爷的争吵，朦朦胧胧想到四叔爷去龙口的时间和路线只有三叔爷知道，一切似乎都与自己把四叔爷叫到东厢房来有关。这么想来，父亲就在日后把自己纠缠到四叔爷的死因当中去了……

　　四叔爷是农历二月初十这天去龙口接四叔奶的。天气已渐渐地暖和了。走的时候，祖父叫四叔爷把自己的自行车骑上，四叔爷就骑上了。这架德国造的自行车还是祖父在青岛做买卖时，从一个德国啤酒商人手里花五十块大洋买下的。四叔爷暑假从济南城回来跟祖父学过两次，骑得还很不熟练，再加上庄稼地头的土路坑坑洼洼，一路上四叔爷还摔了两跤，就不敢蹬快了。

　　傍中午时，他来到中村。四叔爷到中村来并没有跟家里人说起过，所以日后家里人谁也不知四叔爷去中村干什么。中村是个镇，他到中村来是找一个叫郑玉和的铁匠。郑玉和也是一个秘密党员。四叔爷在郑记铁匠铺子前下了车，推车走到铺门前，对一个挥汗如雨砸铁的矮矮墩墩的汉子说："有前马蹄掌吗?"

　　"要多大的?"汉子并没有停下手里的锤子，只是扫了四叔爷一眼问道。

　　"三寸口的。"

　　"你跟我来……"郑铁匠又扫了一眼，这一眼是往周围扫的。之后他把四叔爷领到后屋去。

　　四叔爷和郑铁匠从后屋里走出来，郑铁匠看了一眼四叔爷的自行车说道："你的车镫子大拐歪了。"

　　四叔爷一瞧，果然是刚才在路上摔歪的，怪不得刚才蹬起来费劲。郑铁匠把车子放倒，用铁钎子别了别，校正了过来。

　　四叔爷就蹬车离开了中村，重新拐上了去龙口的路。晌午的阳光暖洋洋的，尽管沿途看到的槐树、柳树还没有发芽，庄稼地里还光秃秃的，可已经能感受到春天的影子了。一些小鸟叽叽喳喳在田地里叫着，偶尔能看到远处农民送粪的身影。麦田里已能看到一片浅绿。这一切都叫四叔爷心情放松下来……他那会儿想得更多的是四叔奶，新婚暂别使他恨不得马上就蹬到龙口去。当然，他这次去龙口除了接四叔奶外，还要到龙口纱厂去见一个叫陈中的人，这个人也是他们的"同志"，他们并没有见过面，他只是照着组织的话去做。想到刚才见郑铁匠时他交代给自己的话，不由得想起两天前与他的哥哥王秉礼那次谈话来，难道国民党真的要来接收这里的"解放区"了吗？

这是四叔爷无法理解的事情，他的心情在这个明朗的春天午后变得有些黯淡了下来，车子也骑得慢了下来。他骑过一个叫沙庄的村子，这个村子的村外有一个半亩方圆的大沙坑。

总之，他骑到这个附近农民取沙土用的沙坑边上时，沙坑里像突然长出几颗人头似的冒出几个凶神恶煞的人来，挡住了他的去路。

"下来!"

四叔爷一惊，从车上跳下来。他以为遇到了"胡子"。为首的络腮胡子还仔细瞅了瞅他的德国造自行车，嘴里嘟哝了一句什么他没听清。

"你们要车子就拿去吧。"四叔爷稍稍喘了口气，惊魂未定地说。

"我们不但要你的车子，还要你的人头。"

"为什么?"

"因为你是共产党。"

四叔爷这才知道他遇到的不是"胡子"。他遇到了还乡团。他心想完啦，耷拉下了脑袋。

"说吧，你知道还谁是共产党?"

"我不知道别人了，我只知道我是。"

四叔爷那一刻当然想到了刚刚见过面的郑铁匠和还没有见过

面的叫"陈中"的人。如果四叔爷说出一个来，那个还乡团团长或许会饶过四叔爷一命，一命抵一命是那个时候还乡团做事的规矩。

四叔爷的眼前又出现了郑铁匠挥汗如雨打铁的身影，他的家里一定有老婆孩子等着他养活。而自己虽然结婚了，毕竟还没孩子（那时四叔爷当然想不到四叔奶已经怀上孕了）。

据沙庄人讲，四叔爷的血溅满了那个沙坑。消息传到高王胡家村来，太祖父叫祖父领人去收尸了。祖父把四叔爷的人头抱回来，太祖父看了一眼就昏了过去。太祖母没敢看一眼就瘫在炕上起不来了。

四叔爷死后不到半个月，国民党大批军队就占领了黄县县城和龙口。三叔爷再也没有回到高王胡家村来，太祖父过世，他也没有露面。国民党从黄县县城里撤走后，祖父才从别人那里打听到，三叔爷也跟着国民党县党部撤走了。直到新中国成立前夕，才知三叔爷已去了台湾。

三叔奶没有跟着三叔爷去台湾，她留在黄县县城娘家里，新中国成立初期她已带着孩子改嫁了。她已不再是我们王家的人了，因此新中国成立后她就和祖父家没有了走动。

太祖父和祖父都认定四叔爷的死和三叔爷有关，因为只有三叔爷知道四叔爷那天到龙口是干什么去。四叔爷是想与龙口码头和纱厂的地下党组织取得联系，在国民党接收龙口时，组织码头和纱厂的工人们罢工暴动。一定是三叔爷向他们的人透露了风声，四叔爷才在去龙口的路上遭到还乡团的暗害的。三叔爷丢下全家人逃到台湾，一定是没有脸面再回到高王胡家村来见王家的人了。

三叔爷没有想到他这一去台湾更给王家留下了祸根。二叔爷新中国成立后在黄县城里一家工厂上班，"三反""五反"时，被打成了"特务"，后被下放回村接受劳动改造，不久便抑郁而死。四十年以后，当海峡两岸可以探亲时，三叔爷满头白发，步履蹒跚地回到了高王胡家村子里，在四叔爷的坟头前痛心疾首地说："国共两党之争为什么要加害到我们这么多亲人头上呢？"晚年的三叔爷已脱离了政界，他对政治已感到厌倦，已是个纯粹的商人了。

　　这些年来我一直在猜测，父亲当初一个人跑到东北来，除了要逃避自己成分不好的家庭外，会不会有别的什么难言之隐呢？在父亲入党并讲述了这一切后我明白了，我暗暗为父亲感到吃惊……这个常人难以理解的秘密，父亲从十一岁起就一直尘封在心里了。四十五岁的父亲脸上已刻满了皱纹，背也有些驼了。

　　父亲说他一看见祖父把四叔爷的人头抱回村，他就一下子把尿尿进了裤筒里，瘫在那里不能动弹了。此后一连几天父亲夜里都小便失禁。这个毛病一直到他成家后还没有改掉。父亲说他那几天夜里天天做噩梦，梦见四叔爷的人头滚到他的被窝里来，跟他说他不该把四叔爷叫到三叔爷的东厢房里去。四叔爷说他到龙口去的路程还没有走完，叫他替他走完。父亲就大叫着吓醒了。别人问他梦见了什么，父亲捂着脑袋什么也不肯说。十一岁的父亲害怕黑夜的来临……我完全能想象父亲孤零零睡在正房东屋里的情景，他脸上一定瑟瑟发抖堆满了恐惧。

　　白天父亲也不敢出门，他怕自己会情不自禁走到四叔爷的坟上去……祖母叫父亲到四叔爷的坟上去烧烧纸，父亲这才敢跟着大人去烧纸。后来父亲两次从东北回到高王胡家村，都是事先买好了厚厚的黄道纸到四叔爷的坟上去烧，有一回父亲在那里烧的时间过长，竟坐在那里睡着了。

父亲在一九六六年的秋天向废品收购站党支部写了一份入党申请书之后，一九七一年的秋天，他又重新向党组织递交了一份入党申请书。在我们这个边境小镇，那时要做好反修防修的准备，警惕苏联大鼻子的坦克。家家都在加固防空洞。

我去废品收购站里找父亲，看见父亲一个人汗流满面地站在一堆废铁堆里干活儿，他在给废钢角废铁棍归类，他把好钢拣出来放在一边。"这些好钢很快就会用得着的。"他对我说。父亲埋在铁堆里的身影很伟大，斑斑驳驳的夕阳影子给父亲罩上了一层很虚幻的光环。父亲是最后一个离开废品收购站、离开那堆可爱的废钢烂铁的，他衣服上沾满了砖红色的铁锈。回到家，母亲要用火碱水洗好几遍才能洗干净。

父亲的"实际行动"终于赢得了废品收购站党支部的注意，父亲那段日子有两回下班和单位里一个叫刘英的女同事走在一起。刘英是党员，家住在离我家不远的文革街上。刘英第一次和父亲走在一起时，是个阳光灿烂的中午，两人走到我家门口了，还站在那里说着话。母亲就爬到柴火垛上去偷听，母亲动作像一只灵敏的猫，这真叫人难以置信。

"你们有什么好唠的，到家了还唠不完？"母亲从桦子垛上下来后，对进屋的父亲怏怏不快地说。

父亲听到了就脸红了起来……母亲就开始叫我到单位去找父亲，她不是担心家里的火碱会很快用光，她是担心这个像江水英一样漂亮的女人。

单位里对父亲的考验又变得缓慢起来，这是因为运动又不动声色接二连三地开始了。

父亲在废品收购站里第三次写入党申请书，是在一九七六年的秋天。父亲是站在我家柜台前含着泪写成的，那一刻绝望中的父亲似乎又燃起了新的希望。

第二年开春的一个傍晚，父亲又和刘英一起走到了我家门口。刘英犹豫了一下，还是向父亲说了：

"组织上已把你列为纳新对象，正准备去你老家外调。你老家有事吗？"

父亲听了嘴唇抖动了一下，在向刘英摇头的同时，父亲突然说出了四叔爷的名字和他地下党的身份。

"你、你怎么不早说？"刘英像后来母亲责怪父亲一样责怪道。父亲怔怔愣愣地看着她，之后难言地低下了头。

父亲说，他入党多半是为了他四叔啊。

这回轮到这个叫刘英的女人听不懂了。不过她从父亲老家回来后，就做了父亲的入党介绍人。她在父亲的老家终于查清了四叔爷新中国成立前的党员身份。说来有些好笑，四叔爷的中共党员身份竟是老家当地政府通过三叔爷一封海外来信得到证实的，当然这是后话。而那个可以为四叔爷证明身份的中村郑铁匠，因为那天四叔爷从家出走时没人知道他到过中村，而新中国成立后家里人并没有想到去找他。四叔爷是在学校里秘密入党的，入党介绍人在新中国成立前夕就牺牲了。

父亲终于如愿以偿在废品收购站里入了党。我高中毕业那年，在大学录取政审表父亲政治面貌一栏骄傲地填写上了：父亲，中共党员。

我考上了北京一所全国重点大学。父亲主张我选择历史系，我没有同意。我说历史都是人为捏造出来的一些东西，我读了中文系。父亲有些黯然神伤。我不知道被历史问题捉弄了大半辈子的父亲为什么还对历史这么有兴趣。大学毕业后，我留在了北京，并且成了家。那个时候父亲已从废品收购站里退了休。我写信叫父亲到北京来住些日子，父亲没有来，却写信来叫我有时间回山东老家去看看。我明白父亲的意思，我是王家第一个考上大学留在京城里工作的人，是可以光宗耀祖的人。父亲当然是想让我在祖上坟前敬一炷香。我嘴上应承着，却推说工作忙，并没有付诸行动。

父亲后来又来过两封信，我看执拗不过父亲，就在这年秋天向单位请了假，回了一趟山东老家。

祖母已经过世，只有五叔一家还住在王家老宅子里。房后的苹果园已重新归了王家，实际上是承包给了五叔。五叔五婶见到我再也不像我九岁那年回去时的不冷不热，而是极热情地倒茶水拿苹果给我。他们显然把我当成了京城里来的做官的人，极力向我打听北京城里的情况，目光里透着羡慕和说不出的嫉妒，好像他们的哥哥不该有这么个有出息的儿子。九岁我来他家时还在东屋里尿了炕，不知是不是父亲的遗传。

又红又大的国光苹果递到我手里，让我想起祖母当年坐在院子里给我扒桃子皮的情景来。我问："那两棵桃树还在吗？"

"在，还在……不过它现在是别人家的了。"五婶愤愤不平地说道。她起身进屋给我做饭去了。

吃饭时才听五叔讲，五婶说的别人家是指四叔奶家。当初队里把这片房后的果园重新分给王家时，四叔奶说她也有份，至少那两棵桃树还是当年四叔爷娶她过来时栽下的。这么着果园里的桃树就划归到了四叔奶的名下。而二叔奶、三叔奶都改嫁了，就不能算是王家的人了。

吃过晚饭，坐在院子里纳凉，又听五婶提到了四叔奶，她眼里又布上了我熟悉的嫉妒神色。

"这个老太太也真是，放着送到手的钞票不要，却来跟我们争这两棵桃树。真是穷人命。"

我问这是怎么一回事情。

五叔五婶抢着告诉我，三叔爷夏天从台湾回村子省亲，带了一提箱子钞票……

"你们说的是跑到台湾去的三叔爷？"

"对，对，就是你的三叔爷，他还问到了你的父亲……我们告诉他你爸爸去了东北。他说到台湾这么些年最让他念想的是两个人，一个是你四叔爷，一个是你爸。"

我惊讶了，张了半天嘴说道："不是他害死了四叔爷的吗？"

"话也不能这么说。"五叔和五婶互相看了一眼，就听五婶说道："……那天他只是和县党部的人说了你四叔爷要去龙口，共产党可能会在龙口起事。他还以为还乡团即使抓到你四叔爷也会把人带到县里交到县党部呢。谁知道他们会在半道上砍了你四叔爷的头呢？你四叔爷一被砍头，他就不敢回村里见家里人来了。唉……你三叔爷到了台湾后就脱离了国民党，经商去了。你没看到你三叔爷进村那天跪在你四叔爷坟前哭得那个凶啊，都哭昏过去好几次，被好几个人拉才拉开。他又到你太祖父、太祖母坟前去哭诉……他把带回来的钱都拿去给你四叔奶和她的儿子，可你四叔奶傻得愣是没要……"五婶像竹筒倒豆子，一口气说完，叹息了好几声。

很晚走进五婶烧热的东屋炕上睡下，我久久没能入睡。早晨起来时，两眼挂着两团眼屎。

"三叔奶呢？他回来后没有去看三叔奶吗？"吃早饭时我向五婶问道，因为昨天夜里没有听到她提起过三叔奶。

"他在台湾时，就已经打听到了你三叔奶已经改嫁了。他这次回来主要是看望你四叔奶的，知道她还一个人过，他是想接济她一大笔钱。你四叔奶没要，他就给了跟你三叔奶改嫁过去的儿子一万块钱。剩下的十多万块钱他都捐给了乡里，创建了一所中学。学校的名字就用了你四叔爷的名字，叫秉义中学。"

　　吃过饭，我去看望四叔奶。她还一个人住在村西头的老房子里，我那位堂叔已经成家，搬出去住了。听五叔说他结婚时，要四叔奶一起搬过去住，四叔奶没有同意，说不愿意离他（四叔爷的坟）太远了。

　　四叔奶明显地老了，头发已完全白了。我算了一下，她今年该有六十七岁了。她看了我半天，方才记起我来，踮起脚去拿桃子给我吃。她像祖母一样给我扒去了桃子皮。

　　随后我们又去了四叔爷的坟上，坟头的草依旧被收拾得干干净净。我蹲下来烧纸，四叔奶在木牌前摆上一盘桃子，每个桃子都事先被她扒去了皮，她嘴里念叨着："你的三子侄孙又来看你了，人家现在是大学毕业在北京做事情。北京可是中央领导人待的地方呀……你可以安息了。你三子侄给你争了光，他现在也是共产党员了。他还写信要来看你呢。"

　　从四叔奶嘴里我知道父亲给她写过信，几次提到过要回来看看。不知为什么一直没有成行。四叔奶向我念叨着。后来我才从母亲来信中知道，父亲退休后一直在家里捡破烂，他想积攒一笔钱给四叔奶捎回来。

　　中午四叔奶留我在她家里吃饭，堂叔和他的媳妇也过来了。堂叔像不认识我一样畏畏缩缩退站在一边，他刚从地里回来，骨节很大的手指间还沾着泥土，不到四十岁的人头发间已夹杂着许多白发，脸孔晒得黑黑的，皱纹里夹着浮土。我向他提到九岁来他家时他带我在后园子里捉蝈蝈的事来，他龇着黄牙根嘿笑着说不记得了。他的女人在背后捶了他一下，他不知所措地又搓起手来。我不由得想起了鲁迅笔下的闰土。假如四叔爷不死，假如四叔爷新中国成立后能按烈士报到县里，我的这位堂叔是不是可以做个城里人？是不是可以按烈士子女待遇分配到一份优厚的工作？

我是带着这个满腹的疑问从高王胡家村回到北京城的。离开高王胡家村时，我给四叔奶留下了四百元钱。

第二年夏天父亲来北京了，父亲是从山东老家回来路过北京到我家来住些日子的。我到火车站去接的他，父亲一走出闸门来就像眼睛不够使似的到处乱看。我已经站到他面前了，他还没有看见我，父亲的背已驼得很厉害了，瘦削的脸又黑了许多。

"这就是北京老火车站吗？"

我点点头，其实父亲从来没有来过北京，父亲只是从五十年代的报纸上见过北京站的图片。现在北京站外楼正在进行维修改造。

我叫出租车司机从东长安街上走过，车到了天安门前，我叫师傅慢点儿开。父亲的头从车窗里探出去，微风吹动着父亲凌乱的花白头发，他的眼睛又不够使了。

回到家里，吃过晚饭，我同父亲聊天，我们的话题自然提到了山东老家。

我问四叔奶还好吗。

父亲说她还好。

我突然问起四叔奶年轻时为什么不改嫁。

父亲听了吓了一跳，仿佛我问了一个不该问的问题。

我说："其实四叔爷的死新中国成立后可以找找当地政府按

烈士对待，这样四叔奶的日子和堂叔的日子会好过一些。"

父亲听了摇了摇头说："新中国成立初期那会儿，你祖父曾经去找过当地政府，想要证明你四叔爷的党员身份，可是因为没有人可以证明，就没有找成。后来不知怎么通过你三叔爷的一封来信，证实了你四叔爷新中国成立前确实是一名中共党员，可是这个时候四叔奶又不同意往上找了……"

"为什么？"我打断了父亲。

"因为你四叔奶宁愿相信你四叔爷是为去龙口接她而死的，你四叔爷那天是为了接她在路上碰上了截路的胡子。"父亲眼里闪动着什么说。

"后来呢？"

"后来那个唯一可以证明你四叔爷那天带信去龙口执行任务的中村郑铁匠也已过世了，这件事也就不了了之了，家里就没有再去找。"

我想这就是四叔奶一直没有改嫁的原因，在她心里一定还想着四叔爷那天不该一个人去龙口接她。

听父亲这么讲，我也放弃了原打算再回黄县替四叔奶找找当地政府的念头，现在即使为四叔爷找回什么名誉来，对这个女人来讲又有什么意义呢？

"你四叔奶和你叔爷生前感情很好，她只知道那次你四叔爷是为去接她而死的，她肚子里已有了你四叔爷的骨肉，她就打算为你四叔爷守一辈子寡了。唉，真难得她这一辈子所尽的妇道了，你四叔爷是为自己的信仰而死去的，她也要为自己的这么个想法而活着。"

父亲说他临来时，四叔奶特意叫堂叔去桃树上摘了鲜桃子带给我吃。父亲从一个竹篓筐里掏出桃子来，我没有扒皮就吃起来。我知道我吃的是四叔奶亲手摘下的桃子。

父亲在我家待了不到两周就开始想家了。我家用坏的抽水马桶和漏油的抽油烟机倒是叫父亲修理好了。以往家里喝剩下的空易拉罐、空啤酒瓶子，都要被妻子随手扔掉，这回被父亲捡在一个空纸箱子里，一起卖给了收破烂的。收破烂的人来了两次后，就知道我家里有一个在收购站里干过的人了。父亲显得很得意。我却不得不在背后红着脸向妻子承认了这个事实。结婚以后我一直向她说我的父亲以前在商店里做过会计。

为了挽留父亲多住两天，下了班我都尽量多陪父亲下楼走走。父亲说北京太大了，他一个人走出去怕走丢。父亲走在街上胡同里，就佩服起那些走街串巷收破烂的老头儿来，父亲说他们就不怕走丢了吗，想了想又问我说："北京有多少个废品收购站？"我摇摇头说不知道。

父亲要走了。我想带父亲去吃一次烤鸭。父亲在我家住的这些日子，我们几次要带他出去尝尝北京的风味小吃。父亲都因怕花钱而找借口拒绝了。想想以前在家时父亲实在没吃过什么好东西，就越发想带他出去吃一次烤鸭了。

我带他去了西单街口上一家烤鸭店。刚坐下，服务员上来了。父亲问一只烤鸭多少钱。服务员回答八十八元。父亲听了吓了一跳，问什么鸭子这么贵。我微笑着对他说："您吃过了就知道了。"烤得流油的烤鸭端上来了，却见父亲迟迟没有动筷。我教他先夹一张面饼，再去夹烤鸭肉片、葱丝、香菜丝、面酱，卷在面饼里。父亲说早知道这么麻烦就不出来吃了。一顿鸭子要花掉我一个月的工资，父亲有些心疼。

从烤鸭店里出来，我本打算带他逛逛西单市场，顺便给母亲买点儿礼物。我俩走到西单商场门前时，看见那里围着几个人，一个戴红袖标的老头儿正扯住一个外地人的衣袖，叫他把丢在地上的一个空易拉罐捡起来，并接受他的罚款。这种事我见多了，往往外地人都不心甘情愿接受罚款，总要同执勤人理论几句，但最终还是要无可奈何被罚款的。那个外地人身边站着一个小男孩儿，吓得呜呜直哭。不用问他们是父子俩，易拉罐是孩子刚才喝完随手丢下的。显然刚才那个外地人已经向老头儿道过歉了，说孩子不是故意的，请原谅他一次吧。可执法老头儿不依不饶，见孩子哭了，就朝大人要钱。中年人不干了，说："首都也得讲理呀，易拉罐我可以捡起来，凭什么还要罚款？"老头儿就拿出来一个小本子说第几款第几则，不交罚款就别走人。事情就在那里僵持着，遛街的人越来越多，还有几个外国人也夹在里面。

我完全没有察觉到父亲是怎么钻进去的，父亲捡起了易拉罐，并向那个执法老头儿交了五元钱。我不知道父亲向那个执法老头儿说了些什么，他收下了父亲的钱，那父子俩离去了。围着的人也散去了，那里只孤零零地剩下了父亲。

"您凭什么替他交钱？"

"因为我是一名共产党员，这是首都啊，咱不能让人家外国人看咱笑话。"父亲出乎意料地回答，我张了张嘴怔愣了一下，哑口无言，有些哭笑不得。

一路上，父亲手里一直拿着那个被踩扁了的空易拉罐。回到家里他把这只易拉罐又放进了他平时积攒空易拉罐的纸箱子里。我知道就是这一箱子空易拉罐卖出去也卖不上五元钱。

父亲要回东北去了，我和妻子、女儿到车站去送他。票是事先给他买好的，是卧铺票。父亲说又让我破费了，父亲是想坐硬座。我知道父亲是怎么想的，父亲是想坐硬座能顺便捡些易拉罐、空啤酒瓶子什么的，而睡卧铺就不方便捡了。

临上车，父亲避开妻子把我叫到一边去，我以为父亲单独有话跟我说。

父亲犹豫了一下，嘴唇动了半天才吐出一句话来：

"你向单位写过入党申请书吗？"

我摇摇头。

"为什么不写？"父亲慈爱地看着我，语气里透着一种责问。

"我……"我真不知该怎样回答父亲了。

火车鸣笛了，父亲向车厢门口走去，他站在了车门口上，冲我们招手。北京站上灿烂的阳光留在父亲微笑的脸上……

白 井 房

1

阳光透着一股迷人的味道俯视着大地。天边处浮动着鱼鳞状的碎云,灰蒙蒙压迫着辽阔的平原边缘。北方这个季节里还很单调,大部分庄稼还在刚刚播种。间或在田野里还会看到一两座抽油机,附近村子里的农民都把它叫作磕头机,或许这样叫它更准确些。每隔几秒钟,它就默默垂下像蚂蚱一样的头,一下一下向一根磨得发白的抽油杆儿垂下,远远望去,很像一个老实本分的农民,一下一下弯着腰挥动着手里的镐头,在辛勤劳作。

13 号白井房就坐落在耕地边上的一片盐碱草滩上,一幢刷着白灰的三间平顶砖房。这样的井房通常是做计量间井站用的。管理着周围十五口油井(磕头机),方圆有三四十里地的路程。井站上有三名采油工、一名井长。井长是蒋克旭,一个二十五岁常常面带忧郁的小伙子。他虽然读过高中,高考时却落榜了。这也是导致他忧郁的一个原因。井长工余时间最喜欢做两件事情:一件是遛狗，一件是躲在屋子里或树林里看书。当地一个农民合同工为巴结他送给他一只卷毛黄狗，后来这只黄卷毛狗不知为什么跑丢了，也许是被人偷着杀掉吃肉了。他懊丧了几日，接下来在这个春天开始的时候他只有看书这件事了。每天晚饭后他都夹着一本书走到田边的树林里去，他当然不是在复习高考，他早已过了高考的年龄了。他是在看小说，他腋下通常夹着这样两本外国小说：《猎人日记》和《罪与罚》。熟悉《罪与罚》的读者不妨把他想象成拉思科里涅夫的样子，因为他生活里的确遭受过这样的挫折，他是在继父家里长大的。这样的家庭"关怀"使他只能放弃第二次参加高考的尝试。高中一毕业，作为成绩优异的"大学漏子"很快被招了工，但他却放弃了留在离城里较近的采油矿上工作的打算，主动要求到这最偏远的朝阳沟油田上来。他有时也会想一想那个做中学教师的母亲，可他这么做正是为了不叫她难堪。他想为她也为自己争口气。如今他已干上了井长，这至少说明他不是一个白吃饭的笨蛋。让那个商业部门小财务科长的话见鬼去吧！

井站上的三个采油工分别是：三十八岁的老董，老董是附近村子里招来的农民合同工。老董天天跟井长央求上夜班，这样白天下了夜班老董就可以回去帮老婆种地去了。井长多数情况下会满足老董的要求。井长这么做并不是对这个乡巴佬有多少同情心，井长这么做也是针对小陈的。小陈是从采油技校分配来的技校生，从分配来井站上那天起，小陈就一心一意想调回去。小陈除了要求调回城里这一点，还有一点就是他还暗恋着和他一起分配到这里来的同班技校生张明娜。张明娜是 12 号井站上的资料员，人长得很漂亮，是城里那种皮肤天生就生得白嫩细腻的姑娘。小陈这两点都不怎么讨井长喜欢。井长很少安排小陈连续上三个夜班，因为那样小陈就有了三天休假时间。小陈就能够溜回城里去了。当然就是不溜回城里去，小陈也有时间整天泡在张明娜那里了。因为除非在岗上，井长蒋克旭是无权干涉小陈私生活的。后来采油矿里做了个硬性规定，夜岗一律由当地招来的农民合同工来上，因为白天发现农民合同工在巡井时，有偷偷溜回自己家田里干活儿的，与其这样不如让他们上夜岗，夜里总不能再溜到田里去干活儿呀。再加上夜岗也是件挺辛苦的差事，由农民合同工上也就合情合理的了。13号井站上另一名采油工是莫会兰。莫会兰是外乡招来的农民合同工，也是井站上唯一一名女工。和其他采油工不一样的是，她不用到外面去巡井，她坐在屋子里抄抄仪表资料，这是资料员岗位，是人人羡慕和嫉妒的差事。

上午的阳光一般在十点左右会照到白井房前的空地上来，13号白井房四周原来是一片墓地，坟包迁移了十几户，房后还存留了几户，不知为什么，附近村子里的坟主不把它迁走。上夜岗的农民常常说会看到坟头上冒出的磷火，白天这里倒显得格外寂静。房前的草丛由于坟包的迁移显得有些乱七八糟。

白井房那扇门白天通常是敞开着的，春天温暖的阳光悄然走进屋子里来，光线显得暗了下来。暖气管子的热水每年四月中旬就停止供应了，因此屋子里显得有些阴暗潮湿。坐在一张破木桌前伏身写着什么的人，不时跺两下脚或停下来把冷得发红的手放在嘴边哈两下，接着又低头写下去。这个样子让一个偶然看见的人会以为，面前是一个工作多么认真负责的内勤资料员哪，可眼前这个姑娘并非如此。初中还没毕业的莫会兰也许并不适合做这项工作。她的目光常常顺着敞着的门向庄稼地里望过去，以前这个季节她也会在自家的田地里干活儿，那会儿她也是一个好庄稼把式。当然她已在上午九点之前把那几个简单得不能再简单的数据、文字歪歪扭扭写到了记录本上，她现在坐在那里是在一本废弃没用的记录本背面练写钢笔字。她面前放着一本《庞中华钢笔字帖》，封皮已旧得有些发黄了。

这本字帖是莫会兰的心爱之物。当然莫会兰喜欢的不是庞中华的字，而是送给她字帖的人。这本字帖是井长蒋克旭送给她的。送这本字帖是在去年年三十的晚上队里开的联欢会上。采油队给每个人都买了份小玩意儿。当把东西分到她和另外一名城里采油女工面前时，只剩下了一只小圆镜和一管牙膏了。她和那个女采油工都想要那个小圆镜，因此就发生了争执。那个女采油工讥讽地说："也许你更需要牙膏。"农村来的女孩子都没有刷牙的习惯。她涨红了脸正要还击那个女工几句，蒋克旭走到她跟前来，说："拿着吧，等一会儿我还有一样东西送给你。"当人走散时，蒋克旭就把这本字帖塞给了她……那一刻，她倒十分感激那个采油工，如果不是她，也许莫会兰还得不到这份"厚爱"。这本字帖也是蒋克旭的心爱之物，上面除了他的签名外，还有那种用了很长时间在字帖上留有的男人体汗味。

莫会兰在对着字帖发呆……不知不觉，莫会兰已在一张纸上把"蒋克旭"这三个字写了不下十遍了，可从门口望出去，视野里一个人影也没有。他们该回来了呀。一般通常是蒋克旭先回到井站上来，这除了蒋克旭巡管的几口井离井站上近外，还有他总要提前回井站上来问队里有没有来人通知什么事情。今天他可是饿着肚子出去巡井的啊。早上她没在食堂里见到蒋克旭的身影，莫会兰就有些担心地想到了这一点。蒋克旭有胃病，通常是吃不得凉东西的。莫会兰在早上吃饭时已多打出一份午餐来：四张油馅饼、一饭盒猪肉炖土豆块，此刻她已将这份饭拿到里间的油压炉上热上了。莫会兰一边不时地把目光投向门外，一边进去翻动了几次。馅饼和饭盒里的菜都热好了，明晃晃的太阳晃得她眼睛有些酸涩，她不得不把眼睛眯缝起来……

天呀，他弄成什么样子啦。视线里渐渐出现了那个熟悉的略带忧郁的人影后，莫会兰吃惊地怔住了。

蒋克旭拖着疲惫的身躯走过来，他身上的黄工作服成了黑工作服，裤子像打泥浆池捞出来的，往下滴着污油点。英俊瘦削的脸上蹭着一块黑油污。不用问，他这是刚修完一口油管跑冒漏油的井回来的。

"队里有什么事吗？"蒋克旭的身子停在了门口上问。

"哦……上午有人来告诉你过队里一趟。"

莫会兰话一说出口就后悔了，果然听到蒋克旭说道："哦，是吗，那好吧，我现在就过队里去一趟，下午回来。"

莫会兰犹豫着要不要告诉他午饭早上已给他带出了一份来，并且热好了，要不要提醒他把衣服换下来呀……正这么想着，那人已甩开大步走远了。

接下来莫会兰又坐下来没心思地往废纸上写着字。她觉得现在吃午饭还早点儿，况且一个人吃也没意思。总之她显得无事情可做，而心里有些烦乱无聊起来，这从她潦草起来的字迹上可以看得出来。

有着一张白白圆面孔的小陈回来了。走进门来见屋子里只有她一个人，就随口问了句："井长呢？"

"井长去队里了。"她告诉了他。他以为小陈会走开，小陈一般中午都过 12 号井站上去和他那个同学张明娜一起吃饭。可小陈没动，凝神地对着外边温热起来的阳光瞅了一阵子，就在她对面那张供外巡井工休息的长椅子上坐了下来。她收拾起桌上的字帖和那页纸，她不愿叫小陈看到她写的是什么，她不想让人知道她在巴结井长。

"一起吃饭吧，早上带饭时我买多了，一个人是吃不下的，我都热好啦。"

"哦，谢谢你。"小陈显得有点儿受宠若惊地望着她，他正想要不要走回队里去吃饭，他有点儿累了，不想走那么远的路回队里食堂去吃饭。

莫会兰扭着丰满的腰身走进计量间里去。过一会儿就将热好的馅饼和盛菜的饭盒端出来。小陈知道她饭量大，也就没看出来她买的是一份还是两份。

小陈在吃饭的过程中看了她两眼，这两眼足叫她很不舒服，不再心疼那多花的一份饭钱了。最后她恨不能将剩下的两张馅饼硬塞进小陈的肚子里去。小陈脸红着连忙摆手说："吃饱了，真的吃饱了。"她只好自己吃了进去。

"多么好的天气呀。"小陈望了外面一眼说。

2

下午，井长从采油队回来，身后跟着一个人，是一个农民。看到他，小陈和莫会兰不由自主地对望了一下，不知又惹下什么麻烦了。

13号井井场在当初建井房时，为迁坟曾和附近村子里的农民发生了严重的械斗。尽管井队事先已答应包赔农民迁坟的费用，可农民对此事表现得无动于衷。后来井队不得不拿出双倍的赔偿价钱，那几户农民才肯把坟迁了。但事情并没有完全平息下来，直到现在留在房后那几户不需要迁坟的坟主还时常找到采油队来，说坟头的土被井站水管子排出的废水冲了一道沟，或有原油溅到上面来了，要采油队赔偿损失费或污染费。弄得井长蒋克旭非常恼火头痛，因为队里的索赔费要从他们几人的工资里扣除的。因此平常他们几人总是很小心地照顾房后那几座坟茔，他们甚至将村子里窜来的野狗屙在上面的屎也铲去了，以免被农民说成是人屎，再管他们索要赔偿费，他们可掏不起了。

井长把那个农民留在外面，进来对他俩说："我上午过队里，队里说要我们把井房前的空地平整好，种上花籽，说矿里过两天要来检查。我们腾不出时间来干了，我就雇他来干。"蒋克旭指着外面那个人说。

小陈听井长这样一说，就上井去了。

莫会兰进库房去给那人拿铁锹，出来看见那人还站在那里和井长讨价还价。井长答应给他十元工钱，那人非要再加上五块钱，说砌花池子的砖还要自己去借别人的毛驴车到队上去拉，别人也会要他一点儿车费的。井长说："我不管你借不借别人的毛驴车，开始你是答应这一切活计都由你来干的。"那人还在死磨硬泡，井长别过脸去，不愿再听他说什么了。莫会兰拿着铁锹走过去，那人接过铁锹来对莫会兰说："大姐，你瞧瞧，这么多活儿，加五元钱还能多到哪里去呢?"莫会兰说："你最好还是去干吧，不然我会叫我弟弟来做的，这点儿活计一个孩子都会干了的。"那个农民听了不作声了，赶紧接过井长写的取砖条子走开了。

那个农民走了后，蒋克旭问她："你真的有个弟弟吗?"

"是的，他今年差不多有十四岁了，不过刚才我只是说说而已。"莫会兰说。

蒋克旭感激地眨了眨眼睛，叹了口气，摇摇头说："这帮贪心的家伙，真拿他们没办法。"

蒋克旭又走进库房里去，拿出一把管钳，交代莫会兰几句就上井去了。

莫会兰站在阳光地里出神地望了一会儿蒋克旭远去的背影，她在想着刚才蒋克旭说的话。蒋克旭对附近村子里的农民怀有敌意，不光是指当初建井站时农民跑来偷砖这样的事，还指井房的窗户、门上的玻璃被偷偷砸烂的事。现在井房窗户上都被在外面焊上了铁丝网。窗上的玻璃常常是夜里被砸的，第二天上岗，蒋克旭见了会恨恨地说："这帮农民太坏了，太坏了。"这时候莫会兰听到后脸上总会不易察觉地红到耳根。莫会兰白天上岗尽量不惹着他们，比如进来喝水，或要块丝绵、铁钉什么的。莫会兰希望与他们相安无事。她不是怕他们，而是不想再听到蒋克旭嘴里口口声声说农民太坏了这样的话。当然她也听到别的井房采油女工（多数是城里的姑娘）遭到农民调戏，甚至遭到强奸的事情。

一辆毛驴车渐渐赶进井场上来。那个农民把砖拉来了。毛驴车后面还跟着一个穿红衣衫戴蓝头巾的二十多岁女子。"吁——"毛驴车停下来。青年农民跳下车来，讨好地对莫会兰说："大姐你数数，一百二十块砖，你看对不对?"莫会兰就走过去数了起来。

然后，青年农民在外面干了起来。

莫会兰走进屋去干自己的活儿了。她先去计量间里测量了一下油压。她拿着本子从计量间走出来，看见那搬砖的女子偷偷打量了她一眼，莫会兰有些得意地挺了挺胸脯从她面前走过去，尽管外面干活儿腾起了一阵土雾，她还是敞着门坐在屋子里写起来。

门口暗了一下，她以为是那个农民进来找水喝，就没有抬头，等着那个人开口。

"兰子，他们在干什么？"进来的是一个二十四五岁的小伙子。黄布夹克式工服挺不舒服地穿在他身上，脸色黝黑，这是在田里做活儿久了的农民特有的肤色。他脖子细长，简直像黑鹅的脖子，很少认真地洗过。

莫会兰抬起头来，说："我说广顺，你又有几天没有洗脖子了，你最好把你的长鹅脖子好好洗一洗。工人要有个工人的样子。"莫广顺是和她一个村招来的农民合同工。莫广顺在12号井站上当外巡井工，常到13号井站上来坐坐。当然主要是来看她，谁让他们是同乡呢？

"难道他们是要在这里种什么菜不成，这可是不允许的……"

"是井长雇他们来弄花圃的，过两天矿里要来检查。"

"噢，城里人真会想办法。可城里人又和城里人不一样，我们站上的那个井长，他才舍不得花钱雇人干呢，他宁肯用这钱买酒喝，中午硬要我们流了一身臭汗。那个张明娜你知道吧，纯粹是个秧子货，直喊胳膊、腰累断了。嘻嘻。"他坐下来说。

莫会兰很开心地听着，想象着张明娜干活儿的样子，心里说活该，怪不得小陈中午没过去。

莫广顺说到这里，忽然像想起什么来告诉她说："我前几天回家去了一趟，还到你家去了……"广顺停下来，察看着她脸上的反应。

听到他提到她的家，她心里动了一下。

"我家里还好吗？炳兰她现在是不是还在恨我，还在说我的坏话？"

"你家里情况还好，你还不知道吧？炳兰她快生小孩啦。"

"是吗？"她吃了一惊，想想她出来当工人快两年了，还没有回村子里一趟。日子过得真是快呀，如果不是广顺说起，她似乎忘了出来这么久了。

"只是你母亲又生病了,她叫我告诉你回家去一趟。你爹也这么说。你姐还说……说你是不是不想回去了,是不是打算把这个家彻底忘掉了。"

莫会兰关切地问:"我母亲她病得重吗?"

"还是老毛病。只是不住地念叨你,说你连年都没回去过,其实你是应该和我一起回到村里去过年的。"广顺无奈地摇摇头说。

"我的事我自己知道该怎么去做……"

见莫会兰显出不愿听的神色,广顺就住了口。过了一会儿,他走到门口边,吸根烟的工夫,他同那个干活的农民搭起话来:

"老哥,是前屯子的人吗?"

"俺是哩。"

"你叫什么名字?"

"田根壮,别人都喊我大壮。"

"她是你的老婆吗?"

"不是,是我的妹妹。"

"家里还有什么人?"

"就俺兄妹两个人,爹娘过世早。"田根壮叹息了一声,广顺也跟着同情地叹息了一声。

广顺一直待到那个叫大壮的农民干完了活儿才离开13号井站。广顺走后,那个农民点着了广顺递给他的一根黑杆儿雪茄烟,一边蹲在地上吸着,一边耐心地等井长回来付他的工钱。他妹妹则赶着毛驴车先回去了。

这个时候莫会兰坐在屋子里的椅子上想着心事,看上去是一副发呆的样子。屋子里的光线渐渐暗淡了下来。

莫会兰想到她真的有好久没回家了。自从前年秋天她被招到朝阳沟油田来做采油工，还一次也没回去过。她家住的村子离朝阳沟并不十分远，也就五六十里的路程，坐乡间汽车一个多钟头就到了。只要请上两天假就能够回去一趟。可她很少想到请假。这一是缘于她不想回到那个家，特别是不愿见到炳兰，她觉得这个世界上最记恨她的人就是炳兰了；再一个就是她很明白自己的身份。她只是一个订了两年合同的合同工，干得不好，两年合同期满就解除了合同，她就得回到村子里去重新当农民。干得好还可以转成长期合同工，和那些城市分配来的技校毕业生一样。当然在两年合同期内，他们请一天假就要被扣掉一天工钱的。过年时她曾想到过回去。井长也曾问过她："过年回去过吗？"后来她看见广顺穿着一身簇新的衣服喜滋滋来找她，要跟她一道回村子里过年，她就不想回去了。特别是当她得知井长没请假回城里，而张明娜却请假回城里以后，她就彻底地放弃了回家过年的打算。她只是把一笔积攒下来的几个月的工资叫广顺捎回家里去。她想这笔钱会断了家里人对她回去的盼头的，或许这样做更合适。年三十儿夜里头一回离家在外面过年，尽管她有些想家，但还是和大伙尽情地笑啊、闹啊……直到接受了井长那件特殊的礼物。这简直是意外的惊喜。

采油队很少准许采油工们假的，因为采油机每天都要不停地转动啊。对农民合同工的要求更严了。矿上始终把他们这些人看成是一群无组织无纪律的乡巴佬。广顺有两次请假偷偷溜回去，被采油队发现了后，上了矿里的简报通报批评。当然，莫会兰可不想当这样的典型。广顺是在拿自己的饭碗开玩笑。广顺这样下去，迟早还得回到村子里去当农民。

要不要跟井长说呢？要不要回去看看家里呢？当然请一天假

井长是会准许的，过年时井长曾答应过她，有过要她回去看看的意思。请两天假要采油队里批，这样会叫井长犯难。莫会兰决定请一天假回去看看。莫会兰烦乱的心绪慢慢平息了下来。

井长蒋克旭在天黑前走回井站上来。莫会兰走出去接过他肩上的管钳。那个蹲在黑影里的农民也迎上前来。蒋克旭往花圃里扫了几眼，看到原来破败不堪的空场地被整齐地用砖砌出了一个菱形花边，花池子里新翻出的黑土散发着一股新鲜的泥土味道。他就从上衣兜里掏出十块钱来，并叫他打了个收条。农民讪笑着接钱走了，很满足一个下午的酬劳。莫会兰知道这十块钱是要从他们四个人工资里均摊的。

在回队里宿舍的路上，莫会兰对那个有些疲倦的身影说："过两天我想请一天假回家去看看，我母亲生病了。"

"哦，是这样的吗？那你就回去看看吧。"

8

莫会兰搭坐了一段乡间那种破旧的长途汽车，在离莫家村口五六里远的一个岔路口下了车。莫会兰拍打了两下身上的尘土，拎起地上一只米黄色的旅行包走下路口来。

莫会兰身上穿着今年春天矿上新发的一身黄工作服。只不过刚才在车上时上衣被蹭脏了一块，裤脚还被一位妇女抱着的小孩撒尿尿湿了一块。"讨厌的乡巴佬。"莫会兰在心里说。莫会兰这样一身打扮回来，就是想让村子里的人一眼看出她是一名工人了。

莫会兰走到村边上一块荒芜的麦地前停下了脚步。她放下黄帆布兜，蹲下身去抓了一把黑土，放在鼻子下嗅了嗅，就嗅出一

37

股久违的熟悉味道来。多么好的麦田土啊。这块二十亩麦田地加上村西头的那块三十亩苞米地，差不多养活了一个七口农民之家。而今却荒芜了，任人在田里糟蹋。那边传来钻机的轰鸣声。那是钻井队的人在打井。莫会兰恋恋不舍地撒下手里的土，想走开了。抬起脚步时，发现不远处有一个人和她一样向那边的井架观望着。那是一个五十多岁的农民，他在放羊。周围散聚着大大小小十多只山羊。莫会兰默默走到他身边，站下了，涩涩的嗓子叫出一句："爹。"

老头儿慢慢转过身来。当看出眼前穿黄工服的人是他女儿时，才说："我还以为是那帮油鬼子的人呢。没想到是你，你总算回来了。"

老头儿这样说，叫莫会兰听着很不舒服，岔开话题问："你在放羊？这些都是谁的羊？是村里人的羊吗？他们在雇你放吗……"

"是的，是的，土地没有了，只好找点儿营生做。瞧瞧，多好的地呀，糟蹋成这个样子真叫人心疼，这帮家伙，难道他们就不知道是土地养大了他们吗？就不能少糟蹋点儿吗？"老头儿脸上掠过一丝痛苦的表情，无奈地叹了一口气。

"别再为它操心了，这已不是你的土地了，难道你还要把你的女儿换回来吗？"莫会兰打断他的抱怨，提醒他道。

"说得对，你怎么样？干得还好吗？走，回家去说，你娘看到你回来不定高兴成什么样子呢。那个老疯婆子，天天念叨你呢。"

老头儿像换了一个人，抢过莫会兰手上拎着的旅行包，在前边迈开大步向村中走去了。他想抢在莫会兰前面回去告诉家里人一声。

莫会兰刚才走得有些累了,这会儿乐得和一群羊在后面慢腾腾地走着。看到路上遇见的同村子里的人都主动与她打招呼,她心里觉得真是一种莫大的享受。如果不是她弟弟宝子和他那条形影不离的狗跑出来,催促她快点儿到家,她真想在村子里再慢腾腾地走上一会儿。

刚走进大门口,两个缩头缩脑的女孩儿就疯抢着冲了出来,是她的两个妹妹。"是会兰吗?真的是你回来了,你从哪里来?怎么这么久了没见你回家来?是不是把我们忘了?能待到晚上吗?"

小一点儿的凤兰以胜利者的叫喊声盖过了所有问题:"我赢啦,秀兰,今天夜里我睡炕上,你睡地铺,活该!"

"别嚷了,你们这些调皮鬼!你们的提问和叫嚷简直叫人发疯!"会兰笑着嚷道,被两人左右拥抱着胳膊走进了院子里去。

"等一等,我得看看猪。喂,家里的猪怎么样啦?长得快吗?"

她把裤子拎得高一点儿,向一个土墙猪圈奔去,从圈门洞里伸出一条粉红色的舌头。她把身子探过矮墙,看到一头身子差不多高出矮墙的白猪正咕咕叫着仰头望着她。而她前年秋天看到圈里还是两只比耗子大不了多少的猪崽。

"你在找那只黑猪吗?去年就拉到猪市上卖掉了。猪比人填乎人。"

会兰觉得脊背发凉,回过头来看见屋檐下站着炳兰。她没有笑容的脸上生着褐色雀斑。她的肚子在这一年里也不知不觉地鼓大了。

"你……你还好吗?"她低下了目光,落在她的肚子尖上问。

"怎么能和工人比?我以为你不会再走进这家门槛了。"她讥讽挖苦地说。圈里那头猪还在不识相地咕咕叫着，炳兰从地上摸起一块土块扔过去。"嗷!"土块正打在它的脸上，它掉头退缩进圈窝里。"你这个争食吃的东西，就剩你自己了，也不懂得安分，早晚要挨刀的。"

会兰脸上像被人狠狠抽了一记耳光，火辣辣的，有点儿不知所措地站在那里了。

屋里传来老母亲急不可耐的声音来，于是会兰走进里屋去。

一股霉味扑鼻而来，从单扇窗上透进来的光线少得可怜。会兰进屋后，在半明半暗中只是模模糊糊看到那张熟悉的脸，面色苍白，两颊凹陷，花白的头发凌乱地遮在深陷的两颊上。从这张脸上再也找不到从前健康的肤色来。

会兰轻轻叫了一声，走到炕前坐到她身边。随后轻轻捶着她的背，她以前也这么叫她做过。

"哪里不舒服? 这样好些了吗?"

"只有你才做得叫我舒服些，她们总是笨手笨脚叫我难受极了。"

母亲舒服地咳嗽了两声后说:"好多了，没想到你今天会回来，你春节都没回家过，我很担心，你知道吗，过年那天，我叫他们都先别急着吃，等等你。"

"我们那里的工作很忙，过年也不放假，从来没有休息日，如果班上没干完自己的活儿，还要加班把资料记录整理完的。对我们合同工的要求更是如此……"

"哦，哦，这么忙也没见你累瘦，反倒变得又白又胖了，当个工人有多好呀，我的孩子。"

这样一说会兰不好意思起来，特别是面对一张张面黄肌瘦的面孔和一双双嫉妒的目光。

会兰赶紧叫爹把旅行包拿进屋里来，从里面掏出买给每个人的礼物。凤兰和秀兰是每人一套布格裙子，宝子是一柄玩具冲锋枪，爹是一双廉价牛皮鞋。只有炳兰是一身衣服、裤子。上衣是红夹克衫，裤子是城里流行的体形裤。这两件衣服她现在是没办法穿了，而且村子里也没有人穿这么俏的衣服。炳兰冷着面孔说："你在嘲笑我吗？恐怕是给你自己买的吧？你最好别再叫我看见，否则我会扔进猪屎坑里的。"说完，连碰也没碰一下，就走到外面去了。

"留着你自己穿吧，她的确穿不了这样的衣服了。"老母亲在炕上开口道。

"我说老太婆，你糊涂了吗？那是兰子的一片心意。"爹打断娘的话说。

给炳兰买的这两件衣服差不多花去了她两个月的工资。给所有人买的礼物也没有给她买的礼物花钱多。她是想报答一下她的。她一直为招工的那件事觉得对不起她。可是有什么办法呢？当初她知道必须那么做……前年朝阳沟油田井队来村子里打井，征用了莫家二十亩田地，条件是录用莫家一个女儿当合同工人。当时炳兰和会兰年龄都够条件，两人都想去。只不过当时炳兰已经订婚，并且与男方家里商定下了结婚日期。依村里的习俗，进了男方家的门，就是男方家的人了。莫家考虑肥水不能流进外人田里，自然不会让男方家白白捡去这个便宜。况且招工部门原则上是不招有了未婚夫的女子的，因此就打算让会兰去应招当工人了。岂料当炳兰得知了这一情况后，冒着让全村人耻笑的危险，偷偷退掉了男方家的彩礼，当着众人的面宣布解除了这个婚约。但就在炳兰去男方家说解除婚约的当天，谁想会兰已和同村另一个应招的小伙子广顺跑到县上去参加完了体检和招工考试。木已成舟，两人回到村上时，村子里正传开一个消息，说炳兰喝农药了，为了招工的事。炳兰在医院里抢救了数日，才活过来。会兰招工走了一个月后，炳兰找了村子里一个跛子光棍结了婚。炳兰在村子里也是一个数一数二的漂亮姑娘，能嫁给一个跛子男人，可见那件事情在她内心留下的创伤是多深重的呀！也就怨不得她用那种仇视的眼光来看待会兰了。

下午，炳兰一直没再露面，倒是那个跛子男人过来了一趟。他很感激很小心地打听了一下她在外面的情况。会兰一边回答他的问话，一边在想假如不是自己招工出去的话，天知道这个跛子男人会不会讨到老婆。会兰和他坐在炕沿上有些不舒服，跛子男人凭他的天生敏锐很快察觉到了这一点，没等擦去额上的汗珠就起身告辞了。会兰起身跟他走到外面，在大门口，会兰背着爹娘从给家里的七百元钱里拿出三百元钱递给了跛子男人。他仿佛没见过这么多钱似的，慌张着手不敢去接。会兰口气不容置疑地说："拿着。不是给你们的，是给我那没出生的小外甥的。不用告诉炳兰是我给的。"

他这才哆嗦着手指接了，点着头转过身去，一跛一跛地走了。

会兰站在大门口瞅了一会儿，不知为什么叹了一口气。会兰本想下午天黑前赶回采油队里，那会儿在村外岔路口也会碰到长途汽车。但是下午广顺回村里来了，他下夜班回来休息一天过来看她，说："你再住一宿吧，明天早上我套马车送你回去。"听他这样一说爹娘乐不得答应了下来。想到明天起大早赶回去上班还来得及，莫会兰就在家里留了下来。

直到吃晚饭时，才看见宝子满头大汗从外面疯玩回来。一进家门，她就看见那把崭新的冲锋枪被弄断了枪筒。她脸色变了，生气地训喝道："谁叫你弄断的？你这个讨厌的东西。"

娘在炕上听见了，就说："谁叫你给他买这么好的东西，农村孩子是玩这个的吗？"

会兰说："你以为我真的会给他买玩具枪吗？别做梦了。可惜了人家一片好心好意，他竟然一天也没玩上就弄坏了。"

"那么是谁给他买的呢？"娘觉醒地问。

见娘刨根问底地发问，她不觉顿住了，她不知该怎样向娘讲清楚这件事，便不作声了。

一家人叽叽喳喳围着饭桌子吃饭。她脑子里还在想着这件事。那天井长拿着这支冲锋枪送给她，说："给你弟弟玩吧。"她着实吃了一惊，如果说他送字帖给她还有些缘由（因为她字写得不好），那么玩具枪呢？她实在想不清楚这突如其来的"厚爱"，她知道这支玩具枪在城里商店卖是很贵的，农村孩子有支木头枪就不错了。那天她是过宿舍给他洗衣服，送晾干的衣服时他从箱子里拿出了这把不知什么时候买好的玩具枪。后来他跟她说起他以前也有个弟弟，可惜十二岁那年得白血病死了。"有个弟弟多么好啊！"他沉浸在某种回忆里，忧郁的脸上露出了很难过的样子。她听了不安的心情稍稍有了安慰。这些要不要跟家里讲呢？

当然，她思想的一切都没有逃过老太婆的眼睛。当一家人分别在里屋外屋睡下后，母亲在炕上的被窝里小声地问她："你们的井长多大了？成家了没有？订婚了没有？井长是城里人对吗？"

会兰在黑暗中被问得脸红了。这些都是她刚到采油队时就敏感地想到并弄明白的问题，现在她却碍于什么而懒得回答这些问题了。她打了个哈欠，装着抬不起眼皮道："妈，我累了，困极了，别再问了，你给人家操那么多心干吗，别再胡思乱想了。"

"干吗不呢？我们的兰子是一个多么好的姑娘，整天和他在

43

一起，他会看不到吗？难道他会找到比我们兰子更漂亮更能干的姑娘吗？你昨天一进门我就看出我们家兰子绝不会比城里的姑娘差，多么好的脸蛋，多么黑的头发……你简直天生就该是城里人。"

幸好，睡在炕上的凤兰和睡在地铺上的秀兰都像死猪一样睡过去了。

"可是他家里只有他一个儿子，嫁到他家里会受罪的。"会兰半开玩笑半撒娇地说。

"管他呢，只要他是城里人就行。你可别让广顺勾去了魂，他只是一个签了两年合同的合同工，谁知道今年秋天会不会被辞掉，再回到庄稼地上来呢？再看看他那黑公鹅脖子，我们的兰子怎么会瞧上眼呢？好啦，够了，我说累了，你明天还要赶路，睡个好觉吧。"

这正是会兰所担心的。想到自己和广顺一样的合同工命运，会兰默不作声了。她心中的一些想法，差不多都让老太婆说尽了，内心一下子变得空落落的。这个夜晚，她很久才睡着。

4

天蒙蒙亮时，广顺过来敲窗。只有凌晨四点钟左右，一家人都陆陆续续起来了。

收拾完毕，广顺已套好了马车赶到了她家门口等着了。

"别担心家里，你只要想想那么好的麦地不再是我们的了，就知道自己该怎样去做了。我不想秋天时看到你扛着行李卷回家来。"爹送她到门口上说。

"我会记住的。"她扫了一眼老屋说。

44

秀兰、凤兰睁着没睡醒的眼睛，挤在门口上。有点儿清冷的风吹着她们一缕缕淡黄色的头发。

马车赶出了村子，一直坐在前边低头赶马车的广顺回过头来说："你今天打扮得可真漂亮。"

莫会兰穿上了她给炳兰买的红夹克衫和体形裤。这身衣服她穿着真挺合适的。也许娘说得对。一年多来，她的面孔比炳兰白多了，这都是在井房里工作风吹不着雨淋不着的结果。她很难想象再回到地里干活儿会是什么样子，看到村子里有早起的年轻妇女背着孩子在自家地里干活儿的身影，她不愿在这个问题上想下去。

到了岔路口，看见了大黑。"它怎么来了？"她显得有些惊异地问。

"别担心，它不会丢下它的主人的。"广顺说。

话刚说完，果然在路边的一片柳树林子里看见宝子走出来。

"你怎么跟到了这里？快回去吧，别让家里人担心。"

"我再送送你。"宝子倔强地说。

"你已经送得够远的了，小伙子，我的马可要加快脚步了，它已等得不耐烦了。再见。"广顺挥了一鞭子，辕马颠着碎步跑了起来。大黑颠儿颠儿跟在马车后面跑了一阵，宝子远远落在后面。大黑看宝子跟不上了，自己也停下了脚步。宝子双手卷成喇叭状喊："姐，等咱家买了马，我会骑着它去朝阳沟看你的。"

莫会兰在车上挥了挥手，顺风喊道："好的，到时候欢迎你和大黑来。"

"一条多么漂亮壮实的狼狗呀！等我的辕马下出了崽后，我愿意拿它换大黑。"广顺叹道。

"你恐怕是在做梦。"莫会兰说，她知道大黑是宝子的心肝宝贝。外村一个猎手愿出三百元的价钱买下大黑，宝子都没同意卖。

马车拐过了一片杨树林地，不见了宝子和大黑的身影。辕马也懂得主人意图似的，渐渐慢了下来，不紧不慢地走着。广顺也懒得挥动手里的鞭子了，似乎喜欢这么晃悠地走着。时间还早，农田里还看不到有多少农人在干活儿。树林、人影都虚无缥缈地在白色的晨雾里。路上的小草挂着鲜活的露珠儿……多么美妙的晨景啊！辕马和它的主人都在尽情地欣赏着，似乎忘记了是在赶着送一个姑娘去井站上班。

广顺偶尔若无其事地打量一下莫会兰，莫会兰正埋头坐在车厢中间，很少把目光移向路过的村庄、田野。看得出她在想心事。是什么事情叫她这么劳神呢？她的两只月牙眼皮因为昨天夜里没睡好觉而红肿着，小而巧的嘴角上挂着一颗小米粥粒。广顺几次想伸手替她擦去，可也只是想想而已。广顺一路都在搜肠刮肚寻找着话题，可走了大半天了，还没找到一句调情的话题。广顺不想把这么好的早晨时光白白浪费掉。广顺在想老天爷为什么不赐予他一副乖巧的嘴巴呢。

"顺子，那个张明娜还常回城里去吗？"莫会兰打破了沉默。

"哦，张明娜吗？至少她昨天没有回去。我想她顶了你一会儿岗。"广顺恍惚回过神来说。

"你是说她上我们井站上去了？"

"是的，昨天上午我下夜班看见你们井长过来同我们井长商量，要张明娜过去帮你们井站重新写一下资料管理记录，说是为了迎接矿里检查，傍中午时我就看见她跟你们井长过去了。"

井长临时找人重新抄写整理记录本也是常有的事，可是井长为什么不能去找别的井站上的记录员呢？偏偏去找了张明娜，而且是在她离开井站上时找的。当然她也宽慰地想到井长在她离开时这样做，正是免得她难堪，因为她的字至今还不能使井长满意。

"城里人就是喜欢找城里人做事情……其实她的字又能好到哪里去呢？"顺子信口开河讨好地说了一句。

见莫会兰一动不动地沉思着，广顺以为自己的话说到她心里去了。马车走过一个坑坎时，她身子被颠簸着摇晃了一下。顺子借势摸住了她的手腕，见她并没有嗔怒什么，顺子越发大胆起来，把身子贴靠了过来，直到顺子嘴里夹杂着大葱味道的热气吹到了她的脸上，她才猛然惊醒过神来，一下子拿开了顺子的手："顺子你想干什么？"

"我……我……嗯……嗯。"广顺慌乱地停止了动作。

前边渐渐出现了白井房的影子。广顺觉得这么个早上又白白浪费掉了。他的神情看上去有些懊丧。

老母马已走出了一身热汗。

莫会兰在离13号井房不远处的一条采油工们踩出的小道路口上跳下了马车，看着广顺和他的那匹栗色老马快快地回头走去。她向白井房前走来。这个时刻，井房里应该有人，值夜岗的老董不会这么快离开井房的。

莫会兰敲开了井房的门，她没有想到给她开门的竟是井长。井长衣着不整，光着一只没来得及套上袖子的膀子，显然是刚刚醒来，两眼有些迷乱地望着她。

"老董呢？我以为是老董在值夜班。"

"啊，老董他临时有事，昨夜我替他上的夜班。"井长眼睛望着她说，"我以为你今天不会回来了，一大早怎么赶回来的？"

"是跟我一个村的广顺赶马车送我回来的。"

"就是 12 号井站上那个常旷工的小伙子吗？"

"是的。"莫会兰觉察到了他紧盯着她的目光掠过点儿什么，就走过去把铺在长椅上的被褥替他叠起来。

他默默地看着她做这一切。

"你家里还好吧？你母亲的病怎么样啦？"

"都挺好的。你给我弟弟的那支枪他喜欢极了。"她没有讲枪被弄坏了的事情。

"哦，哦，我想男孩子一般都会喜欢的。"他目光还在盯着她看，她的体形裤勾勒出她圆圆的臀部，红夹克衫将她丰满的胸部顶得高高的。他刚才差点儿认不出她来了，她以前从没这么打扮过。

"哦，我得换工服了。"她被他瞅得有些不好意思。

见他要转身走出门去，她又阻止了他："别……你站在那里背过身去就行了。"

他最终还是没有听从她的，他走上前来捧住她的脸说："你这身衣服真漂亮。"并意想不到地在她额上吻了一下，随后走了出去。

她一下子惊在那里，半天心才狂跳了起来。

一早上再没在井站上见到他的身影。小陈过来上班，告诉她井长半夜里才把张明娜送回队里宿舍去。小陈说这话时眼睛里毫不掩饰地流露出嫉妒恼火的目光。莫会兰这才想起早上广顺在马车上告诉过她的话。仿佛被人浇了一瓢凉水，刚才脸颊上涌起的两片潮红，顷刻间消退掉了。那么晚了，两个人待在一个屋子里会干些什么呢？她不愿意想下去。小陈走后，她翻出那三本被重新整理抄写过的黑皮夹记录本，那漂亮工整的仿宋体字，叫她一眼就认出是张明娜的字迹来。她多次听到井长跟人讲过，她的字就像她的人一样漂亮。可刚才井长并没有跟她说这些……她望着被遗弃在一边自己辛辛苦苦做的记录本，仿佛看到自己被别人随随便便当作抹布扔在一边没人理一样。莫会兰刚才愉快的心情在这个快要过去的早晨里不知不觉灰暗了下来。

"喂，我说你发什么呆呀？难道家里的事情不太好吗？"老董急急忙忙走来，看到井长没在屋子里他才稍稍安定下来，他又迟到了。

"是什么事情使你没上这个夜班呢？是憋不住和老婆留在家里睡觉了吧？"话一出口连她自己都觉得吃了一惊——一个未出嫁的姑娘家咋会说出这种话来？

老董一怔，随后脸有些红了，讷讷地说："自从那个娘儿们卖肉了，就很少和我困觉了，每天要起大早去屠宰场上肉，昨晚不知怎么发情留我在家过夜了……不过今天三点钟就催我起来了，叫我和她一道去镇外拉肉。她真是一个能干的娘儿们，干起活来简直不要命。"

"骚货！"她怔怔瞅着老董走出去的背影。连她自己也不知道是在说谁。

5

初夏以后，盐碱滩上的草和地里的庄稼一天比一天绿绿葱葱起来。坐在白井房里的莫会兰常能看到那个叫田根壮的农民在井房前面的一片田里干活，还有他的妹妹。阳光暴烈地晒着他俩黑红的面孔。莫会兰就想，如果自己不当工人，是不是也得和他们一样大热的天在田里干下去？广顺还常在他巡井时过来看她。不过广顺看到在苞米地里锄草的田家兄妹俩，就会停下来同他们搭话，广顺和他们已经很熟悉了。有一回她还看见广顺把自己刚刚发到手的一副新白线手套脱给了那个妹子。这样做是采油队不允许的，因为那是采油工的劳保用品。

"广顺，你是不是还想回到田里做活儿去？"她看见了后不无醋意地说。

"是又怎样？我是不会想着法子去讨好城里人的。"广顺回敬她道。

广顺不光是指她给蒋克旭洗衣服这件事，还指她给蒋克旭织毛衣。当然织毛衣是背着蒋克旭在宿舍做的，同宿舍的人以为她是在给自己或家里什么人织的，只有广顺那双充满妒火的眼睛能够看出来。

莫会兰在井房闲下来，还坐在桌前练字。那本字帖已被她翻卷了毛边，可是她的字并没有多大长进。有时她练着练着自己都泄了气，心里叹道："什么时候才能赶上那个骚货呢？"

莫会兰想起当初初中没有念完完全是因为那个语文老师。那个村子里的语文老师从莫会兰上中学时就从没给她的作业批过及格。语文老师是个近视眼，他常常对莫会兰潦草得不能再潦草的字感到非常头痛和一筹莫展，因此当着全班同学的面讥讽嘲笑莫会兰的字成了他每次作文讲评的一件快事："喂，你能不能把你独创的字叫我们认出来呢？你们瞧，多么潇洒的字呀，多么天才的发明创造呀。"那时莫会兰在哄堂大笑声中恨不能找个地缝钻进去。她发誓要叫那个语文老师滚蛋，滚回自己家的庄稼地里种田去。语文老师只是一个代课教师。那天下午交作文，莫会兰向课代表说自己的作文本放在家里忘带了。放学后，同学们都走了，莫会兰拿着一字没写的作文本向语文老师办公室里走去。她知道这个时候语文老师会一个人在那里。敲开办公室门后，果然看见他一个人坐在那里批作业。莫会兰说来让老师辅导辅导她的作文。莫会兰边说边解开了衣扣，十四岁的她发育得比别的女同学成熟。那个语文老师情不自禁地把手摸到了她的乳房上……

第二天莫会兰就把这件事向学校里说了出去。语文老师被开除回家种地去了。而莫会兰随后也被勒令提前一年"毕业"回家了……

傍中午时，井长蒋克旭从队里开会回来，对小陈和莫会兰说："上午我去队里开了个会，会上说最近发现有农民偷偷溜到井站上来放原油，叫我们注意点儿，再发现自己井原油被偷，是要扣我们工资的。"蒋克旭喘了一口气，随后又说，"这帮农民真够贪心的。"莫会兰听了，脸不自觉地红了一下。

井长随后到屋外去查看了一下油管泵阀门。小陈和莫会兰跟出来，看见蒋克旭像狗一样四处巡视着。莫会兰盯着井房后面那几座长满了蒿草的坟头冷冷地说："我们这里是不会有人来偷油的，除非有鬼来偷。"

蒋克旭就和小陈回屋带上自己的饭盒分别上各自分管的井上巡视去了。

下午，小陈回来了一趟，说12号井站上有两口油井被人偷偷放了原油，他们要被扣工资了。莫会兰想这一定是张明娜告诉他的。

那个叫田根壮的农民进屋来找水喝，小陈盯贼似的瞅着他。等他走后，小陈说："这一定是附近村子里的农民干的事。"

"不是农民就不会干了吗？别忘了，人家可丢过一只正下蛋的老母鸡。"

小陈听了，脸不自然地红了。那是春天时的事，小陈在巡井的路上，偷捉了一只正在田地里觅食的芦花鸡。小陈杀了鸡后又在井上水套炉里将鸡烤熟了，正准备拿去送给 12 号井站张明娜一起吃时，被井长蒋克旭撞上了。蒋克旭狠狠批评了小陈一顿。小陈鸡没吃成，偷鸡贼的美名倒在队里传开了。过了些日子田家兄妹俩四处找鸡时，才知道是他家丢的鸡。井长不叫说出去，害怕他们兄妹俩到矿上去闹。那样他们又会赔出不知是几只母鸡的价钱来了。

莫会兰不太相信白天会有人到井上来偷油，可她还是不断走出房去到后面的油泵前去看看。外面除了草棵子里有蚂蚱吱吱叫着外，连只鸟的影子都看不见。蓝蓝的天，白白的云，一切都显得静悄悄的，是那种墓地里特有的寂静。所以当一匹矮小的枣红马驮着一个人影跑到她面前时，她吓了一大跳。

"怎么是你？宝子，你怎么找来的？"

宝子打了一声呼哨，大黑从苞米地那边蹿过来："是它引我来的。那天你们走了后，我一直叫它跟着马车跑到了附近的路口。"

"噢，你这个坏家伙，怎么一声不吭呢？"

大黑腼腆地躲着她的抚摸，退到宝子身后去，好像自己冒犯了这里的主人似的。

莫会兰连声问："家里好吗？家里好吗？"

"还用问吗！你看，多好的一匹马崽呀，是家里刚刚用给人家放羊赚到的钱买的。"

莫会兰这才注意到那匹马，它一直安静得像个懂事的孩子，默默立在一边听着姐弟俩的谈话。莫会兰赶紧走进屋去，端出一盆清水放到它的鼻下。这工夫宝子已把房子四周好奇地打量了一遍："多漂亮的屋子呀，那屋里是什么呀？是做什么用的？"

"那是泵房，是用来控制输油管的——跟你说了你也不会懂的。"

宝子咂咂嘴。宝子的目光又落到了屋后的那几座坟茔上：

"你一个人待在这里不害怕吗？"

"怎么会呢。"

"别忘了你小时候是不敢一个人走进坟地里的。有一回你牵着我的手走进一片坟地，你吓得大喊大叫，差点儿没把我的手捏碎了。"

"人总是会长大的。"莫会兰没有告诉宝子她刚来这里时一个人是绝对不敢走到房后去的。

"你每天都干什么呢？就守着这个房子吗？"

"说了你也不会懂，还是先吃点儿东西吧。"

莫会兰走进屋子桌前，从一个抽屉里拿出一盒饼干和两个苹果，这些本来是给井长准备的。

看着宝子香甜地大口咀嚼起来，莫会兰暂时住了嘴，又把中午吃剩下的一个肉包子扔给了大黑。大黑欢快地吃起来。

"太少了点儿，它会吃不饱的。"

"没办法，谁叫你们是偷袭上来的？"

她又走到外面去，弯腰在草棵子里捋了一抱青草放到小马的嘴下。做完这一切，抬起腰时，她看见井长远远地走了过来。井长被眼前的一切弄呆了：

"谁的马？怎么会跑到井站上来？"

莫会兰说："是我弟弟骑来的。"

"你弟弟？"

这会儿宝子已从屋里吃完东西走出来。莫会兰指着他说："这是我弟弟。"

"嗯……小伙子，这只狗也是你的吗？那么它是条狼狗吧？"

井长打量着一边的大黑。

宝子腼腆地点点头，有点儿不知所措。

她注意到了井长的神色，赶紧对宝子说："天色不早了，你赶紧骑马回去吧，家里会很担心的。"

"你不想让我再看看你住的地方吗？"宝子有些恋恋不舍。

"别，你还是回去吧。"莫会兰不再希望有人看见她从井场上领着弟弟和马回到队里宿舍去。看见井长蹲在那边逗狗玩，就说："你能把大黑留下来待两日吗？反正它自己会回去的。"

"别难为它了，它会睡不着觉吃不下东西的，再说我第一次来，还指望它带路呢。"

井长站起身来，大黑望了井长一眼，又走过来蹭了莫会兰裤脚一下，就默默和宝子离开了井站。宝子骑在马背上回过头来说了一句："姐姐，我会和大黑再来看你的。"

莫会兰冲着那远去的背影挥了一下手。井长也出神地向跑去的大黑身影望着。炙热的太阳正向西边的苞米地里沉去，把余热留给了大地。一时，井房前的空地和苞米地里像着了火似的闷热。这是一个美丽而又带点儿淡淡伤感的夏日傍晚。远处静静的，采油磕头机传来轻轻嗡鸣声，像一个不知疲倦的老人在轻轻吟唱……

6

吃过晚饭后，井长蒋克旭一个人夹着一本书向宿舍前面的一片杨树林里走去。夏日的天显得很长，已经是五六点钟了，可是外面白亮得还像春天时三四点钟的样子。附近农田里的苞米在拔节，远处的水塘里传出一阵阵青蛙"咕咕呱呱"的叫声。晚风习习，林子里的确是一个看书的好地方。

蒋克旭已一连几个晚上坐在这里看书了。此刻，他手里捧着的那本《罪与罚》至少让他读过三遍了，可他那认真阅读的样子，让人相信他还是第一次读这本书的书迷。不远处传来几个男女采油工放荡的笑声……那几个采油工已脱去了白天使他们感到臃肿难堪的工服，换上了与这个夜晚与他们身份（城里人）相符的衣裤和裙子。蒋克旭的脑子里时而在思想着拉思科里涅夫，时而在思想着自己的心事。拉思科里涅夫为什么不愿见到他母亲和他妹妹呢？是他妹妹的婚事叫他感到了难堪和愤怒吗？蒋克旭觉得自己现在的心情和拉思科里涅夫是何等的相似啊！白天他收到了母亲的来信，母亲在信中谈到了他妹妹的婚事。说他妹妹被他的继父（那个商业部门的小科长）答应嫁给他部门下边的一个小会计员。妹妹已经同意了。母亲没有说明她的态度，可显然也默许了这桩婚事。随后母亲又在信中谈到了他的婚事（他想这才是母亲写这封信的主要原因），母亲说继父已答应帮忙把他的工作调回城里去，并要在城里给他找对象，告诫他千万不要擅自做主在朝阳沟油田上找对象，否则的话他就难以调离朝阳沟了。除非他想在这里干一辈子，可是当一名采油工有什么意思呢？母亲显然忘记了他现在已经是一名井长了。

读完母亲的信，他陷入了一种很痛苦的沉思中，他在心里一遍一遍问自己：为什么？为什么？这究竟为什么会成为这个样子呢？一整天他都在心烦意乱地想着这件事情，他在为妹妹的婚事感到忧虑和担心……

"你在读小说吗？你在读谁的作品？"一声悦耳的女音打断了他的思绪。

一个穿条格子连衣裙、身材苗条的姑娘款款地走过来。裙边下露出的两条白皙浑圆的小腿，像两个剥了皮的白藕停在了他的眼前。她刚刚离开那几个夸夸其谈的年轻人走向他这边来。她就是张明娜，12 号井站上的内勤记录员。

他抬起头来，目光移到她的脸上，放在腿上打开书页中间那只手挪动了一下：

"是陀思妥耶夫斯基的《罪与罚》。"

"我看你在这里读了好几个晚上了。"

"是的，是这样的。"

"我上中学时读过他的小说《白夜》，那是一篇叫人感伤的小说……"她沉浸到一种感动的回忆中，随后轻轻吟道：

……抑或它的创造成形

是为了和你的心灵

作即使片刻的亲近？

蒋克旭注意地倾听着，而后补充道："这是引自屠格涅夫的诗作《花》，原句是：'须知它的创造成形，是为了和你的心灵作片刻的亲近。'"

张明娜惊奇、敬佩地睁大了眼睛：

"能把你的这本书借给我看看吗？"

"好的，你明天就拿去看吧。"蒋克旭热情地说。

树林子里的光线渐渐暗了下来，两人不知不觉已谈论了很久。蒋克旭的心情渐渐好了起来，不再想着白天母亲的来信带给他的不快，忧郁之色从他瘦削的脸上扫去了。

后来两个人又一路交谈着向宿舍走去，那个样子像一对热恋中的情侣。至少有两双嫉妒的眼睛注意到了这一切。小陈一直待在那边的人堆里静静地朝这边望着，后来招呼也没打就匆匆离去了。宿舍里一间亮着微暗灯光的屋子里，莫会兰一边坐在窗前打毛衣，一边注视着窗外的一切。见他俩相依交谈着走回宿舍来，心里不快地想道：是什么东西让他这么亲近地和张明娜待了一个晚上呢？因为在这之前她总是看到蒋克旭一个人忧郁地夹着书本走回来，不管时间有多晚，他好像愿意一个人待在那里，而不愿意有人去打扰他。

"这个会献殷勤的母狗。"莫会兰很不文雅地说了一句粗话，她联想起上次张明娜去给他们井站抄写记录本的事，就草草地收拾起了毛线活儿，躺下去睡了。和她同屋住的另外两名女采油工还没有散步回来。

蒋克旭显然没有忘记他答应过张明娜的话，第二天就把《罪与罚》这本书带到了井站上来。采油矿规定采油工在岗上时间是不允许看小说或别的什么书的。蒋克旭尽管和 12 号井站井长关系很好，可也不愿意破坏这个规矩，所以直到午休时才把书给张明娜送过去。他被张明娜留在那里吃了饭。张明娜勤快得像个主妇一样，有意把这顿午餐弄得像样些，她到附近村子里小卖店去买来了午餐肉罐头，还买来了一瓶白酒。除了蒋克旭外，还有吃饭时赶上来的小陈，再一个就是 12 号井长了，这是一个酒量很大的山东汉子。结果几个人喝得都有些微醉了。

吃完饭，小陈一个人先郁郁寡欢地红着脸回来了，蒋克旭还留在那里和张明娜谈论俄罗斯文学作品。那个粗鲁的井长则一头倒在计量间长椅子上打起了呼噜。

莫会兰从小陈嘴里打听到这一切，脸上阴了一下，心里道：这只母狗，她到底要做什么呀？看见小陈脸上流露出痛苦的样子，她也为他担忧。

从这天中午以后，蒋克旭去 12 号井站的次数明显地增多了。在这之前，他不过是礼节性地看望一下和他关系不错的井长，谈论一下工作上的事，因为他们两个井站是邻居。现在则不同了，他要去给张明娜送去没看过的书，他像找到一个知音一样变得热情殷勤起来。小陈中午不再过 12 号井站上吃饭了，当然是由于他的缘故。

"我说你的这个女同学越来越冷落你了。"莫会兰盯着小陈的脸说。

"你以为我想在这里干一辈子吗?"小陈突然怪笑了一下，答非所问地说，"我也许要不了多久就会离开这里的。"

她知道小陈一直没有放弃调回城里去的念头，可他的努力并没有多大进展。他以前常跟人说他叔叔家很有势力，会帮忙把他调进城里的。可现在采油队的人都把他这话当成一个吹牛皮的傻瓜说出来的话，没人再把他的话当真了。采油队里的年轻人只是嫉妒他有一个那么漂亮的女同学，可是现在这位女同学也疏远了他，这真是一件令那帮家伙感到开心的事。

"你们城里人都想离开朝阳沟吗?"莫会兰盯着他说。

"只有鬼才不会去这么想。"小陈扫视了几眼屋后那几堆坟墓，冷冷地说道。

那几堆坟包被旺盛茂密的蒿草覆盖了起来。没有人再去理睬它们了，似乎连坟主也忘记了它们的存在。

现在的情况是这样的：城里的采油工想拼命调回城里去，而农村来的合同工则拼命想在朝阳沟油田留下来。为此他们挖空心思去巴结井长、矿长。在他们眼里是多么羡慕城里的采油工啊，他们不用去为秋天合同到期的事发愁，不用为老婆孩子的事、田地里的事而整日愁眉苦脸。在他们看来，城里人想调回城里的想法纯粹是吃饱了撑的。

一想到秋天合同到期的事，莫会兰就暂时冲淡了对张明娜的嫉妒。她不得不为自己的合同工身份感到忧虑，并为秋天以后的事情着急起来。秋天会怎么样呢？自己还会在这里干下去吗？

这天傍晚下了班以后，在回队里的路上，莫会兰和蒋克旭走在了一起，她莫名其妙地叹了一口气道："谁知道还能在这里干多久呢？"

"嗯，嗯，你说什么呢？"蒋克旭脑子里在想着别的，没有听懂她的话，抬起头来，目光疑惑地望着她。

"我是说秋天以后会不会把我辞退呢？"

"哦……怎么会呢？你干得挺好的，怎么会把你辞退呢？"

井长蒋克旭已当着大家的面说过一次她整理的井站记录资料比原来好多了。她听了像个第一回得到老师表扬的小学生，脸害羞得红了起来。

井长的话，叫她放心了。

7

不久以后，莫会兰听到队里一些传言，说矿里要在秋天时把他们两年到期的农民合同工全部辞退了。这个消息在农民合同工中间纷纷扬扬传开后，莫会兰初始还有点儿不肯相信。后来又发生了队里几名农民合同工偷原油卖给当地农民的事件，矿上把这几名农民合同工勒令开除了。莫会兰就想这都是他们自己找的。因为当广顺劝告她说："别把城里人当初招工时说的话当真，他们是不会叫我们成为长期合同工的。"莫会兰还不以为然地说："一切都看我们自己争不争气了。"她说这话是在提醒广顺，因为近来队里三令五申强调，采油工少和当地农民接触，可是他看到广顺仍在和田家兄妹打得一片火热。谁知道这样下去会发生什么事呢？当然凭她的敏锐更多的是觉察到了广顺是爱上了那个田家妹子。这一点连蒋克旭也察觉到了，他在没人的时候意味深长地跟莫会兰说："喂，你们同村的那个小伙子怎么不来啦？"

"你以为我很喜欢他来吗？"莫会兰直视着他抢白了一句反问道。

他的脸挂不住地红了："呃，呃，我不过是随便问问。"

莫会兰很希望井长能像春天时那样再吻她一下，为这她又花了半个月的工资买了件大方得体的连衣裙，有时候就穿到井站上来换工服。可井长连碰也不碰一下她那挑逗的眼神，多数情况下都先自己回避了。这段时间井长去12号井站上的次数也比以前少了，因为张明娜把蒋克旭箱子里的存书看得差不多了。尽管有时晚上还能在树林里看到他和张明娜交谈的身影，可午休时很少看见他们两个人在一起了。这一点使她不安的心里稍稍得到了满足。

这期间，宝子又来过井站两次。一次是香瓜下来时给她送香瓜，一次是来给她送煮熟的青苞米。后一趟来，莫会兰告诉他以后别再来了，叫队上的人看见了不好。

宝子很担心地问她："姐姐，是不是秋天以后要把你们退回村子里去呀？"

莫会兰想，这一定是广顺回村子里说的，就摇摇头说："不会的，别担心，姐姐不会的。"

"那就好，爹也说你不会的。只是大家都很担心。"宝子又说。

"回去告诉他们别再为我担心。我很好，秋天以后还会留在这里干下去的。"她想起了井长对她说过的话，自信而又有些大胆地说。

"这样我们就放心了，凤兰还和我为这打了赌，这回看来她是输定了。"宝子调皮地拍了拍枣红马的屁股。它也长高了。

宝子没有待到晚上，就放心地离去了。

她望着宝子骑马跑去的背影消失在庄稼地里，心里舒了一口气。她知道宝子这一趟回去一定会给家里带去一个新的希望的。

小陈往城里活动调转工作的事终于有了眉目。据说他的一个叔叔最近当上了一个区的副区长。小陈说要不了多久他就会调回城里去的。小陈是在一天晚上散步时当着大家的面宣布这个消息的。蒋克旭也在那儿，蒋克旭听了，冷冷地说道："我不管你什么时候能调回城里去，在井上一天就要当好你的巡井工。"小陈瞅着他离去的背影不屑地说："伙计，我恐怕会叫你失望的。"这天晚上小陈是和张明娜一起交谈着走回来的。那时大家都走散了。

小陈在岗上又常跑到 12 号井站上去，下了岗就同张明娜走在一起了。张明娜穿着裸露着臂膀的花裙子依偎在小陈身旁，在草丛里走过。

井长蒋克旭看到了，脸上的肌肉一搐一搐地抽动。

"这只骚母狗。"广顺愤愤不平地说。

"别这么说，顺子，城里人谁不想回城里过城里人的生活？你看她那超短裙只有在城里穿才合适。在这儿恐怕只有蚊子才会喜欢。可怜的小姐。"莫会兰暗自庆幸地说，为张明娜疏远了井长而感激。她希望小陈和张明娜都能尽快调回城里去。

"你和田根壮妹妹的事怎么样了？"莫会兰瞅着广顺问。

"哦，哦……"广顺的脸红成了红布，挺难为情地不愿意谈下去。

井房前那片苞米地里的苞米长得齐人高了，莫会兰很少再看见那兄妹俩的身影，当然还包括广顺。

七月里是北方夏天最炎热的日子。滚烫的太阳仿佛火球般地从平原大地上滚过。田地里的苞米叶子奄拉了下来，地边上的杨树叶子也晒蔫了。总之，一切都在暴烈的阳光下变得无精打采起来。田地里种地的人和巡井的人都不愿动弹了。当然苞米地已铲完最后一遍了，农民不需要再下地了，只管等到秋天收获了。而采油工却不行，采油工得天天冒着烈日去巡井。

这天早上一上班，井长蒋克旭对她说："那个家伙又回城里去了，看来他不会再在这里干长了。你能抽时间到他管的附近几口井上去看看吗？等过些日子分来技校毕业生就好了。"

她已听说了队里要分来技校毕业生，只是不想从他嘴里听到这件事的确切消息，因此冷冷地说："我有的是时间去做。"

"那就好，那就好。"蒋克旭放下心来，嘴里喃喃说道，随后就走出去巡井去了。

上午在计量间记录完资料数据，她就走出去锁上门，到小陈分管的几口井上去巡井了。天热得要命，等察看完了这几口井回来，她的衣服就差不多让汗湿透了。井长中午不会赶回来，他怕自己巡不完井带上了饭盒，那么多的井由他一个人来巡，可不是件轻松容易的事。因此她走回到计量间里就将黄工服脱下了，穿上了那件条格连衣裙，吃完饭盒里的饭，她伏在桌子上困倦地睡了一觉。

醒来，想到下午还要过那几口井上去看看，就想提前把下午要记录的资料记录了。她走进油泵仪表房里，查看每口井的运转情况时，发现有一口井的油压表停了。而这口井恰恰是她上午查看过的一口井。明明转动得好好的，怎么会停了呢？她锁上门，又匆匆忙忙向那片苞米地里走去。她甚至忘记了去换工服。苞米叶子划动着她的裙角，她不得不提着裙角猫腰在茂密的苞米棵子下穿行。锋利的苞米叶子在她胳膊、小腿上划出了道道白痕，过了一会儿就有血珠儿渗出来，她顾不得这些了，疯了似的往前赶着。

到了3号油井磕头机前，看到磕头机那巨大的叶轮果然一动不动地停在那里。她以为是哪个农民故意给停了闸（这也是常有的事），心稍稍平静了一下，就走过去找到电线杆子底部油毡纸盖着的电闸，拉动了闸刀。"嗡"的一声，这架磕头机顷刻间垂下它那巨大的飞轮。她吓了一跳，惊悸地注视着头上，然后擦了擦额头上渗出的汗，就立定在那里，好奇地看着飞轮一圈一圈转动起来，像一只巨大的蝴蝶呼扇呼扇在头上飞来飞去。

一个人影从苞米丛中走了过来，她回过头去——

"是你吗？我以为是谁站在那里呢。"

井长蒋克旭扒着苞米叶子走到她跟前。他光着上身，只穿了一件白背心，黄工服搭在肩上被他当作了毛巾用，不时地擦一下脸上流下来的汗。

"我以为是哪个农民把电停了，就过来看看。"莫会兰望着他说。

"呃，是我停的，这口井现在出油太少了，简直是在浪费电，我就把它停了，再则也照看不过来它，它太老了。"

井长说着走过去，重新拉断了电闸。"嗡"的一声皮带空空地转了一圈，叶轮就停下来，投在地上的黑影一动不动了。

冷不丁停下来，苞米棵子围着的这块空地显得静悄悄的，静得能听到苞米秸哗哗剥剥的拔节声。

"你吃饭了吗？"她问。

"吃过了。你呢？"他盯着她身上的裙子问。

"吃过了。"她脸微微红了一下说。

接下来她不知该说些什么好。他也显得有些不知所措,汗珠一个劲儿地从脸上渗出来。

"我们坐一会儿吧,天真是他妈的太热了。"他终于说话了,说了一句粗话。他走过去,把搭在肩头的工服铺在磕头机阴影背地里,示意她坐过去。

她走过去,坐在了他身边。

他身上散发出的那股浓烈的男人体汗味,一个劲儿往她鼻孔里钻,她心脏慌乱地"怦怦"乱跳。她意识到再这样坐下去,她也许会晕过去的。

"你真漂亮……"他控制不住自己,笨拙地扯过她的胳膊来。她的平静给了他鼓励,他一下子把身子贴过去搂住了她的腰。她急促的呼吸使胸脯剧烈地起伏起来,身子扭动得像一条被扔在岸上的鱼。两张缺氧的嘴焦渴地大张着,然后贴在了一起,他将她压在了身下……

他从地上爬起来时,惊慌地说了一句:"请你原谅……"

"为什么要这么说呢?你知道我是喜欢你的。"她平静地将衣服扣系上了,站起身来先从苞米地里走去了。

暴热的苞米地在这个午后到处透着着了火一般的欲望。蒋克旭呆呆地一个人坐了一会儿,之后,垂着忧郁的身影走出了这片苞米地。

8

这天下午,一个骑马的人影顶着烈日匆匆向 13 号井站上跑来。

等到了近前，那个少年已像水洗过一样，后背都洇湿了。莫会兰显得很吃惊，问道："宝子，家里出了什么事情吗？"

宝子喘了一口气说："家里没出什么事，是大黑不见了。大黑在这里吗？"

莫会兰莫名其妙地摇摇头。

宝子失望地看着她说："前天上午我让它把一小袋炒熟的白瓜子给你送来，当天没见它回去，我以为它被你留在这里了呢。可是过了两天还没见它回去，我就担心它会出什么事，就过来看看。"

"没有啊，没有看见它来。它会不会跑错了路？"

见姐姐这样说，宝子就绝望起来："不会的，大黑从来没跑错过路，一定是有人害了它。"

"先别难过，你再到别的村子里去找找看，看看是不是被别的村民留住当种狗用了。"莫会兰安慰他说。当地农民有这习俗，擅自把别人家的狗当种狗用也是常有的事，何况大黑是那么好的一条种狗。

"好吧。我再到别的村子里去转转看。"

第二天上午广顺过来，莫会兰跟他说起大黑的事。广顺听了，眨巴眨巴眼说："一定是被城里这帮油鬼子勒死吃肉了。"

莫会兰说："不会的吧？现在又不是吃狗肉的季节。"

"那怎么会没呢？大黑是一条那么好的狗，咋会轻易跑丢呢？"广顺不服气地说。

莫会兰也想不出别的大黑走丢的理由，不由得把话题引向了别处，问他们站上的张明娜还常来上班吗，最近有没有回城里去。小陈可是回城里去差不多有一个多月了。

广顺说："她还在，还常来井站上班。"广顺的脑子似乎还停留在刚才谈论的大黑丢了这件事上。

"恐怕她上不了多久的班啦，听说小陈这回往城里调办得可是差不多了。"

"也许吧，不过……"广顺欲言又止地停住了话题。

莫会兰察觉到了，说："顺子你是不是有话要跟我说？"

"是的，最近我又看见你们井长常过我们井站上去，他俩又常在一起了。"

莫会兰想起十多天前在苞米地里和井长发生的一切，不屑地说道："恐怕不光是和她在一起的吧，还常和你们井长在一起喝酒吧。别忘了，他们可是一对酒肉朋友。"

广顺说："是的，是的……"就变得无话可说了，把目光移向外面，白井房前的苞米地里看不到有田家兄妹在干活儿。否则的话，他也就不会老老实实地坐在白井房里说这不咸不淡的话了。

过了些日子，小陈回到采油队上来了。小陈是回来办调转手续的。办完后，小陈到井站上来同每一个人告别。

"伙计，好好干吧，广阔天地大有作为。"小陈得意地对井长蒋克旭说。

蒋克旭阴沉的脸映在日光下，有一块肌肉抖动了一下。小陈又拍拍老董的肩头说："什么时候不让干了，就回去和老婆卖肉去，比在这儿守夜强，是吧？"老董讨好地仰脸冲他笑笑。

小陈又走到莫会兰面前来，小陈瞅了瞅她冷漠的脸，小声说："我早看出来你不是个省油的灯，可惜你没有托生在城里。你已经不是处女了吧？"

"你给我走开，不然我会撕烂你的嘴巴。"

小陈乖乖地悄声退了去。

小陈离开朝阳沟油田时，是和张明娜一起离开的。队上的人都说张明娜要不了多久也会回来办调转关系的。只有广顺不这么看，广顺说："这只惹人的骚母狗，总有一天会哭着鼻子回来的。"

不管怎么说，莫会兰从心里巴不得他俩现在就结婚才好呢。那样的话，她就会顺理成章地向井长提出结婚的要求——"瞧瞧人家，我们是不是也该考虑这件事了？"她不愿意看见井长脸色阴沉地回避这件事。白天在岗上，到了午休时，她常看见蒋克旭拎着一瓶白酒去找那个山东籍井长。下午从 12 号井站上回来，他已变得微醉了。她有些担心，这样下去会不会毁了他的前程。

自从在苞米地里发生了那件事情后，有一次在没人时，莫会兰曾向井长暗示过这件事。井长说："再等等，我得和家里说明这件事，你知道我有一个不怎么讨人喜欢的家庭，可我总得和我母亲说一声。"莫会兰也希望他能回去和家里说明这件事，包括他的继父。他们毕竟只有他这么一个儿子，她不想惹得他们不高兴，那对她以后成为他们的儿媳可没有什么好处。可每次说到回城里家中去一趟的时候，蒋克旭都推说井站上现在离不开人而拖延了下来。井站上现在一个人要干两个人的活儿，也真抽不出身来。事情就这么耽搁了下来。而莫会兰希望这事最好在秋天到来之前定下来，炎热的日子眼看着这么一天一天挨了过去，莫会兰似乎觉得夏天过得快了点儿。可是又有什么法子呢？莫会兰只能够耐心地等待下去。

有一天，广顺来到井站上，手里拿着一只黑布口袋，口袋上用黄线绣有一朵小向日葵花。莫会兰一眼就认出这只口袋是母亲绣的花。上回宝子来找狗，就说是用这只黑布口袋装的白瓜子，套在大黑脖子上的。她惊诧地明白过来，脸色煞白地等待他发问：

"这是你家的吧？"

她紧张地点点头："你在哪里找到的？"

"在我们井站上一口抽油机旁。"

"是大黑带着它来的，你还发现了什么？"

"只有这只口袋，不过……"他看了她一眼说，"我想大黑一定是被人害死了。"

"谁会害死它呢？会不会是它跑掉的呢？"她不能相信地说。

"我会弄清楚这件事的，那是一条多么好的狗啊！我一定查出是谁干的。"

广顺说完就匆匆走掉了。她怔怔地目送着广顺的身影消失在苞米地里。井长从不远处的地里走过来，瞅了瞅那边，对她说道：

"他是来找你的？"

她点点头。

"你以后少和他在一起……"蒋克旭欲言又止地说。

"为什么？"她觉得委屈，他们的关系还没有确定下来，他就这样干涉她和同村的人来往，这可叫她不高兴。

"我只说你少和他在一起，这对你有好处。"

蒋克旭不想再多说什么，他不想把油田保卫处正调查那人偷油的事透露给她，他们是一个村子的，她一定会告诉他的。那样这个家伙就有所防备了。

蒋克旭的话叫她听愣了，满脸疑惑地看着他走进屋去。她想着要不要再问个清楚，可是看他那回避的神态，就作罢了。

过了两天广顺又来了，白井房只有她一个人在。广顺有些得意地说："那件事查清楚了……"

"大黑真的是被人害的？"她心里一紧。

"是的，我是无意中听我们站上两个城里的采油工说出来的。他们说那天他们正在巡井，看见大黑跑过来，开始他们只是好奇，不知道它脖子上挂着的是什么，就拦下了大黑，摘下来一看是一口袋香喷喷的瓜子，两人就分吃了起来。谁也没注意老实站在那里的大黑，结果大黑就一口咬住了拿口袋的那家伙的手腕，他痛得大叫了一声扔掉了口袋。就在大黑低头叼口袋时，另一个人挥起了管钳砸在了大黑头上，大黑当场脑浆流出来就死了。后来两人把狗拖到井站上，送给他们井长吃肉了。"

"该死的东西，老天爷不会饶过他们的。"莫会兰恨恨地说。她刚听完时，气愤得想拉上广顺去找那两个采油工算账，可后来又皱皱眉头说先不去找了。叹过一口气后又叮嘱广顺回村里时不要把这事告诉给宝子，他知道了会找人拼命的。

"那他会一直找下去的。"广顺说。

"找累了就不会再找了。"莫会兰又莫名其妙、无奈地叹了一口气。她知道这事先不能去找那两个采油工，他们会一口咬定说是大黑先咬了他们，他们出于自卫才打死它的。油田保卫处做过这样的暗示。而且这样传扬出去，宝子肯定会知道。她怕宝子这会儿到队里来找、来闹，对她继续留在采油队里没有好处。

"是这袋白瓜子害死了大黑。"她最后沮丧懊悔地说。

过了一会儿，广顺小心地说："我听那两个家伙说那天一起吃狗肉的还有你们井长。"

"你听谁说的？你知道他讨厌这种偷鸡摸狗的勾当。"莫会兰不太相信，况且井长他认识大黑，他是那么喜欢大黑啊！怎么会去吃它的肉呢？

广顺见她这样说，就不再说下去，只是临走时对她说了一句："别把城里人想得太好了，他们是靠不住的。"

广顺说完就走了，是被田家妹子来叫走的。两人一副亲亲热热的样子，倒让人觉得他们是很般配的一对。那个时候谁也没有去想广顺后来会出事。

9

广顺是在中秋节的前一天被油田保卫处的人抓走的。

那天广顺来井站上告诉她，张明娜又回到井站上来上班了。随后又说起他们在这里干不了多久了。

"她回来干什么？莫不是回来办调转关系？"

"恐怕她得继续在这里干下去了，那小白脸把她给蹬了，我早说过那小子是靠不住的。"广顺眼里瞅着白井房前的苞米地说。

她听了心里一沉。

广顺接着说："我们当初都他妈的叫城里人给骗了，什么两年后还可以接着签订合同？今年秋后就得叫我们统统滚蛋。"

"广顺你听谁胡说八道，我们可不能这么去想。我们可不是谁都可以挥鞭子的绵羊，想把我们赶回去就把我们赶回去，那可不行。"

"听谁说的？是我们井长亲口跟我说的。你听听他怎么说的，他说你们准备好卷铺盖了吗？说不定明天早上一觉醒来就会叫你们滚蛋，乡巴佬还是回到地里安心种你们的庄稼去吧。别再赖着不走了。你听听，好像我们来这里占了他们多大便宜似的，我真恨不得把当初立在我家田里的井架给推倒。"

"他要是这么跟我说话，我会砸烂他的狗头的。"莫会兰说。

广顺从她这里郁郁不乐地离去后，就走进田家的苞米地里去

70

了。第二天上午就传来了广顺被抓走的消息。

她得知了信，匆匆忙忙赶到 12 号井站上去，那里已围了不少人，别的站上的采油工也都来了，来的多半是像莫会兰一样的农民合同工，一个个脸上现出惶恐不安的神色。田家妹子也夹在人群里，一副很害怕的样子。

过了一会儿，广顺戴着手铐被人从井房里带了出来。广顺一脸平静地打量着围着的众人……

田家妹子哭哭啼啼上前将一包换洗的衣服递给了广顺。那女子说："我等着你出来。"而这个时候田根壮不知上哪里去了，不见了他的身影。

回来后，才听到蒋克旭说起："广顺是叫那个姓田的农民给坑了。"

原来广顺偷油是和田根壮合伙干的。广顺偷了油就交给田根壮去卖，这件事开始是田根壮鼓动他这么干的。油田保卫处的人先抓到了田根壮，田根壮就咬出了广顺和几个合伙干的农民。

"这么说，你早知道他们在干这件事了？"莫会兰盯着他问。

"是的，上回我告诉你不要和他往来就是怕你牵连进去。"蒋克旭关心地说。

"谢谢你的好心，那你为什么不早告诉我这一切呢？"莫会兰有点儿陌生地打量着他。

蒋克旭没有再说话，默默地转身走出了屋子。

莫会兰望着他走出去的身影，想起了上回顺子告诉她的事，井长也参加了偷吃大黑狗肉的聚餐。她有些困惑了。

中秋节的晚上，她在采油队宿舍前面的小树林里见着了蒋克旭。她对他说："大黑丢了。"

"哪个大黑？"他正在看书，抬起头来有些吃惊地发问。

"就是你见过的我弟弟上回领来的那条狼狗。"

"哦，哦，我想起来了，那是一条多么聪明、凶猛、漂亮的狼狗啊！怎么会丢了呢？"

"听说是有人杀了它。"

"谁会这样干呢？该死的家伙，为什么要这么做呢？"他感到了一丝震怒，气愤地发问。

"有人为了吃它的肉。"她冷冷地说完，观察着他的反应。

"怎么会呢？那是一条多么好的狼狗，谁会想去吃它的肉呢？那样做是要遭天打五雷轰的。你听谁说的？不会的吧？再说现在也不是吃狗肉的季节。谁会那样去干呢？"他颇有些想不通地摇摇头，又安慰她，"不要难过，也许有一天它会自己跑回来的。"

"那最好了。"她将信将疑地叹口气，很冷淡地说。

他察觉到了，合上了手里的书，换了个话题说：

"你知道吗，过两天我们这里就要新分来一批采油技校的毕业生了。"

"是吗？"她淡淡地应了句。

"分来就好了，我们就不用这么忙了，一个人要干两个人的活儿，你也不用再往井上跑了，我知道你这些日子累得够呛。你心里不太高兴吧？"

"这没什么，我不觉得有多累，比在家种地轻松多了。"她说，口气稍稍缓和了一下。

"你真的这么想吗？"

"是的。"

"那就好，我还以为这些日子让你做这么多的活儿，使你心里不太高兴呢。"蒋克旭松下心来说。

月色一点一点漫过黑幽幽的杨树林，将碎银似的月光洒在他

72

们脚下。林地里散步的人（包括几对恋人）渐渐地走散了，只有他们两人还在谈着话。有几只夜归的鸟在他们头上悄悄飞过，神不知鬼不觉地钻进了树杈上的窝里，夜实在太晚了呀，它们等不及了，也许窝里还有小鸟在等待它们嘴上叼来的食物呢……

"多么美好的月夜啊！"

两人几乎同时在心里这样感叹道。他们也似乎怕惊动了鸟们，谈话声越来越小，变成了恋人们习惯的悄悄话了。

蒋克旭后来告诉她说，他已给城里的母亲写了一封信，说明了他们的关系。他不需要将他们的事告诉给继父，信只是写给母亲一人的。莫会兰听了，脸紧张得红了。那个时候她不再想着大黑以及广顺的事了，和这件事比起来，那些显然都是别人的事情了。他们又接了吻，吻过之后，蒋克旭说："咱们的关系目前只能够这样。"莫会兰气喘着说："我知道。"她已经很满足了。

他俩在离开林地朝宿舍走去时，有意拉开了点儿距离。低头夹着书本的蒋克旭显然加快了脚步，悄没声地像猫一样消失在宿舍门口。落在后面的莫会兰见了，想，他究竟在害怕什么呢？

10

大约过了半个月以后，蒋克旭收到了家里的来信。和他当初写那封信时一样，收到这封信后，他并没有想到马上要告诉莫会兰，因为他差不多已猜到了母亲回信的内容。拆开信后，他果然看到了母亲的惊讶、不解和抱怨。母亲说她绝没有想到他会去和一个农村姑娘谈恋爱，更不相信他真的会爱上一个农村姑娘。母亲说如果他这样做仅仅是出于对家里包办妹妹婚事不满意的一种报复，那么她会阻止他们的（当然包括他的继父），本来他们已把婚期定在了中秋节前后，现在她叫他们推迟了。母亲叫他回城里家中去一趟，来商量商量这件事，不要干傻事。并说即使他不希望调回城里去，也希望他能找个城里姑娘结婚，这样对大家都有好处。看过母亲的来信，他在想他该怎么办呢。他万没想到母亲会顶住那么大的压力来阻止妹妹的婚事。在他的印象里，那个商业部门的小科长一向是以教训母亲和他们兄妹自居的。他已失去了弟弟，他不想再失去妹妹或叫妹妹成为别人的牺牲品。可是……他和莫会兰的事，真的像母亲说的那个样子吗？他还没有最后想好要不要这个农村姑娘做未婚妻，他写那封信只是试探一下母亲的意见，没想到母亲会做出这么大的举动来。他该怎么办？他犹豫不决拿不定主意，一个人久久坐在宿舍里发呆。

他很晚才走进食堂去吃饭。人都走得差不多了。莫会兰还是习惯地坐里边角上一个桌子旁在等他，看到他后，问："你好像在想什么事情。"

"哦，没有。"他坐了下来。

"家里来信了吗？"她记起他跟她说起过他为他们的事给家里写信了。

"没有，还没有。"他撒了谎，"你知道这里的信总是迟误。"他又解释了一句。

莫会兰没再问什么。

以后的几日里，他似乎在回避着莫会兰。无论是在岗上，还是在食堂，或是在树林里……他现在很少再去杨树林里看书了。他都尽可能地不与莫会兰碰面。直到那天井站上分来了三名技校生，是他这个当井长的把他们带到井站上来的。

三名技校生，两男一女。女技校生长得清秀，纤纤细细的身材，还戴着一副眼镜。三个年轻人在白井房外面就开始叽叽喳喳议论起来："多好看的花儿啊。"女技校生说话间已从花池子里摘下了两朵扫帚梅来，拿到鼻子下嗅着。"喂，那里是什么？也是花坛吗？"一个男生把目光移向了屋后。"那是坟地。"莫会兰在屋子里阴冷地说。"妈呀——"女技校生扔掉了手里的花。两个小伙子也伸了一下舌头："见鬼，井房怎么建在了坟地里？"

井长蒋克旭把女技校生带进屋，挺难为情地对莫会兰说："队里安排她来做资料员，你得到井上去做外巡工。"

"那好吧。"莫会兰交出了钥匙和几个黑壳本，女技校生小心地接了。

"好好干，小姑娘，这里安静得简直像一座坟墓。"莫会兰谁也不看地说。

女技校生听了，脸色顿时恐惧得白了。

这天下了班，在回队里的路上，井长拦下了莫会兰说："我想和你单独谈谈。"

莫会兰慢慢地落在别的采油工后面，跟他走到路边的苞米地里。

井长停了半天才开口说："其实我和队长争取过，你的字比以前好多了。"

"我知道，就是因为她是一个技校生吗？"

"是的，你看，这个、这个……"井长吞吞吐吐地说。

"如果你还为说这件事，那么我可以告诉你我现在没事了，我喜欢做外巡工的活儿。我们可以回去了。"莫会兰一边挥手驱赶围上来的蚊子，一边心不在焉地说。

"这、这个，我还有件事要告诉你，过两天我打算回城里家中一趟。"

莫会兰听了敏感地望着他。蚊子密密麻麻围上了她的脸，她没有动。

"你是说……为我们的事回去一趟吗？"她小心地问他。

"是的，我想当面和家里谈谈这件事，这样也许好些，我想下个礼拜就回去看看。这两天那三个新分来的技校生还要告诉他们怎么做。"

蒋克旭没有提接到母亲回信的事，也没有跟她说自己妹妹的婚事。怎么能跟她说这些呢？他现在心绪仍然很乱，都不知道自己该怎样去做，甚至不知道自己在说什么。假如母亲阻止了妹妹的婚事，一切都让他如愿以偿，他该怎样去做？看到眼前这个姑娘眼睛里一点一点发亮，他觉得恐慌。

莫会兰苦闷了几天的心情在这个傍晚时刻豁然开朗起来。她有点儿受宠若惊，感动地望着他，他也一动不动专注地望着她。她呢喃着把头倚靠在了他的肩膀上。

一对麻雀害羞地从苞米地里飞起来，从他俩的头上飞过。通红通红的夕阳已在苞米地的那头沉了下去，将一片红酥酥的光晕涂抹在了苞米叶子上，轻轻飘动，这个时候大地上的一切真是宁静美丽极了。

11

莫会兰管理的四口井实际上是离井站最近的四口井（不知是不是蒋克旭有意这样安排的），还有一口井基本不用巡护，就是关掉的3号井。每天只需去看一眼是不是还停在那里就行了（因为常有农民把电闸好奇地拉开）。这样莫会兰每天要干的活儿实际上比在井站上要轻松得多了。每天上井来，她拎着一个小白铁皮油桶，到每口井上抽取一点儿油样，下午再到每口井上刮一遍蜡。一天的活儿就算干完了。不用整天坐在屋子里去练那令人头痛的字了。那个活计对初中文化的莫会兰来说简直是活受罪。也许对别人来说并不是这样，比如说那个女技校生，她偷偷翻看过她记录的本子，那字流利得好像打娘胎里出来就会写字了。

由于处理了几起农民偷原油的案件，附近的农民都老实多了，很少再有人冒险干这种事了。因此采油工们巡井也不是那么勤了。做完每口抽油机井上要干的活儿，就回到井站里来，打打牌，抽抽烟，或聚在一起讲讲荤得叫人脸红的笑话。每个井站上的人数都增加了起来，也热闹了起来，技校生都是一些二十来岁的年轻人，喜欢热闹自是不必说了。况且刚一到朝阳沟油田上来都有一种排遣不掉的孤独、苦闷的情绪。只有农民合同工苦巴着脸，闲下来就想犯愁的事。总得为自己以后的出路打打谱呀，自己家里的地没有了，总不能到别人家的田里去种地吧？就有人开始打算回去做点儿经营瓜果蔬菜的买卖，或者用这两年攒下的一笔工资买一驾马车，跑跑拉脚的生意。在这件事上，13号井站上的老董显得比别人好办多了。他现在不再要求多值夜班了（站上又挤来了两个农民合同工），只想晚上回去睡个好觉。"喂，伙计，钱挣得差不多了吧？是老婆又有了别的要求吧？"老董听了脸不红不白地嬉笑道："什么也不比有个好身板强，别为以后的日子发愁了。能有个知你疼你的老婆比什么都强。"老董白天显得无精打采的，据说他每天夜里都要和老婆做那件事情。

当然这种玩笑有时候也会开到莫会兰的头上："看人家就不去想明天的事情，干得多欢实呀。""谁说不是呢，我看她是个惹人骚情的小母马，越来越漂亮了。""闭上你的臭嘴，回去把这献殷勤的话向你自己的老婆说去吧。""瞧瞧，她发怒了吧，哈哈……谁不知道她是井长的相好呢。""别做梦了，城里人绝不会找个乡下人做老婆的。"莫会兰再也听不下去了，晃着丰乳肥臀走出屋子去，像甩掉苍蝇一样甩掉落在她身上的目光。

那个女技校生往往这时候一言不发地规规矩矩坐在桌子后面，脸早已成了红布。她不能走开，听任汉子们开心地说下去。她不知道井站以前是什么样子，现在真是不能叫人安静地待一会儿了。她表现出来的不安，也常常叫莫会兰很开心："听着吧，小姑娘，你会受不了的。"

秋天的苞米地里呈现出一种成熟的状态。鼓得饱满的苞米粒胀破了棒叶，须毛耷拉了下来，宽大的深绿色的叶子严严实实将垄沟遮盖住了。人走在里面只能弯下腰来像猫一样贴着垄沟穿行。当然，这会儿很足气的秋阳也被挡在了外面。莫会兰在垄沟里穿行着，她显得有些心不在焉。

本来中午她是打算回井站上去吃午饭的，但在井站没有看到蒋克旭的身影，又不想听那几个家伙的荤话，就拿着饭盒出来了。她想到苞米地里去吃这顿午饭，顺便看一下3号磕头机，下午就不用再过来了。在井站上她没有看到蒋克旭的饭盒，就想他或许去队里了，中午会在那儿吃饭的。

走了一阵，莫会兰就不觉得热了。地垄沟里这么凉快是她没有想到的。以前咋没有想到中午到这里来吃饭？鼻子里闻到的苞米叶子的清香味，叫她舒服极了。她觉得今天的胃口一定很好。这几日她好像觉得有点儿恶心。莫不是生病了吧。她有点儿不安地担心。

很快就走到了3号磕头机跟前来。面前出现了一块空地，阳光直直地从头上射下来，那座磕头机一动不动暴露在阳光下。磕头机的四周是绿绿密密的草坪。在草坪上，她看见了一件熟悉的黄工服上衣被丢在一边。上边压着一本书，她不用看书的名字就知道叫《罪与罚》。她顺着那堆衣物的视线一点一点移到磕头机前，一团炫目的人影一动不动地贴着机身搂抱在一起。两个人脸贴着脸，让人看不清面孔，不过她还是很快认出那两个人影是井长和张明娜。她的眼珠慌慌移出了眼眶，爆裂开来，头"嗡"的一下晕了，感觉到磕头机、人影、天空……大头冲下转动了起来。她勉强站稳了脚跟，手紧紧攥住一根粗大的苞米秸，直到苞米秸在手里攥碎了她才松开。她慢慢向机身背面移过去，她渴望听到一种什么声音，可周围一切都像墓地一般的宁静。罪恶的宁静啊！

她在机身的阴暗面停了下来，俯下身去，现在隔着厚厚的机身，她好像听到一点儿声音，是通过铁板传导过来的，刚才由于距离远没有听清那像虫子一样发出的喃喃呓语：

"……我爱你……"

"你能离那个母土狗远点儿吗……"

"……她快要滚蛋了。"

她的耳朵像被什么东西炸了一下，再也听不见任何声音了。她的手指抓进泥土里，深深抓挠进去，可耳朵还是无济于事，什么也听不清了。

她是在慌乱中摸索到电线杆根部的电闸。她看到那个巨大的叶轮垂直转动了下来……她没听到喊叫，等她跑过来，那两个搂在一起的脑袋已成一个模糊的血葫芦，挺糊涂地歪在一边，像不明白发生了什么事情。

磕头机的叶轮还在发出愉快的声音飞转着。从两个铁锤状的叶轮上，流出红红的血来，血水呈雨点状，一会儿就将绿绿的草坪染红了，还有那本书。阳光在头上响亮地"嗡嗡"响着。刚才还宁静的一切，现在都充满了声音。

12

莫会兰是在下午的时候，走回到 13 号白井房的。外巡工们都离去了，屋子里只有女技校生一个人在，她在做记录。莫会兰不想打扰她，就在一旁的长椅子上静静地坐了下来。长椅子上还留有几粒白米饭粒，是中午采油工吃饭掉落的。女技校生做完了记录，抬起头来，才发现她正在望着自己。

女技校生不知她什么时候进来的，被望得有些不好意思，更多的是一种不安。因为她取代了莫会兰的位置，她来了后，莫会兰才不得不做了外巡工。她是这么想的。这种不安叫她做出了一种过分亲热的举动："莫姐，你渴了吧？我去给你倒杯糖水来。"她立刻站起身来去做了。莫会兰并没有去阻止她，她真的有点儿渴了，嘴唇干干的。她坐在那里等着。

女技校生拿出自己的不锈钢杯子来，除了她自己，莫会兰再没看见她给别人用过。随后又从抽屉里找出一小塑料袋白糖来（这显然是从城里家中带来的），舀了两勺糖放进杯子里。

莫会兰很坦然地接过杯子来喝了一口，觉得嗓子眼里好受了许多，不再憋得干燥冒火了。

"你也坐吧。"莫会兰看她还不安地站在自己的身边，就没看着她说。

女技校生拘谨地坐下了，不过没有再去碰记录本。

"来这里这些日子做得习惯吗？"莫会兰又喝了一口糖水问。

"就是离家太远了，有点儿想家。"女技校生有点儿感动地说，来朝阳沟这些日子来还没有人这么问过她。

"城里很好吧？你们城里人是不是都不想在这里干下去？"

女技校生老老实实地点点头，又警觉地问："莫姐，你去过城里吗？"

"去过一次，那还是小时候跟大人去过的，家里人生病了，跟大人到城里去陪护……可你们城里人从来就是看不起乡下人的。"莫会兰像是想起什么不痛快的回忆，厌恶地皱了皱眉头。

女技校生更加不安地望着她，同情地跟着轻叹了一声，一时两人都沉默下来。

"能和我讲讲城里的事吗？"莫会兰转而打破了沉默，若有所思地问道，"听说城里现在变化很大，出现了不少新鲜的玩意儿，不少农村女孩儿都进城找到了活儿做，是这个样子吗？"

女技校生显然放松下来，很高兴地谈起了一些城里的事，比如夜总会，比如卡拉OK，比如桑拿浴。并说到有些农村女孩子就是在城里这种地方当小姐时，见莫会兰脸上露出着迷的神色，女技校生就不愿再谈下去了。莫会兰敏感地察觉到了，说了一句："你是说农村女孩子不该去这些地方吗？"

女技校生点点头。见莫会兰不解，她就不得不说下去："有许多农村女孩子来这种地方当小姐，实际上是靠色相来赚钱的，有不少女孩子慢慢就学坏了，有的还被抓进了收容所里。城里人一边教她们学坏，还一边抱怨说：'瞧这些乡巴佬把城里弄成什么样子了！'"

"哈哈——"莫会兰嘴里突然爆发出一丝奇怪的尖笑来，把女技校生吓愣了，怔怔地看着她，停住了嘴。

"看来城里并不是乡下人待的地方。"过了一会儿，莫会兰叹了一口气，不再问什么了，一个人坐在那里呆呆地想心事。

女技校生注意到了什么，关切地问道：

"莫姐，听说你们要离开井站啦？"

"是有这回事。"她平静地说。

"那以后怎么办呢?"

"还能怎么办?回自己的村子里去。只是土地已经没有了。"莫会兰迷茫地喃喃地说。她的脸上露出恍如隔世一般的神色。

女技校生又深深同情地轻叹了一声,不知该说些什么来安慰一下她。

这个下午不知不觉地过去了。只是还没有见到别的巡井工回来。夕阳匆匆从门口上消失了,屋子里渐渐暗淡了下来。

有一个男巡井工匆匆从门口上探了一下脑袋,又缩了回去,走掉了。女技校生和莫会兰都没有去注意。

接下来外面隐隐传来沸沸扬扬的人声。女技校生听到了,问道:"外边怎么啦?"

"别怕,可能又是哪个农民偷油被抓住了吧。"莫会兰身子不动地说。

过了一会儿,莫会兰说:"下班了,我们走吧。"她看着女技校生收拾完东西后,在头里走出来。

有人影在苞米地里隐隐闪过。戴着近视眼镜的女技校生没有看到,莫会兰看到了。她们走过那片苞米地,来到地东头时,看见一辆闪着红灯的警车停在那里。女技校生惊异地说:"是城里的警车,不是油田保卫处的,一定是出了什么大事!"女技校生很惊慌。

"别害怕,在这个井站上干一定得胆大才行。"莫会兰瞅着那边说,随后又说了一句,"谢谢你陪了我一个下午。"

女技校生正不明白她为什么要说这个。等转过脸来时,她已先离开,她匆匆向那边走去了。

莫会兰下午回井站上时还在想着,要不要说自己没看见磕头机叶轮下有人，她才拉的闸呢？从工作上讲这完全是说得通的。可是现在她不想那么说了，她坦然地向着那辆城里开来的警车走过去……

快要消失在苞米地头西边的太阳，红酥酥地普照着这一切。

小学同学

1

郭海生读小学五年级的时候是在红光小学。当时的班主任姓徐，叫徐革英。郭海生在读小学五年级的时候发生了这样两件事：一件是五年级（2）班在新学期开学的时候转来一名女生，叫肖婉晴；另一件是在五年级第二学期快要结束的时候，郭海生的父亲偷了他们厂里一根无缝钢管，被抓住后在大街上游街了。

这两件事后来就影响了郭海生的命运。郭海生没等小学毕业就匆匆离校了。当然红光小学后来又改回原来的校名叫工厂街小学，就像这条街上的许多商业服务行业，如红光副食商店、红光照相馆、红光电影院……后来又都改回叫原来的名字。不过这都和郭海生没有任何关系了。郭海生后来也常从闹市区的工厂街小学门口走过，不过他连停留也没停留一下，甚至懒得往那块白漆黑字的校牌上瞥一眼就匆匆走过去了。不大的校园里依然有一批小学生在玩耍……不过这和郭海生有什么关系呢？

郭海生那一年十四岁，他在小学里留了两回级了，所以年纪比同年级的同学都大。郭海生长着一颗大脑袋，长下巴，身子长腿短，经常穿一条精瘦的劳动布裤子。郭海生习惯把两手插在裤兜里，嘴里吹着口哨，样子有些流里流气。班上的女同学从不和郭海生说话，这主要还是因为郭海生是留级生。这样班级里分座位的时候，郭海生就单独分到了一张座位。

　　新来的女生肖婉晴被班主任带进教室的时候，郭海生正伏身练钢笔字。这很奢侈，那会儿小学生都用铅笔写字，郭海生却用不知从哪里搞到的一管英雄牌黑钢笔在写字。班主任徐老师一直把肖婉晴带到郭海生的桌前："你就坐在这里吧。"肖婉晴并没有马上坐下，她很有礼貌地向徐老师和同学们行了个礼。这使得郭海生和班里别的同学都相信肖婉晴是从学府路上转来的，那里住的都是知识分子，不像他们工厂街上的，都是一些工人子弟。

　　"你叫什么名字？"

　　"肖婉晴。"

　　其实刚才老师已经介绍过了，郭海生没有注意去听。那个上午郭海生在自己的笔记本上写满了"肖晚情"这样三个字。

　　肖婉晴是由她母亲送到学校里来的（后来才知道她父亲是个俄语教授，被批斗下放到农村去了，她的母亲死活没有跟去），那是一个体面的女人。和班主任在操场上唠嗑儿时，她掏出一块干净的手绢来，将一口痰吐在里面，小心叠好又揣进衣兜里。郭海生和班上的同学看到肖婉晴也是这么做的，肖婉晴每天都揣着一块散发着香味的手帕，将痰吐在里面。让他们看见了觉得很可惜。他们总是很随意地将痰吐在地上。

　　郭海生每天放学后并不着急回家。郭海生回到家里也是一个人，他父亲在一家机修厂里上班，母亲在他五岁时就改嫁了。郭海生每天放学（有时逃学）后就去红光电影院门前转悠。电影院每隔两天放映一场电影，电影都是一些老片——《地道战》《地雷战》《红灯记》什么的。偶尔也放映一个新片，新片的片名都是郭海生最先在班上发布的。这很让班上的男同学嫉妒，就像嫉妒他和肖婉晴坐在一张桌一样。

"喂，你看电影吗？"郭海生站在台阶上，双手插在裤兜里，对放学走过来的同桌喊了一声。他对班级里的同学从来不直呼其名。

肖婉晴站下了，看看他，又看看挂出来的电影预告小黑板，票价两角，犹豫着摇摇头。

"嗐，真是可惜，这个片子我已经看过三遍了。"郭海生从裤兜里拔出手来，他的手里握着一张粉红色的票，张开手就要把票撕碎。

"哎，别撕……"她喊了一声，接过来说了一句，"谢谢你，郭海生同学。"

电影是《卖花姑娘》。电影开演了，郭海生也走了进去，他站在后面，眼睛并没有盯着屏幕看，而是盯着她那里看。

就在郭海生进一步向他的女同桌发起进攻的时候，厄运降临到他的头上——他父亲在工厂里偷钢管被抓住游街了。消息是从班里一个外号叫"鼻涕虫"的男生嘴里发布的。"鼻涕虫"的父亲是厂里保卫科的人。这是一个晴朗的下午，他在那里绘声绘色地讲着，郭海生一下子觉得这个下午灰暗了下来。他没有等到放学，就偷偷跑到大街上去。他看到那辆开出去挺远的解放汽车车厢上架着高音喇叭，他父亲胸前挂着一个白纸壳牌子，上面写着"坏分子郭连成"。他父亲没有像他想象的那样觉得有多难为情，而是像电影里的革命者那样高昂着头。

晚上回到家里，郭海生问他的父亲："你为什么要去拿厂里的钢管？"

"啪！"他父亲重重地扇了他一个大耳光。他捂着嘴巴没有再问下去。其实他明知道是什么原因促使他父亲这么做的。他只是不想看到事情的结果会是另外一个样子。这令他很难过。

那辆他父亲自己做的自行车半成品还摆放在小屋里，所有的部件都配齐了，只差大梁了。他父亲所在的车间是车工车间，弄根钢管是很容易的事情。怪只怪他父亲太大意了。郭海生对着那辆没有装上大梁的自行车发呆地看了好久。许多年后当他偷自行车偷到第五辆，家里放不下时，他就卸掉了车轱辘，只留下大梁了。

第二天坐在教室里，"鼻涕虫"还在向不认识他父亲的同学唾沫星子乱溅地讲着这件事。放学以后，郭海生把"鼻涕虫"堵在了一条胡同里：

"喂，你再给老子说一遍！"

"鼻涕虫"就站在他对面说："郭连成就是个小偷。"

"啪！"他扇了"鼻涕虫"一个嘴巴，"你再说一遍！"

"郭连成是个小偷。"

"啪！"他又抽了他一个嘴巴，"鼻涕虫"鼻血就流出来了。他吐着鼻血仍在说："郭连成是个小偷，郭连成是个小偷……"郭海生就无力地垂下手来。

别的同学告诉了老师，班主任徐革英和每回处理他逃学一样，叫他把家长找来。众目睽睽下，他没有像以前满不在乎地照着她的话去做，而是无地自容地低下了头。这里面有一双叫他害怕的眼睛，他在心里发誓决不能叫郭连成到学校来。

从这天以后他再也没到学校去……当然后来他被学校除

名了。

不知是有意还是无意，这期间他在红光电影院还碰到过女同桌一次。她是同她妈妈来看电影的。"哎……"他小心翼翼地叫了一声。肖婉晴发现了他，脸上露出惊喜："哎，郭海生，你怎么不去上学啦？"

"我不念了。"

"真可惜，我们就要上中学了。"肖婉晴惋惜地说。她母亲走过来，她介绍说："这是我的同学。"那女人礼貌地对他点点头。他一时有些局促，迅速从兜里掏出那支英雄牌钢笔塞给她："这个送给你吧，我用不着了，算留做个纪念。"

郭海生打了一声口哨走去了。肖婉晴怔怔地瞅着他消失的背影有些发愣。"他说什么？"那个女人问。

"他说他不念书了。"

"这你该劝劝他。"

2

八年以后，工厂街上的红光电影院里放映的新片忽然多了起来。有日本影片《追捕》《望乡》，印度影片《流浪者》《大篷车》……每晚聚集在电影院门前的人都很多。电影院不得不请来一些附近的联防队员帮助维持秩序。

冬天里电影院外面摆摊卖瓜子、糖葫芦的小贩也多了起来，夹杂在人群里吆喝着。不一会儿雪白的地面就被瓜子皮弄成了麻脸。

郭海生站在人群里，他头上戴着一顶狐狸毛平顶帽子，脸上戴着大口罩，顾盼的目光向停放自行车处望去。那台崭新的二七五型凤凰自行车他打量有一会儿了。今晚放映《流浪者》，他已经看过三遍了……他等着身边这些没有买到票的人渐渐散去。可身边这些人像和他比耐心一样久久不肯离开。

从电影院外面的喇叭里传出《拉兹之歌》："阿巴拉古，呜喔呜……"

电影演过了中场，身边的人才开始无奈地散去。直到售票窗口铁栏杆外最后一个人离开，他才朝停车处走去。

他装作开自行车的样子，手里握着一把吊着塑料金鱼的钥匙，从一排停放的自行车中间走过。他几乎是轻车熟路地走到了那台凤凰自行车前。从车座上的针织毛线座套上，他判断出这是一辆女人骑的自行车。他弯下腰来，又悄悄从裤兜里掏出一把短小的螺丝刀来，仅仅撬了两下，他就听到咔嗒一声微响，车锁弹跳开了。

正当他直起腰来，内心一阵大功告成的窃喜时，两个穿着黄大衣、胳膊上戴着红袖标的人一左一右站到了他身后："站在这里别动！"

他手里握着冰凉的自行车车把惶恐地站在那里了。要命的是这时电影院也散场了。电影院门口的人潮水般地涌了出来，那两个联防队员还叫他待在原地别动，大概是在等车主的到来。

车主走来了，果真是个年轻漂亮的女子。她轻盈地走到自己的自行车跟前来。

"这是你的车吧？"联防队员问那个姑娘。

"是的。"她点点头，像不太明白发生了什么事。

"他偷你的车，被我们抓住了。走，我们一起到派出所去。"

姑娘没有动，只听她说道："是我叫他来推我的车的，我的车钥匙丢了。"

他像两个联防队员一样惊讶了，他转过身来，差点儿叫出声来，这是一张久违了的熟悉面孔。

"谢谢你们。"她对那两个联防队员说。他俩有点儿不太情愿地离开了他们。

等他们走远，她转回头来，看了他一眼，接过车把说："你可以走了，不过以后不要这么做了。"

她显然没有认出他来，他低着头匆匆走开了。

这天晚上回去后，郭大头对工厂街一带伙里的老大疤三说，他不想再做"车工"了，他想做"钳工"。疤三嘿嘿笑着说："你是不是觉得栽在那个小妞手里难为情啊？不行叫几个弟兄会会她。""别，她是我的小学同学。"郭海生赶紧阻止。

郭海生认出来的没错，那个骑凤凰车的女子的确是他的小学同学肖婉晴。那天晚上遭遇之后，他暗中跟踪过她两次，知道她现在在奋斗路新华书店上班，并且他还知道她现在有男朋友了，让他感到惊讶的是她的男朋友竟是他的同班同学"鼻涕虫"。"鼻涕虫"长成个英俊的小伙子了，不再是班里那个一到冬天就拖着两条黄龙来上学的小男孩儿了。他在公安局上班，这同样让他感到有些惊讶，看来这家伙子承父业当上了一名真正的警察。

那天下班以后，他跟踪到江边斯大林公园去。公园里游人寥寥，不远处江面上覆盖着厚厚的老雪，阴霾的雾色里有几个孩子在冰上玩抽冰尜儿。绿色长椅上坐着几对穿着像熊猫一样厚羽绒服的恋人。她到这里来干什么？也是来会男朋友？……他胸口跳了几跳。他想走上前去装作刚刚碰到的样子同她打声招呼。他已经换了昨天的装束，她不会认出他来的。可是他最终没有动，他坐在旁边的一张长椅子上，脸朝着江面，看那几个孩子在玩冰尜儿。

那个高个子男青年远远地朝她走来了，他开始并没认出他是王路，直到走近了听到她喊出他的名字来，他才愣怔了一下，认真地侧过脸看了一眼。这么多年没见，这家伙长得这么高了。

"你昨晚干什么去了？害得我一个人坐在电影院里把电影看完也没有见到你的影子。"她娇嗔地抱怨道。

"昨天队里临时有任务，没抽出身来。"他走过去坐在了她身边，像别的恋人一样伸出手揽住了她的腰。

她摘去了红围脖，露出了一张娇白的脸庞来，只是一笑俩酒窝的腮上，被江边的风吹得有些发红了。他把脸贴到她的脸上……

"别，让人看见。"

他重新转过脸来，心里像被什么东西硌了一下。

"路，你知道吗？昨天我那辆新买的凤凰自行车差点儿被人推走……"

他停止了拱动，抬起头来，问：

"后来呢？"

"那人被执勤人员抓住了，不过我又叫执勤人员把他放了。"

"放啦？你应该和执勤人员把他送到派出所去。"

"我看他像是第一回做这种事情，还是不要报案的好。"

"这帮家伙都很会装模作样，你放了他，他明天又会去偷别人的车子。"

"……"

郭海生默默起身离开了椅子，一个人沿着江边独自走了……

郭海生再次见到肖婉晴是在她和王路的婚礼上。那天是五一劳动节，婚礼是在王路父母家操办的。王路的父母还住在工厂街老平房区，两间低矮的平房，院子里院子外都站满了人。郭海生站在街上一堆闲人堆里，他们不认识他，他也不认识他们。

拉新娘的汽车开来了，是一台警车，肖婉晴从车里走下来，她穿着一身洁白的婚纱，挽着王路的胳膊走进院子里去。王路脸上露着满足幸福的笑。院子里一个穿警服的人主持了婚礼。一张铺着红床单的桌子后面坐着王路的父亲和母亲。肖婉晴家里没来人，郭海生已听身边的人讲，肖婉晴的母亲在几年前得肺癌死了。这就让他想起小时候见到的那个常把痰吐到手绢里的女人来……

婚宴开始时，郭海生离开了。他将一个用红纸包着的影集交给了一个不认识的人，托他转交给新人。那人就把影集交给了肖婉晴，扉页上写道：

恭喜你们！

你们的一个小学同学

"谁送的？"王路凑过来问。

肖婉晴莫名其妙地摇摇头，追出来，郭海生已走没影了。

9

疤三近一段时间手气有点儿背，他把这一切都归咎为带了郭大头的缘故。他刚刚改行做了"钳工"，显得有些笨手笨脚的。

隔着一条马路，他俩站在奋斗路副食商店门口对面的一个电话亭背后，嘴里叼着烟，眼睛叮着进进出出的人。天气很热，他俩头上的凉帽都做了扇子，呼嗒呼嗒地扇着。

"盯住那个胖子，我们过去。"

"等等……"

"怎么啦？"疤三犹豫地看了他一眼。

"我好像看见了一个雷子。"

疤三警觉地撒摸了一圈，收回目光。

"大头，你怎么变得缩手缩脚的了？我数七个数，不管是谁我们都进去。"疤三狠狠吸了一口烟，将烟屁股啪地吐到地上，用脚碾碎了，开始数起来"一、二、三、四……"

"就是她了，我们走。"郭大头没等疤三数到七就叫了起来。疤三朝那个五十岁左右的妇女身影扫了一眼，不太情愿地嘟囔一句："我看她是个穷鬼。"但还是跟了过去。

徐革英是来副食商店买肉的，买肉的人排着长队，她也站在后面慢慢排起来。有个刚进来的年轻人在她前面加了个塞儿，她皱了一下眉头。快排到跟前时她又被人挤了一下，险些晃倒。挤她的那个人匆匆向门口走去。她下意识地摸了一下衣兜，衣兜里空了。"我的钱包！"许多人回过头来看，包括在糖果柜台前同那个女营业员唠了一会儿嗑儿的一个警察，他走过来。

"哎，徐老师是你吗？"刚才在她前面加塞儿的那个年轻人笑嘻嘻地站到了她面前，她停止了上下翻兜的手。

"你是谁？"她打量着这个人。

"我是你教过的学生郭海生啊……"他眨眨眼睛说出了自己的名字。他用眼角注意到那个警察停止了脚步，疤三这会儿恐怕也跑没影了。

"你是那个留级生？"她好像想起来了，不过很快变了脸色，严肃地说，"我不认识你，我没有你这个学生……"说完，她就匆匆挤出了围着的人群。郭大头心里哼笑了一声。

郭大头一直找到江边才找到疤三，他正懒洋洋地躺在石堤底下，看见郭大头，他坐起来把一只钱包甩过来："只有九元八角二分钱，我早说过她是个穷鬼。"郭大头接过翻了翻，里面还有一个工作证，上面的照片大概还是十年前贴上去的，她还剪着那种齐耳的短发。

"你好像认识她？"

郭大头点点头。

"为什么要这么干？这很危险，你知不知道？"疤三往水里丢了一颗石子。

"我恨她。"

郭大头将那只塑料钱包和那个工作证一齐扔进江水里。如果不是十年前她逼他叫他父亲到学校去，他会不会离开学校呢？还有他会不会和疤三这种人混在一起呢？

"从明天起你自己干吧。"疤三起身打了一声呼哨离开了他。

郭海生是在奋斗副食商店里得手几次后失手的。这家商店原来叫红光商店。他对它十分熟悉，他自小就是在这里学会吸烟的。他那时除了捡别人的烟屁股外，还买那种九分钱一包的经济烟抽。郭海生通常是上午到商店里来，买了一包烟后就倚在柜台角上吸。迎面是一排柜台镜子。他用眼角扫描着，进进出出来店里的人在镜子里晃得一清二楚。他的眼角叼上了一个男顾客，尾随着他走到门口碰了他一下，弯下腰装作系鞋带，那只掉在地上的钱包就顺手掮进裤兜里。他直起腰来刚推门走出来，手腕被一道冰凉的东西划了一下，他有一种被蛇芯子舔了一下的感觉，心里一惊。

"你跟我走一趟。"贴在身边的大个子威严地说。

坏啦，栽啦！他乖乖地跟他从人群里穿过，毒辣辣的太阳在头顶上晃得他有些眼晕。两个人的手腕铐在一起，看上去像老朋友一样亲密。只不过郭海生的脑袋耷拉着，一直走出去很远，郭海生才敢偷偷侧过头去看了他一眼，这一看不要紧，他眼睛里露出了惊喜：

"王路！"

"你认识我？"对方严肃地回过头来。

"我们是小学同学，你不认识我了？"

王路认真地打量着他，王路冰冷的目光里有了变化："你是……郭大头？"王路显得有些犹豫。

他的脸色急剧地变化着，有些尴尬，有些惊讶，又有些惶惑。王路也没有想到他会和他的小学同学以这种方式相见，他的手腕动了一下，似乎觉得两人手腕这样铐在一起有些别扭。可是他抬了抬手又停了下来。

"王路。"

"嗯。"

"你……你放了我吧。"

"为什么？"

"因为我们是小学同学呀！"

"可是我现在是警察。"

王路板起了面孔。王路重新走起来，他也跟着王路走起来，不再说话了。因为不远处就看见公安局大院了。王路把他交给了另外一个警察。由另外一个警察来审他了。在他离开时，郭海生又叫住了他："我们班上的校花肖婉晴她还好吧？"

王路没想到他也知道了他和肖婉晴结婚的事。当然这是小学同学间人人都知道的事情。王路站在那里看了他一眼后，答非所问地说了一句：

"贼的儿子永远是贼。"

郭海生听了，脸色一下子煞白起来，他收住口，不再说什么了。

王路这天回到家里把这件事同肖婉晴说了。王路是在吃过晚饭后说的。

"你猜猜看今天我抓到谁啦？"

"抓到谁啦？"

"我想你也猜不到，我抓到郭海生啦。"

"郭海生，哪个郭海生？"肖婉晴一下子没想起来。

"就是我们小学没毕业被学校开除的那个郭大头哇。"

肖婉晴想起来了，她紧张地问："他怎么啦？"

"他在扒窃，被我抓到了。"

"他怎么会这样呢？"肖婉晴还在回忆着。

"贼的儿子永远是贼。你还记得吧，他父亲在他上学时偷工厂里的钢管被抓住的事……"

肖婉晴摇摇头说她不记得了。

"他会怎么样？"过了一会儿肖婉晴问。

"我看他不像个初犯，也许会判刑的。"

吃过晚饭后，肖婉晴想了想又说："路，他毕竟是咱们的小学同学，能不能给他说点儿话？"

王路很吃惊："晴，你怎么能这么想？你怎么不去为那些被害人想一想？他们丢了钱，也许那是养家糊口的生活费呢。"

肖婉晴就不吱声了。

过了两天，王路回到家里来说："郭海生被判刑了，判了三年。"

"判了三年，那他家里人该怎么办呢？"

"他还没有成家，和他父亲住在一起。不过听说那老东西在几年前就疯了。"王路说。

　　"唉。"肖婉晴叹了一口气。

　　"看你很关心他的情况，就因为你们坐过一张桌吗?"王路瞅瞅她。

　　"看你想到哪里去了? 我是在可怜这个不幸的人。假如他那时不是那么早退学，也许不会是这个样子呢……"

　　"这很难说。他那时就有小偷小摸的习惯，偷同学们的圆珠笔、铅笔刀什么的。"

　　肖婉晴想起来郭海生临毕业时还送过她一支英雄牌钢笔，她到现在还保留着。她想跟王路说说这件事，看看王路厌倦的样子就收住了口。

　　王路累了，晚饭没吃几口，身子一歪，倒在床上就要睡去。肖婉晴走过去给他解衣服，又闻到一股浓烈的汗酸味，里面的内衣已被汗浸透了。他穿的衣服，肖婉晴要两天给他洗一次。

　　"起来，起来，洗了脚、刷完牙再睡觉。"肖婉晴嗔怪道。

　　"我实在太困了。你知道我每天跟贼要跑多少路吗?"肖婉晴就住了手，出去给他端来一盆烧好的洗脚水，扒下鞋动手给他洗起脚来。床上的王路已打起了呼噜。肖婉晴摇摇头，她曾要他调出反扒队，调到分局别的部门工作。可王路说他喜欢抓贼，抓贼叫他有一种快感。

　　大概是生活的劳累和这种不正常的生活规律，他们的性生活也很没规律。结婚一年多了，肖婉晴还没怀上孕。她打算过两天到医院里去查查看。王路的父母早就急着抱孙子了。

刑警王路绝没有想到他还会抓到郭海生的父亲郭连成。这使他更加相信有其父必有其子这句老话。他跟踪这个蓬头垢面、戴着一副墨镜的老贼转悠了差不多一上午，后来他走进奋斗路商店里去，向一个正买甜点心的妇女下手了。那个妇女刚把钱掏出来，就被他一把夺了去。妇女喊了起来："抓贼呀！有人抢我的钱了！"他怔了怔，转身就跑了出来。跑了有二百多米，他被人追上了，有人扯掉了他的墨镜，后面的人纷纷将西瓜皮、土块向他头上、脸上抛去。他捂住了脸，弯下身子去。王路跑到跟前，掏出手铐来："我是警察，把他交给我吧。"围着的人这才住了手，发泄着骂了一些脏话散去了。王路在给他戴手铐时，才认出是郭海生的父亲郭连成来。

"你还认识我吗？"王路把他拉起来说。

他惶惑地摇摇头。

"你认识王解放吗？"

老人脸上画着问号。

"我是他的儿子。"

老人的嘴角抽搐起来，过了一会儿从嘴角里冒出白沫来："……我是反革命，一九六八年工厂里备战加班制造高射炮反修防修，我偷了制造高射炮的无缝钢管，让苏联大鼻子打了进来。我该死，我有罪……"

王路知道他真的是疯了，精神病人是不追究刑事责任的。在去公安分局的路上，王路把他放了。他疯疯癫癫朝工厂街平房家属区跑去，边跑边嘴里磨叨着："我该死，我有罪，一九六八年工厂里反修防修加班制造高射炮，我偷了厂里一根无缝钢管……"

王路的妻子肖婉晴在这年夏天给王路生了个儿子。儿子满月后，王路和肖婉晴常抱着儿子回王路父母家去看看。王路的父母还住在工厂街老平房区里。走过平房家属区的街口，偶尔能看到一个蓬头垢面的老头儿匆匆走过。王路看了他一眼，对肖婉晴说："他就是郭海生的爹郭连成。"

肖婉晴听了停下来朝那边看过去。

"郭海生快放出来了吧？"她问。

"快了吧。"王路答。

"他现在以什么为生呢？"她在问郭海生的父亲。

"他名义上是在捡破烂，谁知道是不是在……"他看了肖婉晴一眼，没有把"偷"字说出口。

有时郭疯子身边还跟着两三个小脏孩子，这种小脏孩儿在饭店、在车站候车室里常能见到的，是流落在街头上的乞丐。郭疯子带他们到工厂街老棚户区来，常常遭到街坊上孩子的围攻，他们把土块和西瓜皮向郭疯子他们身上抛去。有的邻里孩子还一边追，一边喊："郭疯子是小偷，郭疯子是小叫花子头儿……"

有两回肖婉晴单独抱着孩子回婆婆家，在街上遇上了郭疯子，她从兜里掏出十元钱来递给他。郭连成疑惑地看着她，不敢伸手去接。她把钱按在他手里说："我是你儿子的小学同学。"他这才"啊、啊"接了，疯疯癫癫跑开了。这件事被邻居传到王路的母亲耳朵里。王路不无讥讽地说：

"你在做善事？"

"不管怎么说他也是我们的小学同学呀。"

"可你让那些邻居怎么看？这件事要是传到分局去，还以为

99

我和他这种身份的小学同学划不清界限呢!"王路面红耳赤地说。

肖婉晴没有想到丈夫会这么生气,她怔怔地看着王路,本想反驳几句又怕惊着了孩子,不说话了。

这年秋天郭海生从监狱里放出来了。郭海生放出来后做的第一件事就是找到王路。他在工厂街一条背静的街口堵住了王路。渐凉的秋风吹动着街两旁的杨树,枯黄的树叶一片片被撕扯下来,孤零零在街口上滚动。郭海生的光头还没有长出头发来。

"王路谢谢你。"

"谢我什么?"

"谢谢你放过我爹一马。"

"这你不该谢我,我只是在按法律行事。刑法规定精神病人是不需要负法律责任的。"

"不管怎么说我也要谢谢你。"

王路瞅瞅他,知道他还有话要说,就冷漠地站在那里等他说完。

他嗫嚅了半晌说:"你妻子……肖婉晴她还好吧?"

王路瞥了他一眼道:"她很好。"

"请代我谢谢她,谢谢她给过我父亲钱。"

"她并不知道那人是你父亲,她以为是街上路过的一个老乞丐。对别的乞丐她也会这么做的。"

郭海生听了脸一阵红,一阵白。

王路冷冷地转过身去,走了。

工厂街一带的商店里、影剧院缛窃案子还不断发生,刑警队长就把王路和另外两名负责该地段的便衣队员找到自己办公室去说:"你们是怎么搞的?咋就不能把案子压下来?"组长王路说他们的面孔已叫贼盯熟了。刑警队长不客气地打断他,不管怎样也要把案子压下来，否则他无法向上面交代。

这天下午，王路一个人悄悄潜入奋斗副食商店里。他看见郭海生在人群里大摇大摆地转悠，过了一会儿他就出去了，王路也尾随着跟了出去。郭海生去了大明电影院，那里正放映一场下午场的电影，郭海生买了一张票进去了，王路也随后买了一张票跟了进去。郭海生坐在前排中间的位置上，他悄悄地坐在了后排。郭海生看得很专注，他却无心思朝屏幕上看。电影院里看电影的人并不是很多，大多数是一对一对的情侣。电影散场了，郭海生走了出来，嘴里吹着口哨，一摇一晃地朝工厂街平房家属区走去。王路站在台阶上暗自叹了一口气：莫非这个家伙真的洗手不干了？

回到队里，王路才听到那两个队员报告说："奋斗副食商店下午发生了一起绺窃案。被害人是个年轻的姑娘，正捂着被割破的裤兜在队部里哭呢。"王路一听头就大了，心里懊悔不迭，看来他中了调虎离山计了。

王路走进屋里，问那个姑娘："知道是谁干的吗？"姑娘哭哭啼啼说，她下午走进商店里去买东西，感觉有人在摸她的屁股。她回头瞪了一眼，见是两个嬉皮笑脸的小青年，以为是小流氓，就躲开了他俩。等她来到柜台前要掏钱买东西时，才发现揣在裤兜里的钱包不见了。姑娘穿着一条石磨蓝牛仔裤，屁股绷得紧紧的。他真佩服那个割兜的家伙，居然没割着肉。姑娘的粉红色三角内裤都露出来了。

他叫上一个队员找来白胶布，让姑娘粘上割口，叫她先回去了。

"这个家伙也真忍心朝这么漂亮的姑娘下手。"这个队员咂咂嘴。

"如果你是扒手会怎么样呢?"他随口问了一句。

"我宁肯去当小流氓。"小伙子开玩笑地说了一句。

王路是在第二天把郭海生堵在了一条胡同里的。王路瞅瞅他,说:

"你又重操旧业了是不是?"

郭海生一副嬉皮笑脸的样子:"哪能呢? 咱刚接受了三年政府的教育,哪能又干那缺德的事?"

"郭海生你再作案,我还会把你送进监狱里去,你信不信?"

"信,我信,我咋能不信呢? 可是你抓住我了吗?"郭海生像鸡叨米似的点头,不过他眼里却掠过一丝嘲讽。

王路知道没有证据拿他是没有办法的。他没再说什么走开了。

5

肖婉晴开春以来一直咳嗽不停,咳嗽了一个多月,后来就喀出血丝来。王路带她到医院里去检查,一查就查出肺结核来,需要到传染病院去住院治疗。传染病院在郊区,王路就送她到那里去住院了。

王路和肖婉晴家里都没有人去陪护,肖婉晴的母亲在她婚前就已经病逝了。王路的工作也脱离不开。王路就晚上乘班车去市郊传染病院,第二天早上再坐最早的一班车赶回城里来上班。孩子已送回了他父母家里去,由他母亲给带着。

肖婉晴劝他不要这样来回跑了,这样跑下去他会吃不消的。王路就笑笑说:"没事。"他不放心她一个人住在这里。传染病院四周是一片荒郊野外,除了能听到一两声野狗的叫声外,几乎看不到一个人影。附近农民住的村庄离这里都很远。来这里住院的第一天，那个戴眼镜留一撮小胡子的病房医生就跟他讲："有时间多来陪陪你的妻子。得这种病的人是很害怕孤独寂寞的。"病房里除了每天闻到的大量青链霉素、利福平药水味儿，很少闻到别的气味了。

和肖婉晴同病房住着三个病人，除了一个小女孩儿是她妈妈陪护外，其余两个都是自己的丈夫陪护，他们通常是白天在病房里陪护，晚上却不知道到哪里找地方睡觉去了。医院里有规定，晚上病房里是不能留人的。王路通常是偷偷跟值班护士说好留在病房里的。和肖婉晴同病室有一个农村妇女，住了不到一个月，病还没太好利索，大概是因为交不起住院费不得不出院了。她的丈夫接她出去时讨好地对王路说："你可以睡在这张床上了。"因为他知道一时半会儿不会有新的病人来。可是没过多久，他又看到那个农民找到医院来，他在住院处向大夫哭诉，说他妻子回家后不久就死了……那个留着小胡子的医生毫不客气地训斥他："我早说过她不该离开医院的，你就是不听。你答应过我回去后让乡里的医生给她注射药的。"那个可怜巴巴的农民沮丧地说："家里一点儿钱都没有了，三个孩子张着嘴等着吃饭，哪有钱再去买药啊？"大家听了就跟着叹息一阵。

王路再睡到那张床上就有了一种不太舒服的感觉。他宁肯一夜不睡，守在肖婉晴的床头前。这样两个月下来，王路消瘦了许多，眼里常常布满血丝。

"路，你夜里不要再来了……"

王路总算听从了肖婉晴的劝说。他由一天一次到医院来变成了三天来一次，再后来就一周来一次了。

令王路感到不安和发愁的不是他不能每天都到传染病院里来

陪护肖婉晴，而是肖婉晴的住院费快要花光了。为了给肖婉晴治病，他们已拿出了家里的全部积蓄。医院里告诉他，像她这种四型结核病人还需要住院治疗三个月才能康复。而雪上加霜的是拍片查出她的支气管扩张已相当严重，需要马上做手术。

他找过肖婉晴的单位新华书店，领导发愁地说，书店现在不景气，职工开支都有困难，至于职工看病住院，也管不了那么多了。王路又找到家里，父亲拿出两千块钱交给他，叫他先拿去用。他知道这是父亲退休以后的全部积蓄。为自己这么大了还要从家里来拿钱感到难为情，可是有什么办法呢？即使这样，他知道也仅仅刚够支付手术费的，至于剩下的三千块钱住院费还得容他日后再慢慢想办法。由于妻子的生病，队里分配给他的任务已经减少了，只让他在奋斗路副食商店里"蹲坑"，不派他到大街上跟踪了。这样中午时他还可以回到队部打个盹儿。这一段时间，奋斗路副食商店里还相对太平，没有被害人找到队里来报案。王路暗暗松下一口气来……

"喂，你妻子——我们那个老同学她现在怎么样啦？"

有一天在路上郭海生碰见了他，这样盯着他问一句。王路他有些反感他这样问话，但还是回了他一句："她……她很好。"说完匆匆走了。

郭海生望着这个面带倦容的人匆匆离去的背影，眼里布上了一层疑惑。肖婉晴工作的那家书店他已经去过了，他从一个店员口里知道肖婉晴已好久没来上班了。

"她怎么了？家里出了什么事情了吗？"

"她病了，住院好长时间了。"

"得的是什么病？"

"肺结核……你是她什么人？"

"哦，哦，我是她的小学同学。"

他从书店走出来就打算去医院看看她，可是他又忘了问她住在哪家医院了，他本想装作不知道的样子问问她的警察丈夫，可是一看到他一副冷冰冰的样子，他就在心里打退堂鼓了。

又是一个周末的黄昏，王路来到了传染病医院里，出外散步的人都回来了。病房里的病人这天有许多人来探望，大都过得开心些。肖婉晴倚坐在自己床上，她手术刚刚拆过线，看上去也受到这种情绪的感染，脸上透着一种愉快的红晕。看见他进来，还冲他笑了笑。靠窗的床头柜上摆着一束鲜花，他以为是邻床那位教师送给他妻子的，可是在肖婉晴的床下他还看见有两大塑料袋满满登登的鱼肉水果罐头。这让他有点儿惊异了。

"你猜猜看，谁来看过我啦？"肖婉晴显得有些兴奋。

"谁？"

"郭海生啊！他不知道从哪里知道的消息，听说了我生病住在这里就赶过来看我了。这么多年没见，没想到他还能一下子把我认出来。"肖婉晴眼里闪着盈盈的亮光，看得出她很高兴见到这位小学同学。

"他怎么会来？"王路本能地干巴巴地问了一句。

"我也没有想到，也许他去我们单位问过了。你瞧瞧他还带了这么多的东西，这得花多少钱哪？"

王路的脸又像被谁抽了一巴掌似的红了。作为丈夫，从她住院以来他还没一下子给她买过这么多东西，还有那束花，也叫他觉得刺目。

吃过晚饭后，肖婉晴又余兴未尽地谈论起郭海生来，当然是谈到在小学里的一些事情。王路默默地听着，听到最后他插了一句：

"你没问问他现在在做什么吗？"

"他说他现在在一个货场上做事情。"

王路听了"哼"了一声，扭头看了看邻床的病人，心里道："但愿他是这样的。"

第二天一早他离开医院时，肖婉晴跟他说她想出院了。王路问她是不是担心住院费的事。肖婉晴忧虑地看看他，点点头又摇摇头，说她自己感觉已经和好人差不多了，回去静养一段就会好了，何必再待在这里白白浪费钱。她说她很想孩子。王路说孩子下次他来看她时会带来，叫她安心养病。住院费不是她该考虑的事，他会想办法的。说完他就走了。

6

王路果然把儿子领来了。他抱着儿子走下交通车，向传染病院那座灰色的住院楼走去。院子里有些病人在散步，远远地看见有一个人影在陪着妻子散步。他停下了脚步，他认出那人是谁来。等那人走开了，他才抱起儿子走上前去。肖婉晴看上去精神不错，见到儿子更是十分欣喜。他把儿子放下来，儿子蹒跚着脚步向她扑过去，夕阳把余晖涂抹在他们母子身上。

"郭海生又来看我了，他刚走。"

"啊。"走进屋子里，他又看见妻子床底下堆放着一些罐头。

"你们的那个小学同学真不错呀！"邻床有人羡慕地说。显然他们已从妻子和他的谈话中知道了他们之间的关系。

"……他以前坐过牢。"他犹豫了一下还是说了，他注意到妻子责怪地看过来一眼。

邻床搭话的人也噤了声，他知道下回那人再来，这些人一定会看好自己的包的。

次日早晨，他抱儿子离开时，肖婉晴跟出来送他俩。肖婉晴小声地说："你昨晚不该当着那些人的面，告诉他们那些。""我说的也是事实，不是吗？"肖婉晴就轻叹了一声，又跟他提起出院的事。他说他问过医生了，再有两周就可以出院了。肖婉晴眼里就流露出一种盼到头的目光。

自从他发现郭海生去看过肖婉晴后，他再没有看见过郭海生的身影，不知是不是有意躲避他。那天他有事路过东道口，忽听到身后有一个人在喊他："王路！"

他转过头，看见郭海生从一堆或蹲或站的人群当中走过来："你妻子她好些了吗？"他没有再直提肖婉晴的名字。

他冷冷地盯着他："谢谢你关心，她很快就要出院了。"

"这就好，我不过是随便问问。"他看出了他的反感才这样说。

"你去看过她，还给她买了东西。谁知道你的钱是不是干净的？"他剑一样的目光扫视了一下他说。

郭海生的脸白了一下，而后抬起头来一字一顿地说："我给她买东西的每一分钱都是干净的。"

说完他朝那伙装卸工人那边走去了。王路这才注意到他的后背上也搭了一个垫肩，难道他真的像肖婉晴告诉他的那样在这里找到了活儿干？他心生疑窦。那伙人嘻嘻哈哈朝他说了一句什么，他也随口说了一句粗话……王路厌恶地扭过头去，抬脚离开了那里。

日子过得真快，王路终于等到了肖婉晴出院的日子。这天一早他赶去市郊医院接肖婉晴出院。到了那里，他先去了住院处，他想和住院处的人商量商量，欠医院的三千元钱住院费过些日子凑够了再给医院送来行不行。他打算把身份证押在这里，医院里总能相信他这个警察说的话的。

哪知他坐下来刚刚开口，那个认识他的男医生就说："你爱人的住院费已结过了。"

"结过了？谁来结的？"他吃了一惊。

"就在前天，那人说是你们的小学同学。说是你叫他来代结的。"

王路听明白了，他拿着出院单呆呆地走出了住院处办公室。直到到了二病区病房门前他才振作了一下精神，推开门，肖婉晴已收拾好东西等在床边了。

"我们走吧。"他说。

"住院费结完了？"

"结……结完了。"看来她并不知道这件事。他很害怕她这时问他是怎么弄到钱的，就动手拿东西。不想脸腮被轻轻吻了一下，他忙去偷看邻床，邻床的病人都带着祝福的微笑偷偷瞧着他们哩。

一走出医院大门口，肖婉晴简直像个自由的小鸟一样在田野里快活地跑着，他担心地叫道："慢点儿，慢点儿，你才刚刚出院，身子还很虚。"可是肖婉晴没有听他的，过了一会儿跑过来，手里捧着满满一捧矢车菊："真香啊，你知道我想起什么了吗？"

"想起什么了？"

"我想起了上小学五年级那次春游，你还记得吗？"

王路想了一下说："我想起来了，不过你那时没有和我在一起，你和你的同桌在一起，他给你采了一束野花，你为什么不扔掉呢？那时班上的女同学都不跟他在一起玩儿。"

"你那时还是一个'鼻涕虫',见到一个毛毛虫还哭鼻子呢。"

王路突然脸红了:"我那天遇见他了。"

"谁?"

"郭海生。"

"他在干什么?"

"我是在东道口货场里碰到他的,他好像在那里做事情。可我才不相信他狗会改了吃屎呢。"他收起了目光。

"他来看我时,我还跟他讲要堂堂正正做人,他说他会的。你应该相信他。"

王路一时哑口无言了,他想起住院费被他替交了的事。这个家伙是从哪儿搞到这么多钱的呢?眼下要紧的事是回去后尽快筹到一笔钱还给他。

7

王路将肖婉晴接回家安置好后,第二天傍晚,他就去东道口货场找郭海生。货场上的人都收工走了,郭海生挺孤独地一个人坐在铁轨上,嘴里叼着烟,一明一暗的烟头在暮色里眨动。

郭海生远远地看着王路朝他走来,他没有起身,依然躬着背蹲坐在那里。

王路走到跟前,停下来,瞅了一会儿,他说:

"是你给替交的住院费吧?"

郭海生没有吱声,依然在吸着手里的烟。

"不过我会很快把钱还给你的。"

郭海生站起身来,扔掉了手里的烟头要走开。王路又叫住了他:

"如果你犯事，我照旧会把你送进监狱里去的。你信不信？"

"我信。"郭海生冷冷地回了一句。

"所以你最好别打什么别的主意。"

郭海生听了一言不发地从黑影里走去了，货场上空寂下来。

郭海生回到家里，老爹不知干什么去了。他们家里通常是不锁门的，屋里空空荡荡、黑乎乎的。他刚要打开灯，一个人影猫似的跟进屋里来，"别开灯。"来人是疤三，一把拉住了他的手说。

"你来干什么？"

"来看看你。"疤三神秘地笑笑。

"借你的钱不是说好一年后还吗？"

"这不急，我不是来要钱的。我是请兄弟来帮忙的。"

"帮什么忙？"

"请你去和你那个老同学说说，这段时间让他睁一只眼闭一只眼，哥儿几个这阵子手头有点儿紧。"

"他不会听的。"

"可他会听你的，你不是刚刚给他老婆拿了三千块钱垫付的住院费吗？"

郭大头一惊，他没有想到疤三这么快就知道他借他三千块钱干什么去了。

"对不起，那他也不会听我的，你知道他曾亲手把我送进过监狱。"

"可他这回有短处在你手里捏着，不信他不会听你的。"

郭海生想到晚上在货场上王路过去找他时说过的话，再次摇摇头："我真的没有办法帮你这个忙，借你的钱我会尽快还你的。"

疤三疑疑惑惑地望着他："大头，你是不是真的想洗手不干了？你可不要被那个小娘儿们迷住，那可是警察的老婆。大哥我有一句话给你撂下，像我们这种人，一旦上了贼船就别想轻易下来。"说完，疤三冷冷地离开了。临走没忘叫他把借的钱尽快还他。

一连几日，郭海生再到东道口货场上去，那些人见了他都像避瘟神一样躲避着他。货场主也不分派给他活儿干。他抢着装车卸车，货场主见了，急急忙忙把他肩上的货物夺下来，怕他抢跑了似的压坐在屁股底下。"你还是到别处找活儿干吧。"货场主不敢看他说道。他听明白了，他知道这一定是疤三指使手下的人来过货场了。他垂下硕大的脑袋，蔫蔫地离开了东道口货场。过后几天他再也没到货场上去。

王路找到他还钱时，他正待在家里，一个人四仰八叉地躺在炕上，头枕着胳膊瞅着房梁发呆。王路猫腰低着头走进屋里来，撒摸了一圈后，对炕上那个大活人说：

"这是三千块钱，还给你，你数数。"

他坐起来，无言地接过来用报纸包着的钱，并没有打开去数。

王路打小和他家都住在这工厂街上的平房区里，可还是头一次来他家。王路又一次撒摸了一眼黑乌乌的土墙壁，在北墙上他看到了一架自制的自行车大梁挂在那里。王路盯着看了一会儿，转身走出去时又对炕上的影子说了一句："郭大头，如果你再犯事，我还会把你送进监狱里去。你信不信？"郭海生没吱声，他重新萎缩着身子躺到炕上去。门板在王路的身后"吱呀"响了一声随风关上了。

下午，郭大头找到疤三把钱还给他。疤三接过钱后在手里掂了掂，说："这么说这些日子你在货场上干得不错。"

郭大头就觉得身上的血一股一股地往上涌，头快要撑得爆炸了。疤三收起了笑，说："我早说过，一日为偷，终生是贼。"

疤三从厚厚的一沓钞票里甩出十张十元的纸币来，呈扇面展给郭海生："去，到酒馆里喝一顿去。"

郭海生接了。

郭海生在酒馆里喝了个酩酊大醉。睡了一天一宿后，郭海生又出现在了工厂街一带的公共场所里。不过，他开始避开那个身影。只要那个身影一出现，他便消失得无影无踪。

8

肖婉晴出院后，曾经对王路说，哪天把郭海生请到家里来做客。王路也曾经答应过。可是过了一段时间肖婉晴再问起这件事时，王路说："他现在不在货场里干活儿了。"

"他到哪里去了呢？"

王路摇摇头说他也不知道。他的确不知道郭海生现在干什么了。自从上次还钱后他再也没有见过郭海生，当然他也不希望见到郭海生。

秋天的时候他抓到一个毛贼，从他嘴里得知郭海生又和他们混迹在一起了，不过不是在工厂街一带"做活儿"，而是在江段街一带"做活儿"了。怪不得好长时间没有看到他的身影了。回到家里他没有跟肖婉晴说起这件事。

"郭海生你最近见到他了吗？"肖婉晴问他。

"没有。"王路望着窗外飘零的黄叶摇摇头。

"不知道他现在的情况怎么样了……他也该成个家了吧？"肖

112

婉晴轻轻叹息了一声。

王路的嘴角上掠过一丝嘲讽。如果他将知道的郭海生的情况告诉她，她会不会大吃一惊？

天气一天比一天凉了下来。下过第一场雪后，屋子里开始烧起了煤球炉子。每天晚上下班，王路冻得脸孔通红地回到家里，看到肖婉晴坐在暖融融的炉子旁边一边打毛衣，一边等他，儿子缠在她身边玩耍，他心里就会升腾起一股幸福和满足。而这种幸福和满足偶尔也会叫他想起另外一个人来，那就是郭海生。他曾经在后来又去过一次郭海生的家里。是肖婉晴叫他去的。肖婉晴说他们书店里有个老姑娘，就是耳朵有点儿背，别人给她介绍了几次对象都没谈成。肖婉晴就想起郭海生来："你去找找看。"肖婉晴像当初别人给她介绍对象时一样兴奋。

王路不得不硬着头皮又一次踏进了那户他不愿意进的家门。漏着风的门板敞着一道缝，他推门走进去，屋子里照旧黑洞洞的。他的眼睛好半天才适应了屋子里的光线，一股难闻的气味冲鼻而来。地中央放着一个尿桶。郭海生没在家。郭连成盖着一条破被蜷曲着身子躺在炕上。听见门响被子动了一下，稍后抬出一颗乱蓬蓬的头来，瘦脸脏兮兮的有几天没洗了。看见进来的人，他惊恐的小眼睛哆嗦了一下。屋子里凉得呼吸都飘着一股白气。

"郭海生呢？"

老头儿依旧惊恐不安地瞪着他，嘴里"吱吱啊啊……"半天听不清他在说什么，随后又摇摇头。

大概他把大便也拉在尿桶里了，他实在忍受不了那股呛鼻的气味儿，捏着鼻子低头走出来。看得出郭海生已好长时间没有回到这个家来了。院子里下过的雪没人打扫，积得很厚，雪地上有一串老鼠的脚印。

9

新年来临时,王路他们刑警队调换了负责的地段。王路由工厂街调换到了江段街上来。江段街上的商店、影剧院比较少,倒是有个江沿公园,不过一到冬天公园里就冷冷清清起来。开始几天,王路倒觉得轻松下来。然而这种清闲仅仅是几天工夫,后来就有被害人到队里报案了。报案人多是在通江商店里被掏的兜。

王路是在通江商店里"蹲坑"的第三天发现郭海生的身影的。他心里下意识地一惊。他和一个脸上有着一块刀疤的人在一起,这个家伙!他在队里已多次听到被害人描述过他,可是无论是他还是同行都没有捉到过他的现行。这是个老奸巨猾的家伙,轻易不肯在市面上露面的。看来他就是那个外号叫神偷的团伙头目。王路的心里激动得跳了几跳,他像一只猎犬嗅到了大猎物一样兴奋。可是接下来两天他又变得沮丧起来,无论是郭大头还是神偷疤三,都没有在通江商店里露面。难道是他们发现自己了吗?王路又摇摇头,他相信他们并不会这么快知道自己调到这个地段上来,况且他每回去那里都戴一只严严实实的大口罩,这个寒冷的季节是不会引起人注意的。

除夕这天下午,通江商店里挤满了熙熙攘攘购置年货的人。王路夹在人群里好久了,可是他还没有看到那两个熟悉的身影。商店离五点半关门还有半个小时,购物的人群还不见少,每一张脸上都洋溢着节日的喜悦,柜台上方已挂起了庆祝新年的红气球。大概是因为这种气氛的感染,王路的心情慢慢平静下来。他打算今天下班回去给儿子买一件新年礼物,就朝玩具柜台走去:"请把那把玩具手枪拿给我看看。"女营业员拿给了他,这是一把新式玩具手枪，简直跟仿真手枪一模一样。他想儿子一定会喜欢的。他付了钱，将枪揣进了大衣兜里。就在他转过身来时，他怔住了，他看见了那两个人，正挤在一楼卖首饰的柜台前，他从人群里悄悄挤过去……

疤三已将手从一个妇女的挎包里缩回来，迅速把一个皮钱夹传给了郭海生，两人一前一后偷偷向门口溜去。一眨眼的工夫涌动的人群就遮住了王路的视线。王路追出来，抢先一步靠住了后边那个人影："别动！"一副冰凉的手铐子铐住了他的手腕。被逮住的人一见他心里哀叹道：完啦！

前边的黑影听到了后边的动静，拔腿向江沿跑去。王路拖着郭大头在后边追去……

他们追到江边，夜色笼罩的江面，除了寒雾，什么也看不到。又追了一段，就停下脚步来，两个人都有点儿喘……

"他呢？"

"跑啦！"

"疤三住在哪里？"

"江段街 48 号。"郭海生老老实实答。

"走，你带我去找。"

他俩顺着江沿往东边走下来。雪地上响起他俩"咯吱、咯吱"的脚步声，听起来像踩在两只蛤蟆身上。两个人手腕连着手腕，像在亲密地散步。

"王路，你把手铐子打开吧，我不会跑的。"他抬起头来说了一句。

"你以为我会这么做吗？"王路斜视了他一眼。

他重新低下头去，默默走起来。

"我说过你再犯事，我还会把你送进监狱里去的。"

"这我知道。"

"那你打算求我放了你吗？"

"我没有那么想。"

"那你为什么还要这样干呢？"

郭海生不说话了。他们默默走了一会儿，郭海生抬起头来，说："我们这种人不做这个还能做什么呢？也许你以前对我说得对，贼的儿子永远是贼。"

王路的眼睛里流露出一种得意的讥讽。夜色里的江岸寂静极了。

听到后面突然响起的扑哧扑哧的脚步声，王路下意识地把右手插进腰里，掏出手枪来。可是已经迟了，不等他扭过头来，头上已重重挨了一闷棍，他摇摇晃晃要倒下去，和郭大头连着左手腕的胳膊被拉住了，身子晃了一下靠在郭大头的身上，一阵头昏，手里的枪掉到了地上。

疤三看他没有倒下，没敢凑到跟前来，惊恐地跳到两米开外的雪窝子里看着他们。当他眼睛瞅清手枪掉在王路脚边时，他冲郭海生喊道："把他的手枪踢过来！"

郭海生木呆呆地站在那里没有动。

"快点儿，把他的手枪踢过来！"

郭海生还是没有动。

"你这个蠢货，是想把我们都送进监狱里去吗？"黑暗中，他小心翼翼地朝他们跟前走来，快要贴近身前时，愣愣站着的郭海生一脚将雪地上的枪踢到一边去。疤三扑了个空，回手朝郭海生脸上搋了一拳："你这个浑蛋，你要干什么！嗯？"

"我们跑不掉了。"郭海生吐了一口血水说。

"不，我们可以把他扔到冰窟窿里去，在他没醒来之前我们把他拖到江中心去，没有人会知道的。"疤三凶相毕露地说。

"我们跑不掉了……我求求你，别这么干了。"

疤三没有再听他说什么，他瞅了一眼黑洞洞的江面，此时看不到一个人影。他转过身去，欲去寻找掉在雪地上的那把手枪。

他刚刚抬脚走了两步，身后传来了一声断喝："不许动！"

疤三转过头来，看见王路手里又拿出一把枪来指着他，不由得张大了嘴巴，战战兢兢地站在那里了。

"转过身去，别动！不然我打死你！"

疤三乖乖转过身去，双手抱住了脑袋。

王路摸出钥匙来，打开了自己手腕上的半只手铐，然后示意郭海生走过去和疤三铐在一起。郭海生照着去做了。王路从一边的雪窝子里找回自己的那把手枪，冲他俩一比画说："走！"

疤三垂头丧气地和郭海生在前边走了。

快走到局里时，已看见分局大楼门口两边挂出的大红灯笼了。王路晃了晃手里那把玩具手枪，不无得意地瞟了瞟他俩说："真想不到给我儿子买的新年礼物，倒给你俩派上用场了。"

疤三和郭大头听了，目瞪口呆地看着他。

王路把他俩带进刑警队办公室，叫别人到隔壁去审疤三了，他留下来审郭海生。他先坐在椅子上吸了一支烟，也给郭海生点了一支烟。郭海生坐在囚椅里，头垂着，也许是刚才被疤三打了一拳，他的头还有些晕。

"你当时为什么不把枪踢给他？"王路问。

郭海生慢慢抬起头来，看着他。

"你们本来可以打死我的，那样你们就可以不用坐牢了。"

郭海生无奈地摇摇头，又垂下了头。

审讯完了，王路又把郭海生送到看守所里去。已经快半夜了，坐在警车里，能听到外面传来的密集的鞭炮声。

看守所里，看守员挺不情愿地出来给他们打开门。做完交接登记后，看守员就生硬地把郭海生推进铁栏杆门里边去，嘴里还嘟囔一句："大过年的，存心不叫人安生。"郭海生这时回过头来叫了一声："王路。"

王路走到铁栏杆前，郭海生又被看守员押着走过来。两人隔着铁栏杆站下了，注视了几秒钟，郭海生开口了：

"求你一件事。"

"说吧。"

"别把我再进来的事告诉肖婉晴好吗？我曾经答应过她不再做这种事了……"

王路嘴角没有再浮起他习惯看到的讥讽，沉默了一会儿，冲他点点头："我会的。"

郭海生默默转身走开了，那个看守员挺奇怪地看了王路一眼，不再推推搡搡郭海生了。他们在冷冰冰的走廊里走没了身影，王路才转身走了出来。

离开看守所，在回去的路上，王路忽然觉得心情有点儿发沉。

假如生活欺骗了你

1

鲁林上大学时最佩服、最崇拜的一个人就是周乔山了。那时的周乔山飘逸着一头微卷的长发，喜欢穿一件浅米黄色风衣，或者一件深色带暗格的西装，风流倜傥，不是鲁林他们这些农家子弟所能比的。

鲁林和周乔山真正认识是在校园一次诗社组织的诗歌朗诵会上，大学诗社的成员多是中文系的才子才女们。鲁林是土木工程系的，他对诗歌也没兴趣，那天去听校园的诗歌朗诵会，他是被同寝室的一个男生拉去的。诗歌朗诵会就聚集在校园中的一片杨树林里，旁边还有长椅，正是秋天，金黄的树叶落满了长椅和甬道，踩在脚下发出沙沙的声响，十分动听。他们走进去时，刚好听到里边的人群当中，有人在朗诵一首诗："假如生活欺骗了你，不要悲伤，不要心急！忧郁的日子里需要镇静：相信吧，快乐的日子将会来临。心儿永远向往着未来，现在却常是忧郁。一切都是瞬息，一切都将会过去，而那过去了的，就将会成为亲切的回忆……""这是谁的诗？"他问那个男生。"普希金的。"男生回答他。"普希金是哪个大学的？"他仍傻乎乎地问，引来旁边奇异的目光，那个男生就不再回答他了。

这时他才看清里面朗诵诗的是一男一女，男的是周乔山，女的就是后来从那个男生嘴里知道的方喻了。他俩朗诵完，刚好有一片黄树叶飘零着落在周乔山的长发上。让鲁林觉得校园内有许多女生追求周乔山一点儿也不奇怪了，就连土包子鲁林也觉得周乔山那一甩动长发跟着抖动的黄树叶潇洒极了。而同寝室的这个男生目光只盯着朗诵的女生看。回到寝室争论时，同寝的男生说出方喻那一晚才是最光鲜的中文系才女。鲁林这才勉强同意他说的"郎才女貌"。

鲁林在大学里是不跟女同学来往的，一是他自卑，二是他们土木工程系女生像出土文物一样稀少。他跟方喻的接触是在大学二年级的时候。大学二年级的时候，鲁林的家里突然遭到了变故，他父亲病故，家里就断了他上大学的经济来源，他就起了退学的念头。这时候学生会帮他渡过了难关。而学生会主席正是周乔山，那天周乔山委派学生会宣传委员方喻给他送来了学生会发动同学给他募捐的学费和生活费，方喻特意提到周乔山给他的捐款最多。那一刻鲁林感动得差点儿掉泪。

后来校园诗社有什么活动他都愿意参加了，他主要是看看周乔山，看看方喻。有时也帮着诗社的人端茶倒水什么的，出油印诗歌小报人手不够了，他也帮着给油印，常常弄得一双粗糙的手墨黑墨黑的，脸上也蹭出一道道油墨来。他发现诗社里的人都充满朝气，人人都是快乐的，烦恼和愤怒都会在他们的诗歌里发泄出来化为乌有。兴许是耳濡目染吧，他回到宿舍也会从口中诵出一两句诗来："不要悲伤，不要心急！忧郁的日子里需要镇静：相信吧，快乐的日子将会来临。心儿永远向往着未来……"他不仅知道了普希金，还从周乔山、方喻嘴里知道了国内许多校园诗人的名字。总之，那段日子鲁林是快乐的。

"八十年代啊，是多么浪漫的岁月啊！"鲁林到现在还常常向方喻和周乔山提起那段单纯的时光，可是现在这两人都用恍如隔世一样的眼神看着他。

那是在鲁林大学毕业时，方喻宣布要嫁给鲁林，不仅鲁林同寝室的那个男友吃惊不小，就连鲁林自己也是绝对没想到的。他们都认为方喻和周乔山才是最合适的一对。幸福的突然降临，让鲁林觉得有点儿发蒙。

直到婚礼那天，同学都来祝贺，鲁林才觉得自己是世界上最幸福的人。那一天周乔山也来了，向他们道贺新婚之喜。他还给他们送来了一对红鸳鸯的枕头和一本精装的徐志摩的诗集。在他们的婚礼上，周乔山还为他们朗诵了一首徐志摩的诗为他们助兴。那首诗后来鲁林从那本诗集里翻到，是徐志摩的《再别康桥》。那天周乔山临走时，对鲁林说："你要好好善待我的这个师妹。"鲁林说："你放心，我一定不让她跟我受委屈。"

鲁林后来也问过方喻，她为什么不嫁给周乔山。方喻说她也追求过周乔山，周乔山跟她说，诗人的婚姻一般来说都是不会幸福的，他还举例说了徐志摩。他们就谁也没勉强谁。

鲁林和方喻结婚两三年了，周乔山才宣布结婚，而且找的果真不是什么才女和大家闺秀，而是一个小家碧玉的女子温小玉。周乔山先前也曾把温小玉领来给鲁林和方喻看过。温小玉小巧玲珑乖顺的样子，一下子就让方喻想起一个形容中国古典淑女的形容词：小家碧玉。方喻说："周乔山你真是好福气，现在像温小玉这样的女孩儿真是不多见了。"鲁林没有听出她话里酸溜溜的味道，倒是看见周乔山很满足地搂着温小玉的肩头笑了笑，他也跟着笑了笑。

周乔山大学毕业后，先是在一所中学里当语文老师，后来老师不当了，下海经商了。他下海经商时，方喻和鲁林听了，还挺吃惊。等过了两年大家都纷纷经商时，他俩就看出周乔山的远见了。周乔山把这叫"实业救国"，诗他早已不写了。

周乔山的远见一直叫鲁林佩服，当初鲁林分到市城建局里时，局长看重他的老实，提拔他当了办公室主任。只有周乔山劝过他不要放弃自己的专业，性格决定命运，以他老实忠厚的性格和没有家庭背景，不适合走仕途，只有靠专业吃饭才是长久之计。鲁林没有听他的，只是想走仕途是个捷径，能给方喻和这个家带来更多的实惠。

两家成家后，一直来往走动，方喻也跟温小玉成了好朋友。两家相聚时，看到周乔山夫妻相敬如宾的样子，倒也叫鲁林忘了大学里那个风流倜傥的周乔山，特别是周家有了孩子后，更叫鲁林羡慕他们一家三口其乐融融的样子。

而他和方喻呢，方喻大学毕业后，分在一家报社工作，开始在副刊部当编辑，诗歌还偶尔写。后来自己要求到记者部当记者，整天跑跑颠颠的不着家。开始鲁林还没觉得怎么样，后来觉得方喻一个女人家成天在外面跑终归不是个事，特别是鲁林觉得两个人该要一个孩子的时候，就劝方喻还调回副刊当编辑去。而方喻还不想要孩子，也不想再回副刊部当编辑。鲁林就觉得方喻是自己难以驾驭的，也就由她去了。

鲁林的办公室主任头两年还做得顺风顺水，可自从当年器重他的局长退居二线以后，他就觉得他这个位置有点儿动摇了，已听说局里有好几个人在觊觎着办公室主任的位置。就在一周前，局长在调整中层干部时，终于调整到他的头上，新来的局长任用了另一名办公室主任。十年来，鞍前马后伺候两任局长的鲁林，职务不但没有得到提升，反而没有了安排的位置。鲁林这才傻眼了，回想起当年周乔山劝说过他的话，他真是后悔不迭。心情郁闷，让他嗓子也发炎了。趁给新主任倒办公室这两天，单位他也不去照面了，那张在卫生所开的病假条在他手里掐着，实际上他是不想让单位人看出他的情绪来。

昨天他没有去上班，本想跟方喻说说这事，让心里痛快痛快。可是早上起来就看见方喻疯疯癫癫跑去一个单位采访，到了晚上，方喻脸喝得红扑扑地回来，一进家门，倒在床上就睡过去了。鞋子还是他给脱掉的，吐在马桶外边的脏物还是他给收拾的。在家独自闷了一天，他本想等方喻回来说说他被免去主任的事，希望能在方喻那里得到一丝安慰，哪怕是看到她眼里揶揄的神色。可是方喻并没有给他这样的机会。

早起，方喻才跟他说，要到南方去旅游的事。他听了一愣，这个时候去旅游？方喻说是一家他们报社报道过的企业赞助的。方喻并没有看见他脸上失落的神色。以前她出远门去采访也都是这样跟他打一声招呼就走的。

鲁林把肚里要说的话就憋了回去，看着方喻急着出门，把一篇要发的稿件交给报社值班的编辑去赶发。他就觉得方喻像一阵风从他身边轻轻飘走了……

这个时候他又想起周乔山，想起当初周乔山要娶了方喻会怎么样呢？

其实昨天他想找一个人说说他心里的苦闷，是想到周乔山的。这么些年来，无论是在工作上，还是在家里，有什么失意的时候，他能找到的一个可以说话的人，只有周乔山。而周乔山也愿听他说，听他说完，周乔山总像指点迷津似的，给他指出道道来，让他从苦恼中摆脱出来。两人多数时候，是去酒吧里说的，两人要上几大杯扎啤，坐在那里边喝边听鲁林倒苦水。倒完苦水几大杯扎啤都喝尽了。而这时周乔山就像哲人一样，说出一句让他一愣的话来。酒吧里有时还放着摇滚，有人声嘶力竭在那里吼："……不是我不明白，这世界变化快……"

昨天白天，他把电话打过去，周乔山在电话里说他在外面陪人家参观。等到晚上他再把电话打过去，周乔山说他在陪人吃饭。他傍晚打过去本想拉周乔山去那家他俩常去的酒吧的。他说等他吃完饭再过去吧，周乔山犹豫了一下，说："太晚了吧……"就挂了手机。

周乔山对他的犹豫是以前从来没有过的，以前不管多忙，忙完周乔山也会把电话打过来。可这回没有，他有点儿奇怪。就在方喻走的这天上午，他又把电话打过去，说方喻晚上出门，他俩再去那家酒吧坐坐。哪知周乔山听了忙说，他晚上不行，他晚上有事……周乔山又匆匆挂了手机。

鲁林要去车站上送方喻，方喻没让。方喻还开玩笑地说了一句："你还怕我被谁拐跑了呀？"方喻的玩笑话说得真不是时候，狠狠地剜了鲁林心口窝一下。以前方喻无论是去哪里采访，还从没不叫他送过。他不得不听从方喻的了。在这个家里他一向是什么事情都听方喻的。可方喻从来没认真听他说过什么，包括他叮嘱她到了地方给他往家里打个电话。他对方喻的关心是发自内心的。

直到晚上在火车站上看到的那一幕。

2

此刻，鲁林觉得他是世界上最倒霉、最窝囊的男人。

他孤独地站在站前广场上一家酒吧门前，领带松松垮垮地系着，头缩在黑色的风衣领子里，嘴里喷着酒气，手里的烟头一明一暗地亮着，透着他心中莫名的怒火。

他是尾随着方喻来到火车站上的。这个季节到海南岛去游玩真是好时候，他们这个城市马路两旁的树木已是枯叶凋零了，而海南岛还在过夏天。方喻下午在往皮包箱里装一件粉色泳装时，让他稍稍感觉刺目了一下。这件泳装太性感了，方喻是什么时候买的，他怎么从来没有注意过？当然他也从来没陪方喻去过市里游泳馆。一来他不会游泳，二来他的工作太忙了啊。一个破办公室主任竟弄得他整天焦头烂额的。现在好了，他竟有时间也有心情来跟踪自己的妻子了。

月台上，妻子和同事有说有笑地向车厢里走去。就在列车快要开动时，一个熟悉的人影一闪跳上了妻子那节车厢，是周乔山！站在铁栅栏外的他浑身像被电击了一下，几个月来的流言蜚语得到了证实。他几乎不敢相信自己的眼睛，怎么可能是他最好的朋友周乔山？一周前，他们在一起喝酒时，鲁林流露出他办公室主任的职位可能被换掉时，周乔山还为他出谋划策，说他们公司里一个关系不错的下属认识的一个哥们儿的父亲就是他们城建局的局长，用不用他找这个下属说说。

此刻，他宁愿相信和妻子有这种关系的是别的什么男人，而不是周乔山。仿佛有一柄长剑深深地刺进了鲁林的心窝，那柄长剑是一点一点远去的列车，"咣当、咣当"加速起来的车轮碾痛了他的心……

他要把自己灌醉。

他扭身走进了站前这家迷你酒吧里，一下子就要了五大杯扎啤。可是没等喝下去第二杯，他就醉了。他是被服务生架出来的，外面的天色已经黑了，他像一条无人理睬的狗一样蹲在酒吧的台阶上呕吐了起来，吐了一阵儿好受了一些，被冷冷的风一吹，脑袋也清醒了一些。

本来对于方喻的流言蜚语鲁林是不太相信的。鲁林的理由是方喻太漂亮了，而漂亮的女人总要遭到男人或女人的议论，这也是一条公理。稍稍的不快和猜疑还是来自昨天夜里，大概男人在失意的时候才会变得对女人格外关注起来。方喻昨天喝多了回来躺下就睡着了，是鲁林给她脱去的衣服。而鲁林这几日因为主任失位的事辗转反侧难以入眠，他起来去客厅里吸了一支烟，回屋上床时看到方喻侧卧在那儿香甜的睡态，身体萌发了一阵冲动，他好久没有这种冲动了，方喻也习以为常了。他把方喻弄醒了，醒来的方喻倦倦地说了一句："睡吧，我累了。"他刚刚涌起的冲动一下子消退了。他以为听错了，他们可有一两个月没有行这种事了。而以前方喻还总是揶揄地嘲笑他"上头是主任，下头是尿包"，鲁林那会儿把全部心思用在官道上，听了并不太在意，说："尿包就尿包吧，只要你不给我戴绿帽子就行。"方喻听了就很天真地咯咯笑了，还把这话当笑话讲给了常上他们家来的周乔山听。

没想到不幸真让他言中了，给他戴绿帽子的不是别人，正是这个他无话不谈的老同学加好友周乔山。他甚至有几回还把和方喻做爱的事都向他说了，他真是一个十足的大傻瓜。

站前广场前的一条街上霓虹灯闪闪烁烁，透着一种城市夜晚

126

放荡的欲望。紧挨着这家酒吧的是一家大众舞厅，从那里传来时缓时急的舞曲声……

"先生，你该回家啦！"酒吧门口站着的那个服务生看他好久了，担心他再把什么秽物吐出来。

"家？"这个字眼让他周身一阵发冷。他那颗被刺痛的心像被什么东西牵着走进旁边紧挨着的舞厅里去，这是一间地下舞厅，地道似的水泥台阶拐了两道弯。

这种场合鲁林以前也陪客人来过。但他都没有多少兴趣，特别是那些打扮得靓丽的陪舞陪唱的小姐，原因是他有一位漂亮的妻子，他对别的女人不感兴趣。

此刻，这里却让他感到了一丝温暖。

"先生，请你跳一支舞吧。"在角落里坐了一会儿，有个女子走过来邀请他道。

这是一支慢四舞曲，舞曲轻曼和缓，若明若暗的灯光一闪一闪先后熄灭了。舞厅里顿时黑暗了下来，只有幽幽的旋律在黑暗中回荡着……

"先生，是一个人来的吗？"

"是……"鲁林昏昏沉沉的头在眩晕，脚步轻轻的如同踩在棉花上。

"一看你就是个新手。"一双温热的手悄悄从鲁林的肩上移了下来，搂在了鲁林的腰上。

灯亮了，回到角落里的位置坐下来，她在离他不远的座位上坐了下来，鲁林注意打量了她一眼，她也在那边偷偷地望着他。从外表打扮上看不出她有多大的年纪，长得虽不漂亮，却很性感。她不是舞厅里的那种小姐，略带忧郁的目光中透着一丝哀怨。又一支中四舞曲响起来时，她又朝他这边走过来。

"对不起，我不会跳。"对于这种刚流行的国标舞步鲁林的确不会跳。

她也没有找别人跳，在他身边坐了下来。

"大哥是做什么的？"

鲁林虽脑袋有些昏沉，但知道这种场合不必自报真实家门，就狡黠地笑了笑，反问道："你姓什么？"

"姓白。"

又到跳黑灯慢四舞时，鲁林主动上前请她，拉起了她的手揽起她的腰慢慢随着节奏向舞池中央移去。幽暗的灯光渐闪渐熄了，跳着跳着，鲁林能感觉到她的身子紧紧贴在他的身上，高耸的胸部顶着他的胸部，让他有点儿透不过气来。

"你老婆呢？"

"跟……跟人家跑啦……"鲁林不知为什么这样发泄地说，并从嘴里喷出一股酒气来。

"大哥真逗，不会是你甩了人家吧？"

鲁林有点儿急了："骗你是孙子。女人、女人没一个是好东西……你老公呢……"

"他娶了别人的老婆当老婆了。"她小声在他耳边恨恨地说。

同是天涯沦落人？鲁林有点儿发怔。

"我们走吧。"像被谁推着，鲁林晕晕乎乎和她从地下舞厅走了出来。

这个女子并没有问鲁林家在哪里，她只是上车前冲鲁林神秘地眨了眨眼睛，小声说："我可是要报酬的呀。"鲁林心里就明白了。

出租车无声地向夜色中驶去，二十分钟后来到了鲁林家住的阳光家园小区楼下。夜已深，不用担心会碰到熟人，鲁林引她上楼。

屋里还保持着方喻走后的一片狼藉，鲁林懒得收拾。他把卧室房间里的灯打亮，床头上方挂着方喻穿着婚纱的美人照。姓白的女子打量了一眼黑暗中的各个房间，说了句："大哥，一看你就是当官的人。"

像有人狠狠地抽了他一耳光，如果在这之前听到有人这样说，鲁林心里会很滋润很受用，可是现在……"狗屁！"他心里骂了一句，回身就将这个女子抱起放到了床上。不等他动手，她麻利地将自己脱光了，露出一对黑乳罩和黑三点式短裤来。他一把扯去了她的胸罩，白白的圆润胴体让鲁林有点儿炫目，不过却刺激得他下身发胀，血液在加速流动。

鲁林像潜进水里的鱼，任意在这个丰满而富有弹性的女人身体里游弋着，他惊讶他的身体突然变得强悍起来，每次游动都叫身下的这个女人发出一声夸张的尖叫，而这是跟方喻从来没有过的。以前他也听到办公室里的下属同事私下议论谁谁找过小姐，可是鲁林从没有动过这方面的心思。这一方面是因为方喻，他很爱方喻，从没有往别的女人身上打过主意；二是他头上的这顶主任乌纱帽，压抑得他有些阳痿了，使他自己也越来越感到活得不像个男人了。他妈的，狗日的主任！狗日的女人！他一会儿把身下的女人当成了方喻，一会儿又当成了风情万种的小姐，他在狠狠地发泄着……

等她穿好衣服，鲁林从抽屉里拿出三百块钱来给她。她说："多啦，我只收二百。"她抽出一张给他放到桌上。

鲁林要送她下去给她打个车。她说不用，并用一种有点儿奇怪的眼神看着鲁林说："大哥，我一看你就是好人，如果有缘，再去那个地方找我。"说完拉开门，像猫一样无声地从楼道的黑

129

暗中消失了。

早上起来想起昨晚发生的一切，好像一场梦，鲁林头还有些昏昏沉沉地发晕。

鲁林胡乱地吃了一口东西后，就去单位上班。

一到单位，新上任的主任还假惺惺地找鲁林过去谈话，要他不要有什么情绪，说鲁林是老同志了，希望他能多支持自己的工作。

说完这些话时，还故作亲热地拍了拍鲁林的肩。鲁林的嗓子还有些痒痛，他不想跟他多说什么，也不想解释。

"狗屁！"鲁林从主任办公室出来，心里恨恨地骂道。这间宽敞的主任办公室原来是鲁林的，连办公桌都没有换，现在被别人占去了，就像别人占了他老婆一样叫他难受。

鲁林回到四个人挤着的办公室里，另外三个原来的同事见了他，面面相觑互相看了他一眼，并没有问他昨天为什么没来上班，就低下头忙自己手里的事去了。其实也没什么事可忙，刚才他进来前还听见他们在屋子里说话，这会儿都不说了，不过从他们的神色上他也猜出了几分。

鲁林刚坐下来不久，他的手机就响了，他打开接听，是温小玉打来的。他先是一愣，大脑有些反应迟钝地听着温小玉在电话里说，孩子昨天夜里发高烧，到早上烧还没退，她要送孩子去医院，问他能不能帮忙给要辆车，孩子她爸出差了……温小玉语速很快，他完全能够想象得出温小玉焦急的样子。

鲁林还没有反应过来，就听温小玉在电话里又这样说道：

"你要是忙就算了……"鲁林这才应了声:"没事,没问题。"

以前周乔山每次出差都跟温小玉嘱咐过,家里有什么事情就找鲁林。鲁林也曾大咧咧当着他们两口子的面夸下海口:"没问题,有事就给我打电话。"谁叫他俩是好哥们儿呢?谁叫他是他们孩子的干爸呢?鲁林和方喻一直没孩子,每次去周乔山家看他们的女儿很可爱都喜欢得不行,就认下了做干女儿。

鲁林放下电话,就用桌上的座机给司机班拨了电话。司机班长一听他的声音就说:"是鲁……主任……"鲁林更正道:"我是鲁林。""哦,是鲁……您有什么事吗?""给我派趟车。""这、这个……"对方支支吾吾起来。"怎么,我要辆车都不行了吗?"鲁林突然火气很大地说,把屋子里的另外三个人都吓了一跳。对方像是下了很大决心似的:"好吧,这就给您派。"鲁林放下电话,另外三个同事又低下头去忙手里的事了,他谁也没看,匆匆走出了办公室。

鲁林坐上车匆匆赶到周乔山的家,把等得焦急不安的温小玉和孩子接上了车,又匆匆一起坐车把她们母女送到市中心医院。

到了医院,他先让司机回去了,自己则陪着温小玉给孩子楼上楼下挂号、拍片、检查。检查的结果出来,孩子得的是急性肺炎,需要住院。鲁林又去给办了住院手续。

等住院手续办完了,一上午就过去了。孩子在病房里安顿了下来后,鲁林问温小玉要不要给她和孩子到外边饭店打点儿饭。孩子在输液,高烧烧得也没有胃口。温小玉看着满头大汗的鲁林有点儿过意不去说她不饿,要他自己出去吃点儿饭快回单位上班去吧。出来一上午了,鲁林就没再客气,说:"等晚上下班后我再过来。"

晚上过来时,鲁林拎了一大堆水果和一保温桶他在家里现煮的鸡汤。温小玉看上去也比上午见到时好多了，早上过来时，她紧张坏了，额前的头发都叫汗水湿透了。倩倩打完点滴烧也退去了些，睁开了眼睛，看见他进来叫了一声："干爸。"

这一声"干爸"叫得鲁林心里忽悠了一下，那还是给倩倩过六周岁生日时，周乔山看鲁林那么喜欢小孩，就叫倩倩改口叫他"干爸"了。也是的，他比周乔山还早三年结的婚，周乔山和温小玉孩子都这么大了，可他和方喻还一直没动静。这样鲁林每次到周乔山家见到倩倩都喜欢得不行，倩倩长得像温小玉，小巧微翘的鼻子，弯弯的月牙一样的眼睛，总像笑眯眯的惹人怜爱。

夜里他要留下来和温小玉一起陪护倩倩。温小玉开始不同意，说方喻一个人在家会害怕的。鲁林说方喻和单位同事出去旅游了，温小玉就没再坚持。

夜里护士过来查房，把鲁林撵到走廊上去了。他在走廊长椅上眯了一会儿，就感觉身上被盖了一件东西，睁眼见是温小玉出来把自己的一件羊绒大衣给他盖上了。他刚要挣脱说不用，温小玉按住了他，说病房里比走廊里热，她根本用不着。他就不再争了。

温小玉回屋后，他好久也没睡着，思绪一会儿跑到了别处，一会儿又叫他想起周乔山来。温小玉会不会把孩子生病的事告诉给周乔山？他想不会的，温小玉是个十分体贴丈夫的妻子，她不会让在旅途中的丈夫白白跟着着急担心的。他清楚地记得有一次温小玉做人流，周乔山也是在外地出差，她谁也没告诉，自己去医院做的，结果流血过多，医院要通知她丈夫来，问她丈夫手机号是多少，她愣是没告诉周乔山的手机号，医生问急了，她才告诉的鲁林手机号。

鲁林赶到医院时，温小玉刚从手术台上下来，脸色像张白纸一样苍白。

鲁林当时见到温小玉就想，这种事情要是发生在方喻身上就好了，就用不着去遭这份罪了，因为他一直想要个孩子。

周乔山回来后从鲁林嘴里听说了，很后悔地说："我真浑，我对不起温小玉。"听周乔山私下里跟他讲，自从有了倩倩以后，温小玉就要带环，可周乔山觉得女人身体内有一块金属总让他做那事时不舒服，温小玉就没带。每次做那事时都备着安全套，就是这安全套也让周乔山觉得不舒服。这一次意外怀孕是因为温小玉刚刚来过事不久，周乔山以为是安全期，那天夜里急着做就没戴安全套，结果就让温小玉怀孕了。

"有的女人就喜欢怀孕，你轻轻一拍她的肩膀都能怀孕。"周乔山说这话时眼睛挺有意味地瞅着鲁林，不知是得意还是沮丧。

鲁林那会儿正为要孩子一事着急。他急方喻却不急，方喻的观念是没有孩子更好，两人正好可以好好享受二人的世界，再说现在很时兴"丁克"家庭。鲁林却不行，鲁林在家里排行老大，父母很看重长子长孙，多次来信问。鲁林也催过方喻和自己一起到医院检查检查，但都被方喻拒绝了。

方喻说："要去你去查吧，我保留顺其自然的权利。"

鲁林就没有硬劝，他不知从哪里听说现在的夫妇不孕男人占的比例很大。他就真的偷偷去医院里检查过一次，这一查让鲁林觉得自己不是个男人了。化验单上写着，他精子的成活率只有百分之二十，就是说他让女人怀孕的概率微乎其微。

那次查了之后，就连做那事也不威猛了，常常刚刚勃起就草草了事，弄得方喻很不喜欢。问他怎么回事，他也没敢告诉她自己去医院检查的事……

医院走廊过道里散发着浓烈的来苏水味儿，而盖在鲁林身上的这件驼色羊绒大衣却散发着一股好闻的香味儿，这是温小玉的体香，他久久地嗅着，就好像温小玉还坐在他身边一样。后来他就睡着了，睡得好香，比昨晚睡在他家里那张席梦思床上还香甜。

倩倩住院这几天，鲁林每天都到医院来，弄得医生、护士都误认为鲁林是倩倩的亲爸。温小玉跟鲁林说："你忙没时间就不用过来了。"鲁林说没事，他有时间。

看来周乔山没有跟她说他主任被撤掉的事。每次来他都给倩倩买一大堆好吃的东西，还有玩具。看到倩倩高兴的样子，他也很开心。

"你和方喻要是有个孩子就好啦。"温小玉看着他说。鲁林听了微微一怔，像有什么东西剜了他一下。

倩倩出院了，下午鲁林又从办公室要了一辆车，把倩倩接回家。下车时，温小玉挽留鲁林一起吃晚饭，鲁林似乎犹豫了一下，但架不住倩倩硬拉，倩倩非要留干爸一起吃饭不可，鲁林只好从车里下来了。

这要是搁以前，鲁林一点儿也不会犹豫的。可是这会儿他却被倩倩拽着走进了这个他来过无数次的家。突然从医院那种环境换回到周乔山家里，又勾起几天前在车站上见到的那一幕来，这个常来常往的朋友家让他感到有点儿陌生。温小玉很会烧菜，他以前和方喻没少来蹭饭，两家在一起其乐融融的气氛至今还叫他回味无穷。

温小玉很快烧出几样菜，又从冰箱里拿出一瓶红酒和可乐来。

斟满了后，温小玉举起杯来说："来，倩倩，为你干爸这些日子对你的照顾敬你干爸一杯！"

鲁林赶紧打住道："别，一家人不说两家话，为倩倩的病愈出院干杯！"

一杯红酒下去，温小玉的脸就红了起来。他们四个人在一起时，温小玉是最不能喝酒的，她总是温情脉脉地照顾桌上每一个人，看他们喝多了，还会给他们煲出一大碗解酒的老黄瓜酸汤来。不过她今天很高兴，女儿病好了高兴的当然是她这个当母亲的了。

倩倩要给爸爸打电话，温小玉劝阻了她："算了，还是别告诉他了，省得你爸爸在外边担心。"

周乔山这会儿一定是和方喻在一起。这样想着，鲁林独自将满满的一杯红葡萄酒一仰脖干了进去。

1

单位的人员竞岗调整并没有完全结束，大家私下里猜测，鲁林会到局里别的部门去竞聘。可是鲁林依然故我地来办公室上班，丝毫没有要走人的意思，大家就觉得鲁林能屈能伸，是真大丈夫也。

其实只有鲁林自己知道，别的部门都是业务部门，自己虽然是土木工程系毕业的，可这么些年一直干行政，专业早生疏了。对于当初他放弃自己的专业搞行政，周乔山和方喻都劝过他，说仕途上的饭不好吃，也吃不长，可是鲁林没听。他想凭他自己慢慢干，干到四十岁一定能熬到正处级的。可是现在……看看自己三十五岁不到已经发福的肚子，鲁林自己也觉得有点儿难为情了。

现在流行一种说法，男人在这个世界上成功的标志一是能赚钱，二是会当官。

看看人家周乔山下海经商后进了一家绿地房地产公司，几年工夫他的薪水翻了几番，家里居住的楼房都换了两次了。现在居住在世纪家园一百五十多平方米的居室里，女儿倩倩也被送进了全日制贵族学校，一年的住读费就要三万块钱，这很让鲁林和方喻羡慕不已。

鲁林从结婚到现在一直住在当初单位分的七十平方米的福利房里。羡慕归羡慕，鲁林并没有为当初的选择而后悔。

倒是周乔山常常跑到鲁林这儿发牢骚："这个世界让人活得真没劲。"

鲁林问他为什么，方知周乔山在他们房地产公司搞房屋开发设计时，常常见到有客户拿房子向一些官员行贿。

每每说到这里时，周乔山总要说一句："鲁林你可不要受贿啊。"

鲁林就想自己一个小办公室主任谁会给咱行贿，要受贿也得当了局长以后。

这个时候，鲁林看周乔山还像大学里那个激昂单纯的校园诗人，不过周乔山好像下海后对社会也看透了，也常爱和鲁林探讨一些社会问题。他俩有时也争论得面红耳赤。周乔山说："现在知识分子都在堕落，而且越堕落越快乐，你没看到各大学校园门口，每到傍晚都堆满了接漂亮女生出校过夜的各种高级轿车？社会学家呼唤性解放，每个人都在自由地运用自己的身体追求快乐。"

鲁林说："那也不能不要传统道德呀。"

周乔山说："你说得没错，一个偏僻地方的农民妻子可能会不假思索地按照传统道德生活，而一个接受了高等教育的知识分子却可以有意识地过一种反道德的生活，这也是一种自由。"

鲁林摇摇头："世风日下呀……"

周乔山讥讽他："你怎么像九斤老太?"

周乔山下海经商后放弃了所学的专业，可是周乔山读书的嗜好却没有放弃，什么文学的、哲学的、美学的、设计学的。现在周乔山手头阔绰了，一有空闲就到书店里去购书。家里的书房几大书柜都堆得满满的，有时还一购两套，送给鲁林一套。鲁林在大学里也嗜书如命，可现在当办公室主任整天让各种杂事缠身，哪有闲工夫读书，就摆在家里。倒是方喻一有空闲就拿起书来读。现在的书都挺贵，一套精装版的《安娜·卡列尼娜》要上百元。这样的书要让鲁林自己掏腰包买他也得掂量掂量。

结婚以后，周乔山和鲁林两个男人单独在一起时，也常常会提到方喻和温小玉。周乔山说温小玉是属于典型的贤妻良母型的小女人，家里总是被收拾得井井有条，早上起来牙膏给你挤好了，晚上睡觉前洗脚水给你打好了，还亲自动手给你洗脚。地板上哪怕掉落了一丝烟灰也会弄得她大惊小怪的。鲁林就想方喻要是有温小玉的一半就好了，他家里总是弄得凌乱不堪，东西被随手东放一处、西放一处的。

不过，鲁林带方喻到外面参加同事或同学的聚会，方喻浑身上下却收拾得井井有条，随便一条丝巾搭配在脖子上，也能让你看出方喻与众不同的漂亮来，而且记者的博识卓见，又会让她出语不凡。这让鲁林很知足，很有面子。

日子久了，女人再好的优点也会变成男人抱怨的缺点，而且这种抱怨又会变成变相夸赞对方的妻子。这正应了那句老话：老婆是别人的好，孩子是自己的好。

鲁林就听到过周乔山这样抱怨温小玉："一个女人太专心家

务，太专心丈夫和孩子，就会把自己搞得很没情调的。你想想看，一个女人一生除了工作和生孩子有多少时间和精力是属于自己的？有时间看看书，听听音乐，干点儿什么不好，非得把家里收拾得像宾馆不可……你看看你家方喻就不这样。"

鲁林也听不出他说的是反话还是正话，倒是觉得他话里都偏向两个女人。

鲁林赶紧说："方喻有什么好？除了采访整天不着家在外面跑，星期天大白天还赖在被窝里看书。懒得起来做饭了，就到楼下小饭馆里吃一口。你知道邻居是怎么说我们的吗？说我们是公寓夫妻。你就知足吧！"

周乔山一脸坏笑："要不咱们换换？"

"换换就换换。"鲁林也不示弱，知道这不过是一句玩笑，大家谁也没往心里去。

后来这话不知怎么传到两个女人的耳朵里，方喻大咧咧地说："好啊，你们两个臭男人，背后嚼我们的舌根。"

温小玉听了则娇羞地通红着脸说："看你们两个好的，咋啥话都说呢……"

不知是不是受他俩背后议论的影响，温小玉闲暇时倒是跟周乔山上街去逛过两次书店，不过她买的都是《烹饪大全》和《当代家庭主妇必读》之类的书。弄得周乔山哭笑不得，以后上街也不要她跟去了。

倒是方喻依旧我行我素，大咧咧惯了。鲁林虽然暗暗羡慕温小玉那份对丈夫的贤惠体贴，可真要拿方喻去跟温小玉比，他还是觉得方喻好。有一种男人有时候是把女人当花瓶来摆的，鲁林就属于这种男人。而且这种花瓶只能给自己看，不喜欢与人共赏，哪怕这个男人是最要好的朋友。

有一次，周乔山下班上门来送一箱海鲜。海鲜是周乔山单位分的，温小玉不喜欢吃海鲜，周乔山就顺路拿过来做顺水人情送。鲁林没在家，方喻在卫生间里冲澡把自己反锁在里面了，怎么也打不开，方喻就在里边喊帮忙。周乔山担心方喻在里面待得久了会窒息，就一脚把门踹开冲了进去，结果方喻全身赤裸地暴露在了周乔山面前……

过后，听方喻跟鲁林说："周乔山这家伙做事还挺猛。"

鲁林马上想到方喻丰乳白臀暴露在另一个男人面前的样子，就觉得心里很不舒服，就说了一句："他都看到了？"

方喻听了嗔怪一句："看你，在想什么呢？"

鲁林顿觉失言，赶紧说："这个时候换谁都会这么做的。"

一想到他们的关系，他就没往下深想什么。

周乔山从别处搞来几盘影碟大片，拿来和鲁林一起看，有《钢琴师和他的情人》《布拉格之恋》《纸月亮》……里面有不少色情镜头，看时方喻也同他们一起坐在客厅里，看到那种画面，鲁林都忍不住脸红。过后周乔山跟鲁林说，他在家里看时温小玉从不跟他一起看，你看看方喻就不介意这些，这就是观念上的差异。

鲁林就想，女人还是保守一点儿好。

也许是鲁林来自农村的缘故，他对城里女孩儿的大胆外露还真有些不习惯。

周乔山以前曾跟鲁林说过："有时间多陪陪方喻，女人都是小鸟，喜欢依人。"

鲁林听了并不以为然，想，他和方喻也算是老夫老妻了，用不着整天形影不离地缠在一起。再则他这办公室主任当的，单位里忙得团团转，也没有这个工夫啊。

鲁林的同事星期天去市游泳馆里游泳，星期一见到鲁林说，他看到他妻子方喻和一个男的在一起游泳。鲁林想了想就说，那是他的好朋友周乔山。周乔山在大学里曾拿过游泳二百米冠军。果然回到家里不等鲁林问，方喻就向他说了。

不管鲁林在外边工作到多晚回家，方喻也从不问他干什么去了。这样他和方喻就少了别人家两口子之间的猜疑和嫉妒。

除了没孩子这一点外，他和方喻十几年的夫妻生活从来还没有让他感到别扭过。

5

人一闲下来就觉得时间过得很慢，很无聊。主任不当了，鲁林就觉得有很多时间难以打发。家里、单位，他都成了孤家寡人。

自从那日倩倩出院后，温小玉那儿他再也没有去过。那天下班通勤车路过世纪家园小区，鲁林突然想上周乔山家看看，就在中途下了车。

果然，只有温小玉一个人在家，她也刚刚下班回家。倩倩在贵族学校住宿，一周才接回来一次。

"周乔山呢？"他明知故问。

"他出差还没有回来。"

"我以为他回来了呢，就过来看看。"

温小玉问他吃饭了没。他本想说吃过了，可想到温小玉知道他家不会这么早吃饭的，就说没呢。温小玉说："我正好一个人做也没什么意思，把方喻叫过来一起吃吧。"

鲁林说方喻旅游去了。

"哦，是吗……"

他想起前几天倩倩住院时他告诉过她一次，看来她忘了。

鲁林想告辞，可温小玉劝住了他："方喻也没在家，你一个大男人回去怎么做饭？"说着不由分说把鲁林推在沙发上就扎上围裙进厨房了。

鲁林只好在沙发上坐了下来。

不大会儿工夫，温小玉就烧出两个他最喜欢吃的菜来，一个是烧茄子，一个是油焖尖椒。以前在他们家里吃饭，鲁林也总夸温小玉菜烧得好，他是想让方喻学学。鲁林当办公室主任时，外边应酬多，去饭店吃饭的时候也比较多，大鱼大肉吃得身体都跟着发福起来，回到家中就想吃点儿素菜。温小玉也喜欢吃素菜，一是她有点儿信佛；二是她体形保持得这么好，跟吃素菜不无关系。

鲁林突然觉得温小玉比方喻好了，自己要是有一个每天烧这么好的饭菜给自己吃的女人，还怎么会去想别的女人？周乔山真是身在福中不知福。这样想着他就恨起周乔山来，讲了周乔山在大学里的一些风流韵事。说周乔山在大学里是风流才子，就很会讨女孩子的喜欢，叫温小玉小心点儿。

鲁林是半开玩笑说的，就像以前在他们家里当着周乔山面说的一样。温小玉只是默默地听，并不多插言什么，就好像在听他说别人的事，不知道这些周乔山以前是不是都跟温小玉讲过。

"周乔山有没有往家里打过电话？"鲁林问。

"打过一次，说他们公司这次派他出去有两笔业务要谈，得过些日子才能回来。"

"你真的放心周乔山一个人在外面跑？"

"自己的丈夫有什么不放心的？"温小玉笑笑说。

鲁林就觉得温小玉很可怜，比自己还可怜。他真想把那天在车站上见到的事向温小玉说了，可是他最后还是忍住了。

告辞时，温小玉说方喻不在家，就叫他过这边来吃饭。他支支吾吾、神情恍惚地匆匆离去了。

方喻离家这些天一直没有往家里打过电话，只给鲁林手机发来一条短信，说她在外边很好，海南岛的风光很迷人，叫他一个人在家吃饭别太对付了，天凉了上班多穿点儿衣服。

鲁林这才感觉方喻挺虚伪，以前他怎么没觉出方喻的虚伪来。那是以前鲁林觉得方喻还是当初他认识的那个单纯的校园女诗人。是什么时候开始方喻变了呢？鲁林给方喻打过许多次电话，可她的手机一直都在关机。

周末，温小玉打来电话叫他过去吃饭，说倩倩回来了。在这之前温小玉也打过两次电话找过他，一次是家里的燃气罐没气了，找他帮忙给换气，他过去了。还有一次问他，方喻回来了吗。他支支吾吾说没回来，温小玉叫他过去吃饭。他借故说在外边有事没去。他怕一不小心说漏了嘴，温小玉肯定会受不了的。这次，温小玉一说到倩倩，他就啥也没说，到超市里买了一些倩倩喜欢吃的零食和一瓶干红过去了。

傍晚，到了周乔山家，温小玉已在厨房里准备好了。他在客厅里陪倩倩玩了一会儿，一桌很丰盛的饭菜就摆好了。

他给温小玉倒了一杯干红，也给自己倒了一杯，又给倩倩倒了一杯饮料。以前每次在周乔山家吃饭，他夸温小玉做菜的手艺时，末了还要说一句："周乔山真是有福的人。"可是这回他没有说。撂筷时，温小玉看了看他的神情说："怎么，菜不合口味吗？"鲁林赶紧说："挺好的，挺好的。"

看着温小玉收拾完，三个人在客厅里看了一会儿电视，倩倩就困了。鲁林想他该走了，就站起身来。倩倩突然拉住他说要干爸在这里住。他和温小玉一愣都怔住了，以前来周乔山家，晚上聊到挺晚时，得知方喻下乡采访没在家，周乔山夫妇就留他在家住了，反正周乔山家里房间也大，都成习惯了。可这会儿叫倩倩一说，两人突然有些不自然，都想到了这家还有一位男主人没在家。

出来，他还看见温小玉脸红了一下，她为什么要脸红呢？其实就是她真的留他在这里住，他也不会在这里住的。

坐进出租车里在回去的路上，他还满脑子是温小玉的影子。他不想这么早一个人回到家里去，就叫出租车拐到站前去。他又去了那家迷你酒吧，喝了一些啤酒。出来，又去了隔壁的那家地下红玫瑰舞厅。

他在舞厅边座上傻坐了一会儿，等眼睛适应了里面迷彩灯光线后，他又见到了姓白的女人在里面，便向她走过去。

姓白的女人见到他又惊又喜："你老婆还没回来？"

"没、没有……"他大着舌头说。

玩到将近午夜，他是被姓白的女子搀扶回家的，姓白的女子轻车熟路替他打开门，把他扶上床，又给他脱去衣服……

早晨天亮时，他和姓白的女人并排裸身躺在被子里，姓白的女子起来穿衣服时问了他一句："谁叫温小玉？是你老婆吗？"

"温小玉……"他摇了摇头，茫然地看了看她，看了看屋里的一切，像不明白自己这是在哪里。

"你和我做爱时嘴里一直在喊着她的名字。"

他吃惊地看着她，神情怔了怔，身子有点儿发冷。

"她是别人的老婆吧？你们男人总是吃着碗里的，看着锅里的。"姓白的女子轻轻说了一句,拿上钱带上门走了。

他的头还有些发晕发沉,摇了摇,半天没缓过神来……

6

过了两天,一天下班,一个以前和他关系不错的同事请他到小饭馆里喝酒,本来是想安慰安慰他,可是喝着喝着就喝高了,说起了办公室里别的同事,说起了人模狗样的新主任。两人喝到挺晚才离开那家酒馆。

打车回来时,他鬼使神差叫司机从世纪家园楼区走过,看见周乔山家窗前灯光亮着,就叫出租车司机停了下来。他想这么晚了温小玉在家干什么呢?这样想着就走了上去。

门一打开,温小玉吃了一惊:"我以为这么晚叫门是周乔山回来了呢。"他昏头涨脸地明知故问:"怎么,周乔山还没有回来?"温小玉神情落寞地说:"还没有,给他打手机也不开机。"他看到沙发里有一件插着毛衣针没有打完的毛衣,就想一定是给周乔山打的。他在外边和别人的老婆游山玩水地鬼混,妻子却在家里熬夜为他打毛衣。这样想着就顺嘴说了出来:"周乔山这个没良心的东西,他不是人……"

温小玉吃惊地望着他,从他嘴里闻到一股浓烈的酒味儿来,就明白了:

"鲁大哥,你喝多了……"

鲁林摇摇晃晃地说:"我没喝多,我心里清楚得很。"

温小玉把他扶到沙发上坐下来,说:"我去给你沏杯浓茶来,给你解解酒。"

等温小玉端着茶杯从别的屋里走出来,鲁林已歪倒在沙发里

144

睡着了，嘴里还含糊不清地说了几句什么……温小玉摇了摇头，把茶杯放到一边去，拿来一条毛毯给他盖上了，还动手给他脱去了鞋子，大概是想让他解解乏。

看着凉鞋上沾着他吐过的脏迹，温小玉还把他的鞋子拿到卫生间去洗了擦了，又顺便端来一盆热水给他洗了脚。这一切都是在鲁林无知觉的情况下做的，鲁林后来在回忆这一细节时还十分感动。因为他从周乔山嘴里听说过温小玉习惯于睡前给丈夫洗脚，那么他是不是除她丈夫之外给洗脚的第二个男人？那双小巧温柔的手在男人脚心上变得痒酥酥的……

这一夜鲁林是在温小玉家睡的，他真的喝了太多的酒，醉得人事不省。接下来的事情尽管发生得十分简单，可鲁林过后回忆也说不清楚自己是怎么走进温小玉房间里的。他在拥抱这个小女人的温柔玉体时，睡梦里的她嘴里还呼唤着自己丈夫的名字："乔山，乔山……"并用双手缠住了他的脖子。

那一刻他似乎犹豫了一下，可是他想松开却松不了。他脑子里闪出的是周乔山睡了他的老婆，周乔山睡了他的女人。他的身体变硬了，变狠了。在他进入她的身体时，她哭了，并用牙齿恨恨地咬着他的肩头，嘴里一连串地说："死鬼，死鬼……"鲁林已感觉不到肩上的肉痛了，他把身下的女人弄软了，弄化了。他变得像个骑士一般，直到精疲力竭，直到昏昏沉沉睡去。早晨的阳光一点一点透了进来，照亮了这张宽大的双人床。

两个人几乎同时醒了，都愣住了。最先反应过来的是温小玉，她赶紧用被子蒙住了头，嘤嘤哭了起来……

鲁林慌忙穿好衣服，狠狠地掴了自己两个响亮的嘴巴，想说点儿什么——可那被子底下的温小玉却恐惧地低泣着说："你走吧……"

鲁林就狼狈地走下床去，带上门狼狈地走到客厅去，光脚站了好一会儿，最后穿好温小玉昨晚给擦净的那双鞋，走了。

　　此后几天，鲁林一直想找个机会向温小玉解释解释，可温小玉并没有给他这个机会。他知道自己再无颜去温小玉家，只有给她打电话。可往家里打，她并不接电话；给她打手机，她手机也关机了。

　　他知道温小玉一定在恨他，这种恨让他无法忍受，哪怕她打他几下，骂他几句，也比这种回避让他好受得多。他变得憔悴起来，为了不让单位里的人看出什么来，他向单位请了假在家休息。

　　他还在心里恐惧着，周乔山和方喻回来怎么办？那个温顺的女人会向她丈夫说吗？他想她不会的，可是她该怎么办……周乔山和方喻出轨的事，只有她一个人还蒙在鼓里，这个可怜的小女人，让她怎么办？鲁林在为自己给这个女人造成的痛苦而担着心，又一遍一遍在追问着自己：这究竟是谁的错呢？他们两家原本幸福的生活怎么会变成这样！他并没有在心里为自己开脱，他后悔那天夜里不该鬼使神差地去敲周乔山家的门。

　　夜里，在床上辗转反侧睡不着觉时，他就又在心里骂道：老天爷真是不公平，他和周乔山同样是男人，为什么他可以搂着别人的老婆到处风流，而自己却要饱受这样的折磨！他痛下决心，如果再见到温小玉，他一定把周乔山和方喻的事说出来，说出来即使温小玉不能原谅自己，她心里也会好受些。可是温小玉在他们回来之前会给他这样的机会吗？

　　温小玉到底是温小玉，就在他如热锅上的蚂蚁备受煎熬的时候，温小玉来电话了，是一天晚上打来的，温小玉在电话里声音平静地说："我不怪你，你那天喝多了酒，是因为主任被拿掉了，心里难受……"温小玉的善解人意先是让他吃了一惊，随后他又像吞吃了一个苍蝇似的憋在心里难受。

他说："事情并不完全是这样的……"

温小玉在电话里温吞吞地说："那还怎样……"

他拿着话筒不知道该怎样向她说好，他谨慎地斟酌着字句："请你原谅我，我知道你是个好女人，那天是我不好。可是你从来没有怀疑过周乔山对你的感情吗？"

温小玉说："我从来没有怀疑过。"

他停了一下说："那我告诉你，周乔山在外面有女人了，而且这个女人不是别人，她是我的妻子——你的好朋友方喻……"

"咔嗒"一声，那边好像把什么东西碰掉了地上。他心里一紧。

接着电话那端沉默了，他不知道温小玉听到这个消息会怎么样，他紧紧抓着话筒，捕捉话筒那边传来的每一丝呼吸，他真担心温小玉听了后会受不了的。

可是过了一会儿，温小玉依旧平静的声音从那端传来："我不相信，你这样说是想减轻我们的罪过……为自己开脱责任。"

"不是这样的……那天我在车站上亲眼看见他俩……"他急了，刚想再说下去，却听见温小玉轻轻叹息了一声，挂断了电话。

鲁林傻了，听着电话筒"嘟——嘟"传出的忙音发呆。

7

现在，鲁林只能盼望周乔山和方喻从海南岛回来了，他甚至希望周乔山和方喻在一起了。温小玉在电话里那一声轻轻的叹息，始终在他脑子里挥之不去。

上班以后，听一个同事说冯小刚导了一部当代情感生活的片子叫《一声叹息》，出于好奇他跑到影剧院去看了，看过之后他想这部片子真该叫他们四个人去看看。他甚至还想了，如果他们回来要离婚的话，他就娶温小玉，倩倩归温小玉，他也喜欢给她当爸爸。

方喻从海南岛打回电话来，说她三天后就从海南岛返回来。

他问用不用去接站，方喻和走时一样告诉他不用去车站接她。

放下电话他就想，周乔山同样也会给家里打电话告诉温小玉的。真不知温小玉现在的心情会怎样。他真想到时拉上温小玉到车站去看看，可是他知道温小玉是不会跟他去的。不管怎样，方喻到家后他就跟她摊牌，也许用不着他跟方喻摊牌，方喻也会跟他摊牌的。

三天以后方喻如期而至，从海南岛匆匆回到家中，看上去和离家时没什么两样，只是皮肤被晒黑了些。她进门后还冲鲁林腮上吻了一下，这一吻让鲁林觉得有点儿恶心。接着方喻就跑到卫生间冲澡去了，出来又喊"累死了，累死了"，说她只想睡觉。晚饭也没吃，倒头就在床上睡着了。

鲁林把他的被子抱到客厅沙发上去。

早上电话铃声响了两遍才将鲁林吵醒。方喻困倦倦地从卧室里走出来，发现鲁林睡在客厅里并没显得有多惊讶，只是问他怎么不接电话。这段日子他不当主任后家里来电话很少有人找他，都是找方喻的，他就懒得接了。

方喻接了起来。方喻放下电话后，鲁林随意问了一句："谁来的？"

"周乔山。"

"这么早来电话，有什么事……"鲁林嘴角不易察觉地揶揄了一下。而方喻则像电击了一样，一动不动立在了那里："温小玉死了。"

"什么?"鲁林一下子从沙发上跳了起来，死盯着方喻的脸，像没有听清："什么? 你在说什么?"

"温小玉死了。"

"怎、怎么、死的……"鲁林哆哆嗦嗦地问，他脸色发白。

"自杀。"

他和方喻衣服也没穿戴整齐，匆匆下楼打车，赶到了周乔山家。

周乔山只穿着睡衣守在温小玉遗体旁，他一条腿单跪在地板上，痛哭流涕。

一进屋，令鲁林惊讶的是，温小玉昨夜里也是在沙发上睡的，沙发旁扔着两只安眠药空瓶，还有几片药片散落在地上。看来温小玉是吞服了大量安眠药死去的，她的脸看上去很平静，如同沉沉睡去了一般。

后来法医进来抬尸体，周乔山哭着喊着不让动，众人把他拦住了。

温小玉的尸体被抬走了。

鲁林看着蒙着白单的温小玉的尸体被抬走，他的大脑里一片空白。

不几日温小玉就被火化了，在市郊的公墓地安葬温小玉的骨灰时，周乔山一遍一遍地说："是我害死了温小玉，是我害死了温小玉呀!"

方喻听了也泣不成声，支撑着虚弱的身子晃了晃，被鲁林架住了。

大家都散去了后，天黑下来，一个人影又重新走进墓地来，他重重地垂下了头，喃喃地说："你咋那么傻呢？该死的人是我呀……"

温小玉死后，大家都希望能找到温小玉留下的遗书，可是翻遍了家里的角角落落也没找到片言只语的遗书。所以温小玉的死对于局外人来讲就成了一个谜。只有他们三个人心里清楚温小玉是为什么死的，或者说只有鲁林才真正知道温小玉是怎么死的，她的死带走了一个秘密。

8

温小玉死后不久，鲁林就和方喻离婚了。

鲁林和方喻都觉得他们的婚姻已经蒙上了杂质，再加上温小玉的死，是该分手了。只是分手后周乔山并没有娶方喻，方喻也没有嫁周乔山。他们仍然作为朋友来往。周乔山每次见到鲁林都忏悔地对他说，都怪自己，是他害死的温小玉，自己当初真不该……鲁林就听明白了，没有让他往下接着说下去。周乔山说这话时一脸痛苦的样子。鲁林知道他这话一半是说给死去的温小玉的，一半是说给自己听的。

方喻见到鲁林时也曾流着泪跟鲁林说过，说她对不起鲁林，更对不起死去的温小玉，她没想到温小玉会这样去选择轻生……她的良心一直在受着谴责。看她真诚自责的样子，鲁林一时不知该说什么好。

渐渐地，时间长了，鲁林和周乔山又恢复到像从前一样无话不说无话不谈的朋友样子了。鲁林曾经这样问周乔山："你从没怀疑过温小玉的死是因为别的原因，并不是因为你们俩的原因吗？"

"什么原因？"他不明白地看着鲁林。

鲁林想了想说："比如她偶然有过一次对丈夫的不贞，或者说哪个男人对她产生了好感，她是被迫的。"

"不可能，温小玉不是那种女人！"周乔山很激动、很偏激、很坚决地说。周乔山这样说话的样子，又让鲁林看到当初大学时周乔山那个校园诗人的样子。他们那时都相信坚贞不渝的爱情。

鲁林有些心虚，这样就叫他无话可说了，他知道他们之间有些话只能永远压在自己心底了。

鲁林再见到方喻时，看着方喻对自己羞愧难当的样子，鲁林就跟方喻说过："你从来没有怀疑过我对你不忠吗？"

方喻说："我从来没怀疑过。"

"可是我的的确确做过对你不忠的事。"

方喻摇摇头说："我不相信，你不要这么说，我知道你这样说是想让我心里好受些。"

为了让方喻相信，他甚至还去站前广场找过那个姓白的舞女，把她领到家来。方喻有一回回来取她离婚后落在衣柜里的衣服，看见两个人赤条条地躺在床上。

过后，方喻对鲁林说："我知道你这是在报复我，可是你不应该这样作践自己。看在死去的温小玉的分上，我们都好自为之吧！"鲁林听了这话，脊背一阵发凉，像被人点了穴。

隔了几年后，周乔山和方喻都各自重新组成了家庭。只有鲁林还孤身一人。他已离开了那个城建局单位，下海经商，可生意做得一塌糊涂，整天为生计奔波着。

每年到温小玉的祭日，三个人还去温小玉的墓前，只是三个人不像从前同时去了。先去的是周乔山，他给温小玉带去一篮她喜欢吃的海棠果；然后去的是方喻，她给温小玉带去的是一束她生前喜欢的白百合花；最后去的是鲁林，他带去的是一瓶红酒和一瓶白酒。

鲁林早已经戒了酒了，他只是每年到这个时候到墓碑前来才喝一次酒。鲁林看到水果和鲜花就知道周乔山和方喻都来过了。

鲁林跪在墓前，嘴里喃喃地说："他们都解脱了，你也解脱了，现在最痛苦的只有我一个人。我什么时候能解脱呢？没有人再听我的解释，没有人再相信我的话……这些话只能憋在心里向你一个人诉说，你也不相信我的话，你恨我吧，你怪我吧，那天我是喝多了酒……可是我心里是真的喜欢你呀……你能原谅我吗？我知道你不肯原谅我，连我自己都不能原谅自己……"说着就打开白酒瓶，咕嘟咕嘟一气喝下去，直到喝光瓶里的白酒，再想起身去打开地上的那瓶红酒要往墓碑四周洒时，红酒瓶"嘭"的一声自动碎了，红红的酒浆淌了一地，像阳光墓地上开出的无数朵玫瑰花一样艳丽。

鲁林怔了一下，惊讶了半晌说了一句："你肯原谅我了！"刚想站起身来，身子一沉，就醉倒在地，像个死人一样守着坟墓睡去了。

良久，等鲁林醒来，听到一个声音在墓地上轻轻响起：

假如生活欺骗了你，

可以面对失败，但是不能容忍欺骗！

生活可以抛弃你，但自己不能抛弃自己；

生活可以不爱你，但自己不能不爱自己；

生活可以欺骗你，但自己不能欺骗自己。

一切都不过是转瞬即逝，而那过去的即使是欺骗也将变成回忆中的美丽。

……

他站起身来，循着声望去时，远远看见一个人影默默地从墓地走开了，那个人是周乔山。

诱　　惑

1

　　市公安局经侦支队队长阎善明赶到案发现场西宾路花园小区 A15－8 号楼时，西城分局刑警大队的人已经到了。技术科的人正在屋里屋外忙碌着勘查现场、拍照。现场外围楼道口已被西宾路派出所民警警戒了起来。他向一个民警出示了证件，民警放他过去了。可是在他刚刚走上二楼楼道时，却被刑警队的人挡住了，这两名侦查员他们都彼此熟悉，一年前他还是他们的直接上司。

　　"对不起，阎队……"矮个子侦查员略显歉意地吞吞吐吐说了半句住了嘴。他停下了脚步，他知道这种凶杀案子应该归刑警大队管，他们经侦支队是无权涉足的，可是……大概是听到了门口的说话声，从里面走出一个人来，阎善明认出这是西城分局刚刚提升为刑警大队大队长的宋健。他尽管年纪和阎善明相仿，看上去却比阎善明年轻了许多，生得五官标准，两道浓眉下两只大眼睛炯炯有神，是刑警队里公认的美男子。

"你来干什么?"他见到阎善明口气有些冷淡,公事公办地说。

"是肖局吩咐我来的。"阎善明不得不抬出局长来。

"既然是这样,希望你不要太打扰我们的工作。"他又冷淡地丢下一句,转身走进屋子里去了。

阎善明抬起步子走进去,这是一套三室一厅的豪华公寓,门上装有自动防盗报警器和可视门铃。室内装修华丽,地面上铺着绿色大理石地砖。正厅里放着一架白色钢琴。圆拱形落地窗户上挂着紫罗兰色拖地窗帘,在钢琴旁边的黑色花瓶里插着一束紫红色的玫瑰花。大概是由于时间太久了,有两朵已经枯萎了。小个子经侦支队队长阎善明的目光对着花瓶里的花略略注视了几秒钟,然后走到卧室里。

死者名字叫张美娜,是市工商银行龙源储蓄所的一名职员,今年二十四岁,是去年才刚刚大学毕业分到这家储蓄所的。半年前,阎善明在调查龙源储蓄所那起特大金融诈骗案中曾见到过她……

此刻她静静地仰躺在自己卧室里那架欧式镀金雕花铁床上,身上只穿着短裤和乳罩,白皙修长的大腿裸露在毛巾被外面,她皮肤白皙得透明,身段曲线优美,瀑布般的黑发遮住了她的半边脸,使她玲珑的面部有一种朦朦胧胧的美。阎善明再次为她的美艳惊叹。就连给她拍照的刑警也情不自禁地惋惜着什么摇摇头。致命的刀口割在手腕处,血顺畅地流了一地,顺着暖气管子流到了楼下,这才引起了楼下邻居家的注意,向派出所报了警。

"是他杀,还是自杀?"冷不丁,阎善明有些困惑,问正在忙碌的技术科长。

"是他杀,她是在熟睡过程中被人用毛巾被捂住了嘴窒息的,然后又用水果刀割开了她的手腕动脉血管，水果刀上并没有留下凶手的指纹，凶手是戴着手套作的案。尽管凶手把现场伪装成自杀的样子，可是在主人的另一间健身房里我们发现了窗子有昨天夜里被撬开过的痕迹，凶手是从楼外的管子上爬到她家二楼阳台的。"

"凶手的作案动机是什么？"

"初步认定是强奸后杀人，凶手做得很干净，虽然在她的阴道里没有检查出精液，可是已经检查出死者死前半小时内发生过性行为。"

"就是说她已经不是处女了。"他随口问了一句。

"恐怕她早就……"技术科长神色暧昧地刚要往下说什么，这时候阎善明的手机响了。他打开了走到门口去听："喂，嗯，是我，我正在出现场，什么……又住进了医院，好吧，一会儿我过去。"他关上了手机，转过身来刚想再问点儿什么，宋健走了过来："阎支队，你问得差不多了吧？"

阎善明听出了他的弦外之音，忙说了句对不起，就撤出步子走了出来。

"强奸杀人？"走在外面阎善明脑子里还在想着刚才技术科长的话，如果这是一起普通的强奸杀人案子，刑警出身的阎善明也不会去多想什么，可是死者偏偏是他半年前见过的年轻貌美的银行女职员。阎善明至今还记得他当初询问她时的样子，她当时紧张极了，两手无措地捂在胸口前，生怕那两个坚挺得像青苹果似的乳房从胸前不安分地蹿出来，她不敢抬头去看他们。她像是生平第一次和警察打交道。"你不要紧张，我们做事情是重证据的，请你把当天储蓄所里发生的一切都向我们讲清楚好吗？"就连一向对漂亮女人天生反感的李井山也口气缓和了下来。她终于从极度的紧张和羞怯中平静下来……就是这么个几个月前他们见到的姑娘昨天夜里被人杀死在家里了，而且是……奸杀？

已经是早上八九点钟了，冬日里的寒雾渐渐笼罩了这个北方城市的街头巷尾，太阳像一个见不到踪影的懒汉不知躲到哪里去了。街道上积攒了几场冬雪，被各种机动车辆碾压得脏兮兮的，路面也有些冰滑。阎善明慢吞吞地开着他的 213 北京吉普，心里不免有些着急。刚才的电话是庄丽打来的，说他们的女儿文文昨天夜里又发起烧来，被她送进了市中心医院的血液病房住院处。市局七十二小时行动，他有三天三夜没有回家了。

血液病房在二楼，一年前女儿在这家医院里查出了再生障碍性贫血，当时他和庄丽心里忽悠了一下。在警校时他和庄丽一起看过那部日本电视连续剧《血疑》，记得当初庄丽还为幸子的不幸掬了一把眼泪，想不到这种不幸竟会发生在他们身上。好在那个老医生告诉过他们现在这种病也并不完全是不治之症，他们医院就有进行过骨髓移植手术的病例。这才叫他们心里稍稍有了点儿安慰。

"爸爸。"推开病房的门，躺在病床上的文文虚弱地叫了他一声，坐在床头上、身穿一身检察员制服的庄丽也回过头来。庄丽脸上掠过的一丝愁云没有逃过他的眼睛。

他大步走过去，亲了亲女儿的脸蛋，文文的脸蛋略显苍白，她胳膊上正点滴着什么药水。

"怎么样？医生怎么说？"

等护士进来给文文换点滴瓶，庄丽把他拉到走廊上去，焦虑地对他说：

"医生说必须尽快考虑给文文进行移植手术了，否则再发生感染……"庄丽没有再说下去，晶莹的泪水已经涌上她的眼眶，她那张白净的脸消瘦了许多，一丝愧疚掠上了他的心头。

"手术费需要多少钱?"

"二十万。"

他心里一沉，这对他们来讲无疑是个天文数字。

2

下午，阎善明一走进他的经侦支队队长办公室，探长李井山就尾随着跟了进来。

"看来我们是让刑警队那帮家伙钻了空子，他们以这是一起刑事案件为由，拒绝我们的介入，甚至连卷宗笔录也不给我们看。"李井山气恼地说。他叫李探长带两个人到西城分局刑警队去询问一下这起凶杀案案情，看来是碰了钉子了。

"一点儿新情况也没有摸到吗?"他坐下来盯着李井山不动声色地问。

"我后来去了技术科，你知道技术科科长和我关系挺好，他向我说了他们在现场获得的一个新证据。他们从死者家马桶下水道里打捞出来一只避孕套。"

"这么说真是强奸?"他自言自语像是在问自己，又像是在问李井山。

"他不给我面子也就罢了，连你这个曾经是他直接上司的面子也不给，真是太不近情理了。"

阎善明知道他说的是谁了。

宋健的态度是在他预料之中的事，作为一起凶杀案，这也的确是他职权范围内的事。宋健是在他去年提升到市局经侦支队队长后，才由探长提升到分局刑警队长的位置的。他俩本来是警校同学，毕业后一同分到了西城分局刑警队。在警校时，他们的关系本来是不错的，可是因为他们爱上了同一个人，那就是和他们同一期毕业的女生庄丽，他们的关系便开始渐渐疏远了起来。连阎善明自己也没有想到庄丽会嫁给其貌不扬的他，他本来只是在心里默默爱慕着庄丽……与宋健比起来，他知道自己的条件差得太多了。他家在农村，父母都是一辈子面朝黄土背朝天的农民。而宋健的父母则是城里如今人人羡慕的高薪阶层，父亲在一家公司里做事，母亲则是市府里的机关干部。在警校时每次去郊外游玩，他都有意回避了，他不想让班里的同学看出他家里的窘境。

或许是因为家境的原因，毕业后阎善明表现得十分吃苦能干。而这恰恰是一名刑警所必备的。后来阎善明反复在想庄丽之所以能够看上他是因为看出了他的能干，这一点也正是宋健嫉妒的。阎善明和宋健分到刑警队后，阎善明参与了几起重大案件的侦破，很快被提拔为重案组探长。而那会儿宋健还只是一个默默无闻的刑警。阎善明被提拔为刑警大队副大队长、队长后，宋健才被提拔做了探长。如果不是阎善明调到市局经侦支队当队长去，宋健现在恐怕还只是一名探长。

阎善明和庄丽是在他们参加工作后第二年结的婚，宋健却一直没成家。连阎善明都知道那会儿追求宋健的女孩子很多，可他一直不着急结婚。直到他们女儿六岁时，宋健才结婚。可是他前一段听西城分局刑警大队的人说，他又离婚了。不知为什么对于宋健的婚姻状况他一直惴惴不安。不过反过来一想，像他这样各方面都这么优秀的男子，离婚并不意味着婚姻失败，也许意味着更佳的选择。

阎善明叹了一口气，驱赶走了脑子里这些乱糟糟的想法。

"看来只有我们自己去调查了。"

半年前他们搞的那个银行巨款"失踪"案件卷宗曾被检察院退回来一次，尽管当事人供认不讳，检察院还是提出了两个疑点，这也正是阎善明犹豫过的，不过迫于上面的压力他们也想尽早结案了。此案被诈骗金额一方是新落户本市经济开发区的龙头企业长垣有限责任公司，此案一出，被市报记者炒得沸沸扬扬，社会上谣言四起。有的投资商说："连存在银行里的钱都不保险，叫我们怎么敢去投资？"弄得连市长也很恼火，这也是在情理之中的事。所以肖局也暗示他们尽快结案，剩下的事以后再说。

正是有肖局这么个暗示，他今天一早才突发奇想去了那个银行女职员的凶杀现场，不过强奸杀人又让他陷入了一种困惑当中。也许这真的是一种巧合？

这起金融伪造票据诈骗案涉及金额两千八百万，他们已追缴回来了两千六百五十万，另有一百五十万，据涉嫌此案的犯罪嫌疑人、龙源储蓄所原主任高宣波交代，被他挥霍掉了。一下子在这么短的时间内挥霍掉这么多的钱，曾经引起经侦支队长阎善明的注意，不过在他讲了把这笔钱汇往美国，交给一个委托人，打算把他儿子送往美国去看病后，他就相信了。这个储蓄所主任的儿子，他带人上门搜查时见过，是由于一次意外的交通车祸，造成了孩子下肢瘫痪，他妻子也在那起车祸中身亡了。

现在阎善明想到的是，还得去龙源储蓄所调查走访一趟。

龙源储蓄所地处市中心繁华地带，即使是上午上班以后的时间，街上也是熙熙攘攘、车水马龙的。阎善明和探长李井山着便衣走进营业厅后，那个他们见过一面的前台女职员王琪显然认出他俩来，她抬了一下头后又低下头去掩饰着一丝惊慌，她正在给一个顾客办理存款业务。

"我们可以找你谈谈吗？"等那个客户办理完了，阎善明凑到前台窗口问道。

"我在工作，要谈话得找我们主任打招呼。"她又看了一眼外面这个小个子警察说。

他示意她把主任从后屋办公室找出来，主任是个他们没见过的年轻人，显然出了那件事后新调到这里来的。在前台防盗门边，他俩向他出示了证件。

"你们有什么事？"他口气冷淡地问。

"我们来调查一个人，是和一年前发生在你们储蓄所那件案子有关。"阎善明说。

"那个案子不是已经结案了吗？你们还来调查什么？"他口气十分反感地打断了他。他理解这位新上任的主任，这件事不管怎么说也是叫他们银行丢脸面的事。

"可是……可是你知道吗，你们的银行职员张美娜小姐前天夜里被人杀死在家中了。"他压低了声音说，他注意到前台有几个正忙碌的职员向这边投来目光，他想主任会知道这件事的，西城分局刑警队的人一定已经来找过他。

果然，主任听了并没有显得多吃惊，他口气依旧平淡地说："这个人已不是我们的职员了，她在去年年底就被银行开除了。"

这叫阎善明多少有些吃惊。他一时怔怔地站在那里不知说什么好。主任丢下他俩走回后屋去了。李井山想叫来保安打开防盗门进去再找他，阎善明拉住了他。之后，两个人走出了龙源储蓄所大门。

他们来到离龙源储蓄所不远的一个公共汽车站牌下，掏出烟来吸。等他俩站在那里脚冻得发木时，储蓄所的职员王琪才下班走了出来。他俩扔掉烟头迎了上去，王琪稍稍一愣。

"王小姐，耽误你几分钟，跟我们去谈一下好吗？"她略微犹豫了一下，还是跟他俩走进旁边一家伊人咖啡厅，找了一个僻静角落，三人坐了下来。

"王小姐，请原谅我们的唐突，你们这里的张美娜前天夜里被人杀死在家中……"阎善明开门见山地说。

"……张姐死了？她是怎么死的？"王琪瞪大了眼睛吃惊地注视着他们。

"这正是我们来这里想要调查的，我们知道你俩在储蓄所里平时关系最好，她离开储蓄所后你们还有来往吧……"阎善明盯着她脸上的变化。

她从初听到这个消息的震惊中平静下来："是的。"她低下头，好像在思索着什么事情。

"她最后一次和你见面是什么时候？"

"是在一个月前，对啦，也是在这家咖啡厅里……她来找我还钱。三个月前她的公寓房租催费了，她从我这里借走五千块钱，我没想到她会这么快把钱还给我。她被单位开除后，好久没有找到事情做……"

"那她后来找到事情做了吗？"一直头向窗外的李井山打断她插了一句。

"找到了，那天她来告诉我，她在龙腾夜总会找到了一份歌手工作，每月老板给她开三千块钱工资。我当时一听在那种地方做事，就劝她不要干了，像她这样的女子怎么适合在那种地方做事呢？我还想这段日子帮她联系一家私人企业的会计活儿干，没想到……我就知道在那种地方做事早晚会出事的，唉，她还那么年轻漂亮，追求她的人多着呢。"她的眼圈有些发红。

"自从出了那事以后，她和你在一起时没有提到有关前任主任的话题吗？那件事她毕竟受到了主任的牵连。"阎善明问了一句。

王琪用手帕擦了下眼角的泪痕，脸上掠过一丝惊慌，稍稍振作了一下说："她可不像人们造谣说的那样，说她落井下石，在关键的时候出卖了主任，他俩的关系以前是那么的好……"

"哦，是吗？"阎善明随意搭讪了一句。他看她显得犹豫了一下，接下来听她慢慢讲道：

"她还说主任也是受人陷害的呢，她还要为主任讨回公道呢……"

"哦，是吗？"她的这句话引起了他俩的注意，阎善明紧接着问了一句，"她这话是什么时候跟你讲的？"

"大约在一个月前吧，对啦，就是在她上回来找我还钱那次见面说的。"

"她还跟你说了什么没有？"

"她还跟我说她见到了主任以前的一个熟人，说这个熟人以前也来过我们储蓄所找过主任，问我有没有印象了。她说了这个人的相貌，我说记不得了。她临走时还叮嘱我不要跟别人讲这件事。我当时还没觉得很奇怪。"

"她说的这个人相貌长得什么样？"李井山突然警觉地问道。

"……瘦瘦的，细高个儿，尖下巴颏……再就是眼睛特别，她说她很讨厌这种男人看人时的目光……"

离开咖啡厅时，走在路上，探长李井山跟阎善明说了一句："看来这并不像西城刑警队那帮家伙说的是一起简单的强奸杀人案。"

"我也正是这么想的，我们得回去向检察院撤回'9·30'案件的卷宗了。"

李井山瞅瞅阎善明，从他的脸上可以看出这是一桩非常棘手

163

的案子了。

3

这个案子一度像个谜一样困惑着阎善明，现在卷宗从检察院申请退了回来，阎善明他们经侦支队又有权再次去提审高宣波了。

阎善明和李井山探长一起去的市第一看守所。经过将近一年的关押，高宣波消瘦了许多，脸色也苍白了许多。仅仅从相貌上看，阎善明是很难把眼前这个文弱的男子和他接触过的形形色色的罪犯联系在一起的。看守员将他带到审讯室里来，他略显惊讶地看了他俩一眼，就坐在对面审讯铁椅子里了，低下了头。冬日的阳光从窗外射进来，照在他锃亮的光头上，眼镜腿也不知怎么弄折了，用白胶布粘着。他棉袄领子露出的脖子上有一块青痕，一定是同牢里的犯人打的。

"没有想到吧，我们还会再来提审你。"李井山开口说了一句。

他抬起头来冷漠地扫视了他们一眼，淡淡地说道："是的，我以为按照法律程序该向我宣判刑期了。"

"你真的希望早点儿对你判刑吗？"

"是的。"

"那你就该把你知道的向我们交代清楚。"

"我不知道还有什么没有向你们交代的……"他又低下头去。

"你好像向我们隐瞒了这个案件的一部分真实案情……"沉默了一会儿，阎善明向他慢慢说道。

"不，我全部都交代了，我只请求政府早点儿判决我。"他喃

164

喃说道。

"你和张美娜是什么关系?"阎善明冷不丁问道。

"……是同、同事关系,我们是上下级同事关系。"高宣波语气有些结巴地说道,脸上显出有点儿不知所云的神情。

"恐怕不只同事关系吧……她来看过你是吧?"

高宣波没有否认,他又低下了头。

"她死啦!"阎善明突然说道。

"什么?"仿佛平静的屋子里响起了一声炸雷,坐在铁椅子里的人身子一抖,他吃了一惊,抬起头来。

"三天前她被人杀死在家中……"

他呆呆地望着他们,像不敢相信他们说的话。李井山走过去递给他一张从技术科那里搞到的现场照片,他不敢看地闭了一下眼睛,而后哀号了一声,身子瘫软在铁椅子里:"是我害了她,都是我害了她呀!"

"你知道是谁杀死了她?她被杀前被人强奸过。"

他突然怔了一下,而后脸色急剧地变化着,吼叫道:"畜生,一定是他……那个畜生干的,这个坏蛋,他不是人……"

过了一会儿,高宣波痛哭流涕起来,他断断续续说出了事情的全部经过……

是什么东西让他支撑得这么久呢?后来阎善明反复在想,如果高宣波不调到 S 市来,如果还在那个偏僻的叫桦甸的小县城工商储蓄所里做职员,生活也许会是另外一个样子。高宣波是他们乡下村子里走出去的第一个大学生,而且考上的还是北京财经学院。阎善明完全能够想象得到他的父母在村里人面前那份荣耀。高宣波毕业后又分回到了他们家乡县城工商储蓄所里,他很快遵

165

从了父母的意愿同本村一个远亲姑娘结了婚，日子虽然平淡却还如意，他只是偶尔看到别的大学同学都在大城市里做事，心里稍稍感到一点儿失落。

高宣波是在六年前通过一个亲戚关系调到 S 市来的，在龙源储蓄所里做了两年职员后，很快展露出了他的才干。凭着他的吃苦和能力，很快为储蓄所拉来了几笔大宗存款（这其中就包括长垣公司），颇得上司的赏识，没多久他就做了龙源储蓄所的主任。

不幸的是，就在他事业和生活都一帆风顺的时候，一场车祸夺去了他妻子的生命。而他们唯一的儿子也在那场车祸中下身瘫痪，以致生活不能自理。

从这个男人的眼睛里，阎善明似乎发现了自己所熟悉的东西，这是一个只有经历了生活重负的父亲才有的目光。他很同情这个男人。据储蓄所的同事和邻居们讲，这是一个生活十分检点的男人，妻子死后没有再娶，每天按时上班，按时下班，回来就细心照料瘫痪在轮椅里的儿子。听邻居们讲别人也曾给他介绍过对象，他都没有去见过，或许是他不想让儿子受委屈吧……那天他带人上门搜查时，那个十三岁的男孩子显然也受到了惊吓，他坐在轮椅里呆呆地望着他们。一只小篮球从他的怀里滚到楼梯的台阶下，阎善明拾起来走上去递给他。"叔叔，我爸爸还能回来吗……"阎善明心里像被什么烫了一下，转身走了。走出去不远，在那幢楼前的一个篮球场上，他看到了一个熟悉的女子身影，那个人正是张美娜。从那时他似乎就感觉到了他们之间的关系不寻常。

正是从张美娜的嘴里，阎善明知道高宣波有一个大学同学叫徐维国。

高宣波是在去年夏天见到他那个同学徐维国的，当初在北京财经学院学习时，高宣波和徐维国并不是很熟悉，只是在同学当中听说他是一个很神秘的人物，他父亲在七十年代是部队里的一个高干，林彪倒台后，他父亲也被关进了监狱。不过虎倒神威在，在学校时徐维国就常被北京那些富家子弟前呼后拥的，对于高宣波这样的农家子弟来说，只有远远仰视的份儿。高宣波没有想到在毕业八年之后会和徐维国在这座城市里相遇。

那天在 S 市最豪华的酒楼豪门酒楼里，他正在陪客人吃饭，忽然看见二楼邻座的单间里长垣公司的总裁正在和几个客人喝酒。他想进去敬杯酒，客人里一个风流倜傥的年轻人就已经站了起来："我们认识，你也是北京财经七七级的吧？""啊，对，对……"他马上想起了他，"您是徐……""徐总。"他正斟酌怎么称呼他，旁边一个瘦瘦的男子提示了他。

吃完饭送走了客人，他又要过去，看见他们也匆匆下楼了。徐维国被人前呼后拥着坐进了一辆奔驰轿车里。临上车前给了他一张名片，说他下榻在成基大厦宾馆，来 S 市想投资办个公司，有事情可以去找他。

高宣波简直有种受宠若惊的感觉，半天站在那里没动，想想看能被长垣公司的总裁宴请该是什么样的人物呢？

不等他前去老同学下榻的宾馆登门拜访，让他想不到的是这位老同学来上门拜访他了。那天高宣波刚下班回家，就听保姆说他的一个姓徐的同学来过了，走时还给孩子留下一个红包，里面装有五千块钱，说是给孩子的见面礼。

第二天高宣波在豪门酒楼里宴请他的这位老同学，除了徐维国，还有和他一起来的副总叫余春荣，这是一个四十岁左右的男人，长着一副尖嘴猴腮相。那天他也把张美娜带上了，说是他私人宴请，也算是他们银行的业务活动，因为他早盯住了长垣公司这个大客户，而他这个老同学看来跟长垣公司的老总很熟悉。果然，他的老同学在席间就看透了他的心思，答应说再帮他给他们储蓄所拉一笔长垣公司的存款。吃得高兴，他那天酒也没少喝。饭后，老同学提议再到龙腾夜总会玩玩，唱唱歌。高宣波本不想去了，还惦记着家里的孩子。可又不想扫大家的兴，就只好去了。

到了那里，徐维国叫人开了瓶人头马红酒，说他买单。在包房里坐下时，那个余副总凑到他耳边说："想不到高主任还金屋藏娇啊，张小姐好漂亮啦。"他听了脸腾地红了，有点儿后悔今晚把张美娜带来了，好在张美娜到吧台前点歌去了。

他也没有想到张美娜歌唱得这样好，把邻包座的客人都唱得叫好起来。她陪徐维国和余春荣各跳了一支舞。和余春荣跳时，看她脸红了，他心里"咯噔"一下。刚才她要和高宣波跳，他说他不会跳，就坐在那里陪他的老同学喝酒。

他们玩到将近午夜才回去，出来时高宣波就觉得头昏脑涨的。张美娜开车把他送回去，可是他已歪倒在车里人事不省了，他的家张美娜还不知在哪里，只好把他拉到她的住处。张美娜租住的是一处单身公寓，张美娜把他扶上楼去。

早上醒来，高宣波才发现他躺在张美娜的卧室床上，而张美娜已走进卫生间冲淋浴去了，床单上透着片朦朦胧胧的红晕，他吃惊的不光是睡在张美娜的住处，还吃惊的是张美娜竟然还是一个处女。响着淋浴声的卫生间里传出张美娜的声音来："你醒了？早餐我已给你准备好，放在客厅茶几上了……"

一个月后，徐维国给他拉到了长垣公司一笔六千万元的储户存款。

正在他想怎么感谢他这位老同学才好时，他才知道了徐维国来 S 市的真正目的，他在北京的公司破产了，他要诈骗他从前公司的客户长垣公司一笔钱。那天晚上在那家隐秘的小酒店单间里只有他们两个人。过后他耳朵里反复在响着徐维国的话："我知道你我现在都需要钱，你的儿子不是要送到美国去治病吗……"他的确向人打听过要送他儿子到美国治腿的事，并通过中间人联系了一家医院，不过费用却要一百万美金。高宣波正为这笔高昂的医疗费用犯难。没想到他的同学连这个都打听到了……徐维国答应事成之后给他这个数。

高宣波供述，徐维国向他交代，如果事情败露，高宣波要按照他们事先答应好的，不要把他和余春荣供出来。因为他答应他只有不供出他们，他们才把给他的钱转移到给他儿子在美国治病医院的账户上。所以进来这么多日子了，他都死死咬住没有松口。可是他没有想到他心爱的女人会被那个畜生不如的东西杀害了，愤怒就像一颗炸弹一样在他心里爆炸了……

1

阎善明又叫李井山去了一趟西城区公安分局刑警队，看看他们调查杀害张美娜一案有没有新的进展。李井山回来说，他们对这起案情的进展对他们还守口如瓶。这也没出乎阎善明的意料。

"事情已经很清楚，强奸杀害张美娜是徐维国的同伙那个叫余春荣的家伙干的。"

"他为什么要这么做呢？仅仅是因为兽欲发作吗？"阎善明问了一句。

"不，他是为了杀人灭口。"

"杀人灭口？"

"是的，在案发后余春荣一直没有离开过本市，徐维国要他稳住高宣波，假意答应他在他判刑之后就把他的儿子送出国。高宣波也事先按照他们约定的意思办了。可没想到半路上杀出个程咬金来，张美娜后来去见过余春荣一次，尽管高宣波没有告诉她真相，她也明显地感觉到了高宣波的案子与她曾经见过的这两个人有关，她要为高宣波要一笔钱，她知道高宣波是为了给他儿子筹到治病的钱才这么铤而走险的。开始余春荣还与她周旋着，后来她威胁他说，如果他们不把这笔钱在高宣波判刑之前交给她，她就向警方报案，余春荣这才动了杀人灭口之念。那天他先把她约到一家夜总会去见面。我已经去调查过那家龙腾夜总会了，据那个老板讲在案发的前两天晚上他的确看到过一个尖嘴猴腮的男人和一名女子来过这里。我把张美娜的照片拿给他看了，他认出正是她……"

"那么余春荣现在一定逃离本市了，我们可以建议发布网上通缉了。"

"我也正是这么想的，把我们负责搞的'9·30'一案的两个重大嫌疑犯一起发。这样西城分局刑警队那头就不会认为我们是在干涉他们刑事案件的调查了，也不会认为我们是在和他们争风吃醋争着立功了。"

阎善明点点头，他明白李井山说的争风吃醋是什么意思。

网上通缉令发布的第三天，从北京警方发来了传真，说他们发现了余春荣的踪迹，在一次清查外来人口的行动中抓到了曾和余春荣姘居过的情妇，叫他们赶快派人过去。

阎善明在动身之前去了一趟医院，文文的病情已得到了控制，再过一两天就可以出院回家了。这总算暂时叫阎善明和庄丽松下一口气来。庄丽的脸色看上去也比头些日子好多了。庄丽已从检察院方面获知了他已撤回他们去年搞的那起经济案子。

"这回有把握把这起案子彻底了结吗？"庄丽很关心地问他。

"差不多吧，我们已摸清楚了涉嫌此案的另外两个重要嫌疑犯。"阎善明很有把握地说。

"听说宋健也在搞一起重大的杀人案子，嫌疑犯也和你们那个案子的嫌疑犯有关，是这样的吗？"

"哦，哦，是这样的，不错……"阎善明没有想到庄丽会消息这么灵通，会知道得这么清楚，工作上的事她向来是很少问他的。

"宋健来看过文文。"果然如他刚才在心里猜测的那样。

"是吗？"

"希望你们两个不要因为私人感情的事而影响工作。"庄丽稍稍皱了一下眉头，眉角间掠过一丝不易察觉的担忧。

庄丽的心思他十分清楚，当初正是他们三人同在一个队里的关系，她才在婚后主动要求调离刑警队，调到检察院去的。走在路上他还在想，庄丽当初这么做确实有她这么做的道理，否则三人待在一个队里工作会很尴尬的。

阎善明带着李井山和另外两名经侦队员当晚乘40次特快赶到了北京，直接找到了丰台区的当地派出所。他们见到了余春荣的情妇白艳春，这是一个二十七八岁的四川女子。早先在京郊一家叫情妹妹的夜总会里做小姐。两年前做了余春荣的情妇后，余春荣就把她从夜总会里弄了出来，花五万元给她开了一间打字社，并在京郊租了一间四合院的平房。前一段余春荣躲到这里来，两人像模像样过起日子来。

尽管他们到来后向白艳春说明了余春荣在东北杀人了，已是有命案在身的在逃犯，包庇他会跟着去坐牢的，可是她仍是什么也不说，问急了她就说："有本事你们抓到他，抓到他我立马跟他坐牢去。"她性感的乳房还挑逗地一颤一颤往前倾着身子。

"你——"李井山气得恨不得上前给她两个耳光，但是被阎善明拉住了。

走出屋来，陪同的那个派出所所长也对他们摇摇头说："还真没有见到过像她这样的铁妞头……"

"从她的住处搜查到什么证据没有？"阎善明回过头来问了一句。

"只搜到几只用过的避孕套。"

"避孕套？拿过来看看。"阎善明突然想到了什么。

所长就叫一个民警把那用塑料胶膜装着的避孕套拿过来给他们看。李井山戴上手套翻了翻，悄悄对阎善明耳边说："和在张美娜家马桶里找到的避孕套是一模一样的，都是猛男牌二十厘米长的。"两人心中会意地一喜。

回到下榻的小旅店里，阎善明思索着问李井山和另外两个队员："你们说余春荣会躲在哪里？会和徐维国在一起吗？"

"我看不会的，从银行案发生这么长时间他没有和徐维国待在一起看，徐维国是一个十分狡猾小心谨慎的家伙，他不会叫余春荣去找他的。"

"他们派出所在把白艳春带到派出所来的时候，余春荣会不会知道？"

"我听派出所一民警讲，白艳春那天下午出去兑她的打字社还没回来，余春荣是听到邻居家有警察来调查的动静后才逃之夭夭的。他不会知道她一直押在所里的。"

"那我们就先在这里守着，叫派出所监视白艳春的手机，他一定会和他的情妇再联系的。"阎善明说，他打了个哈欠，就叫他们先睡觉去了。

果然次日晚，派出所所长来找他们了，说余春荣给白艳春打过手机了，不过他们没叫白艳春接听手机。通过分局无线通信系统监控台监控，手机是从湖南水阳打来的。

"湖南水阳？"阎善明脑子里忽然跳出好像听高宣波讲过徐维国的父亲老家就是水阳的。莫非他逃到那里去找徐维国了？那真是太好了！

"现在我们马上动身赶到水阳去。"在与肖局通电话请示汇报之后，阎善明留下一名侦查员继续守在这里对白艳春监视，他和李井山还有另外一名侦查员连夜动身去水阳。

当夜只有一趟下半夜到水阳的火车。他们只买到了三张硬座车票。

5

阎善明他们在这趟普通列车上颠簸了三天两夜才咣当到了湖南水阳。

下了车一出闸口，阎善明愣住了，他没有想到在这里会见到宋健。他们已先来到了这里，他正和两个着便衣的刑警站在出站口上等着这趟车进站接他们。

"你……你们怎么来了？"

"怎么，没有想到吧？"宋健略略往四周扫了一眼，随后又压低声音贴近他耳边说，"肖局怕你们人手不够，叫我们来配合一下，再说这桩杀人案本来就是我们负责的。"

宋健把他们带到他们住的宾馆里，房间也给他们订好了。宋健他们住在二楼，给他们订了三楼的房间。李井山和另一个队员

173

住在一个房间，给阎善明自己安排一个单间。他原以为宋健会和他住在一个房间，因为他们也是三个人，可是在前台登记时，看到宋健也自己单住了一个房间……想了想，这样也好。

阎善明进了房间先冲洗了一下身子，然后他关上房间门用手机与肖局通了电话。肖局长只在电话里说了一句，让他们两个好好配合。他想了一会儿，不知是该宋健配合他们搞好"9·30"特大经侦案的侦破呢，还是该他们配合宋健他们完成"11·20"强奸杀人案的侦破呢？

晚上一起去街上吃饭。吃完饭往回走，宋健说水阳这个地方很乱，自古就是出土匪的地方，他们要同当地警方取得联系，先摸摸情况再说。阎善明也担心打草惊蛇，这地方人生地不熟的，连说话都听不懂，就点点头同意了。

阎善明上楼回到房间，打开门看到门下的地毯上塞进来一个白信封。他略略诧异了一下，拾起来一看，见里面装着一个避孕套和一张花花绿绿的广告。这种广告他以前到南方城市出差也见到过，就随意丢在了床头柜上。刚坐下看了一会儿电视，李井山进来了，李井山坐下问有没有收到好东西。阎善明往床头柜上指了指。

阎善明没吱声，由避孕套他也想到余春荣来，这个家伙现在在哪里呢？

李井山坐在他的房间里看电视到挺晚才离开，走之前又有一个色情电话打到房间来，李井山替他接的。电话里传来细细软软的女音："大哥，要那种服务吗？""真是瞎了眼，做这种事竟做到咱们头上了。"李井山放下电话说。

"至少这家旅馆住的人还不知道咱们是警察。"阎善明慢悠悠地说了一句，白天住店时他还担心他们一起住在这里会招人眼目的。

一晃，阎善明他们来水阳已经半个多月了，可是并没有摸到余春荣或徐维国的任何线索，心情不免焦急了起来。

在北方这个季节已是冰天雪地，他们要穿上棉衣，而在这里还是那种温吞吞不阴不阳的天气。白天还有点儿湿热，到了晚上还有蚊子侵扰。这天晚上阎善明翻来覆去躺在床上很晚还没睡着，忽然放在枕边的手机响了，他坐起来接听，里面传来了庄丽焦急的声音："是善明吗？""嗯，是我！"庄丽轻易不在这么晚的时间给他打电话，阎善明不由得一惊。一种不祥的感觉袭上他的心头。"文文又发烧啦，现在在医院里……""情况怎么样？"他急着问。"医生说这回得给她做移植手术，医生叫我同你商量商量。"庄丽有些上气不接下气。"你不要着急，让我先想想办法。""你什么时候回来？""还说不上。"阎善明犹豫地说。他想如果弄不到那么一大笔手术费，自己回去又有什么用呢？

关掉了手机，阎善明是无法入睡了，脑子里乱糟糟的想的都是文文的病情。早上起来，两眼血丝红红的。

"是不是文文又犯病了？"早晨一起到街头摊上吃早点，宋健盯着他的脸色问了一句。阎善明心里疑惑，不知道他是怎么猜到的，就点点头。

"要不，你先回去一趟？"宋健又盯着他说了一句。

"不，不用。"他想宋健是不是有意想支开他，自己好在这里独立办案。

阎善明刚一回到房间，水阳市公安局经侦支队就来电话了，告诉他们掌握的一个线人好像知道一点儿他们要找的那个人的线索。阎善明一听就带着李井山过去了。来到这里后，他和宋健做

175

了一下分工，他负责与当地警方经侦支队联系，宋健负责与当地刑警队联系，以取得他们的配合，双方互不干扰。

到了那里后，他们的经侦支队长老胡操着一口湖南话告诉他们说，他们这个线人叫"宋老八"，早年曾在铁路上当过二十年警察，是抓小偷的能手，现混迹于社会，在当地黑白两道上都有些背景，当地的一些混混都称他为"八爷"。屋子里坐着的这个年近五十的男人像一个大烟鬼，他弓曲着一副水蛇腰坐在椅子上在打盹，只是细眯的三角眼闪烁着一丝精明和狡诈。

阎善明递给他一支烟，他接了放在鼻子下嗅了嗅，夹上了，并不去点着。

"你认识徐维国？"

"我不认识他，倒是从一个朋友那里听说过这个人的名字。"

"你能帮助我们吗？"

"那要看是什么条件了……"他微睁了一下眼睛。

他在开价，像他这样的线人开出的价可不是一般人能满足的。阎善明装作很随意的样子说了一句："你的朋友够大胆的，他知道这个人犯的是什么罪吗？这个人可牵扯到一桩命案……"

烟卷在他耳朵上微微一抖，他对老胡说他得先走了。这事他得先摸摸"庭"。

"他会和我们合作吗？"走出水阳公安局，李井山担心地说。

"不知道。"阎善明也有些拿不准。他不知道余春荣是不是真的和徐维国在一起，如果是在一起这条线索就彻底断了。从刚才他诈他的神态上看这个人知道的徐维国的情况并不多。

晚上阎善明回到房间，又从门下看到一个白信封，他以为又是装着那种东西的。可打开一看，不由得惊呆啦。里面是一张打印的信纸，上面有这样几行字：

阎队长您好，我知道你现在急需要一笔钱为你女儿治病，我们可以谈谈吗？其实这个案子你该知道怎么结案，我想我们可以合作。你硬要找我是找不到我的，不过我还会再与你联系的。如果你同意了，就请在今天夜里十二点打开手机。为了你的女儿，你还是好好想想吧。

　　　　　　　　　一个您想找到的人

　　阎善明顿感困惑了。他下意识地推开门看了看，走廊上空无一人。信上说他还会和他联系的，他的手机号码，除了他们的人，到这里以后只有水阳市公安局的老胡知道，他忽然想起老胡的线人宋老八，他会不会告诉他？

　　阎善明翻来覆去地想着，他从来没有遇到过这么棘手的问题。这个人是谁？如果是徐维国，他怎么会知道他的女儿要做移植手术呢？如果是余春荣，难道他又潜回过 S 市或者 S 市还有他们的人？他越来越感觉到他面对的是个十分狡猾的老狐狸，看来他真是低估对手了。他想他的每个举动都要慎之又慎了。在夜里十点钟的时候他给肖局那个秘密手机号码拨通了一个电话，这个号码只有他和市局刑警支队队长两个人知道，不是遇到非常特别的情况肖局是不让他打的。

　　夜里十二点，那个神秘的电话果然打进他的手机上来，他急忙拿到耳朵上去听："阎队，你想好了吗？"对方压低了声音说。"你是谁？"阎善明问了一句。"我是谁并不重要，重要的是你女儿急需一笔手术费。你很爱你的女儿是吧？"阎善明不吱声了，对方出奇的冷静和自信让他感到吃惊，他略略想了一下说："那好吧，我们可以谈一谈……""我不想和你在电话里谈，我会派人和你谈的。"对方快速地说出了一个地址，就把电话挂断了。对方是怕有录音才这么做的。

花鼓巷十三号是一家饭庄，阎善明第二天早上八点赶到那里时，饭庄还没有营业。一个伙计把他引到里面一个单间时，阎善明不由得一下子愣住了，里面只坐着一个瘦长的人影在饮酒，那人就是他昨天刚刚见过面的宋老八。

"是你?"他故作吃惊地问。

"怎么，没有想到吧?"宋老八抬了一下眼皮。随后又招呼伙计端上来一些酒菜，先给阎善明满上一杯酒："我知道你们东北的警察个个能喝酒，好歹咱们也做过同行，算是哥哥我敬兄弟的。"

"谢了。"阎善明端起酒杯仰脖喝了，坐下来。

"我一搭眼就瞅出兄弟是个聪明人，不过兄弟昨天的话差点儿把我给蒙了。"

宋老八的话证实了他昨天的猜测，看来宋老八并不是直接和徐维国见面的人。而且他从宋老八的话中听出，余春荣并没有和徐维国在一起。

"可杀人的事毕竟是他的同伙干的……"

"老弟，这你我都明白，这一码是一码的，谁的责任谁承担。"宋老八闪烁着一双精明的小眼睛说。他听出了这话里面的意思。

"我知道怎么做了。"阎善明说。

"我想老弟是个聪明人，不用我多费口舌了。"宋老八又呷巴了一口酒。

"我什么时候能从你'朋友'那儿拿到钱呢?"

"很快,这个数怎么样?"宋老八晃动着两根被烟熏黄的细手指头。

阎善明摇摇头,又多伸了两根指头,宋老八瞅了瞅他的指头,吸了一口气:"四十万?好吧,我回去跟我那个朋友说说。"

阎善明离开饭庄时,宋老八还有些发愣地瞅着这个小个子警察的背影在想,这个小个子警察够贪的,想当年自己犯事才仅仅因为两千块钱就被开除出了公安队伍。

6

两天之后的夜里,阎善明又接到了那个神秘的电话:"就按你说的条件办,不过只能先付给你二十万,剩下的二十万等事成之后再付给你。明晚八点准时到老地方去取钱。"阎善明心里明白所谓事成之后就是 S 市警方把余春荣抓住了,案件审理有了结果后再把另一半付给他。因为阎善明已经告诉他把所有的责任都推到他的副总经理余春荣头上去,只要他退掉那笔一百五十万元赃款就可以力保他无事。再则那起强奸杀人案确实与他没有关系。看来对方还是有些不放心他。

第二天晚八时,阎善明准时去了花鼓巷那家饭庄,在后边的单间坐下后,宋老八又给他倒了一杯酒,与他连干了三杯才开口说话:

"钱给你带来了,你数数。"

宋老八打了一个响指,从门外进来两个穿黑衣衫的年轻人,其中一个提着一个旅行包,打开了包口露出里面的钞票来,一捆一万,一共是二十万。他刚要收起来,宋老八又抬起手来说:

"慢着，你一个人带着这么多钱回去会不方便的，我们想好了，把这些钱给你汇回去。你只要把你的银行卡号告诉我们就行了。"

这真是他没有想到的。他们这一手真是够狡猾的，他们这样做也是防止他回到宾馆就把钱交出去，钱一旦打到他的账户里，他说也说不清了。看着宋老八细眯着眼微笑地望着他，他只好说：

"好吧，我告诉你。"

"放心，这笔钱你家里很快就会收到的。你可以向你家里人说是你在外面从一个朋友手里借的给女儿看病急需用的。"宋老八又和他干了一杯酒，依旧笑眯眯地说。

他渐渐喝得浑身瘫软了起来，宋老八再说什么他也听不清了……

阎善明不知道是怎么离开宋老八的饭庄的，他头重脚轻地走在街上，不想马上回到宾馆去。他要一个人好好想一想……可是他脑子像一摊糨糊，由不得他理清思绪。

阎善明摇摇晃晃回到宾馆房间，就一头栽倒在床上，衣服也没脱就睡下了。早上起来两眼血丝红红的，酒气还没散去。李井山见到他就问他昨晚一个人干什么去了，那么晚还没有回来。他警觉地问："有什么事情吗？"李井山说宋健昨晚上楼来找过他。他说："昨晚心里闷就一个人出去喝了点儿酒。"

李井山就有些担心地看着他说："阎队，是不是为文文做手术的手术费发愁？我听宋健说了文文又住进了医院。"

"不是。"他突然有些情绪发作地说，连他自己也吃了一惊。李井山愣愣怔怔地看着他，停了一下，他缓了缓口气说："我是在为案子发愁，我们出来这么些日子了，对要捕的人还摸不到一点儿头绪。"

阎善明下楼去了宋健的屋里，问他找他有什么事。宋健说昨天接到分局电话，说在 S 市那边发现了余春荣的行踪，他们打算下午撤回去了。尽管这恰恰证实了他这段日子的猜测，宋健的话还是让他暗暗吃了一惊。

　　"你们打算今天就回去吗？"

　　"是的，今天下午的车。祝你们能有好运。"宋健有些意味不明讥讽地说。

　　中午他俩坐到宾馆楼下街边的一家小饭馆里。他俩还从来没有单独在一起吃过饭，即使在一个队里时由于庄丽的缘故也从没单独在一起喝过酒。因此当阎善明单独把他叫出来时还显得有些犹豫，宋健也显得有些不自然。这是一家毛家菜馆，刚近中午吃饭的人还不很多，屋内显得很清静。

　　外面的天色有些发阴、发暗，零星飘起了冷雨点，风吹着把街上的梧桐树叶刮到地上去。"说吧，你找我出来有什么事？"宋健看了一眼外面的天色说道。

　　阎善明没有说话，而是先给他倒上一杯酒，然后又给自己倒上一杯酒，与放在他面前的酒杯碰了一下，自己先一口干尽，咂咂嘴，这才瞅着窗外的天色慢慢开口说道："你还爱着她，是吧？"

　　"谁？"

　　"庄丽。"

　　宋健略略有些吃惊，显得有些不解地望着他，不知他要说什么。

　　"……今儿个在这里就我们两个男人在说话，你也不用顾忌什么，我只想你能跟我说说心里话。"

　　宋健低下了头："是的，我还爱着她……不过自从你们有了文文后，我就死了心。我知道她很爱文文，文文也离不开她，你应该好好照顾她们娘儿俩。对啦，文文的病情怎么样啦？她给你打过电话了吧？"他关心地抬起头来。

"打了……"他好像害怕触碰到什么似的，又错开了话题，"可我对不起她们娘儿俩，特别是庄丽，自从她跟我结婚后，就没有过上一天舒心的日子，我对不起她……她当初要是跟你结婚，生活也许是另外一个样子。"

宋健的脸色有些微微发红，他把头转向窗外去："她很爱你，我真的不知道你身上究竟有什么东西那么吸引她。这一点老实说我很嫉妒你。"

"我这回回去后打算和庄丽离婚……你会娶她吗？"他突然说道。

"你说什么？你喝多了，你在胡说些什么？"宋健吃惊地看着他。

"不，我没喝多，我今天找你出来就是想和你说这件事的。我不想再拖累庄丽了，看看她这些年跟我过的是什么日子呀……"说到这里阎善明喉头哽咽了一下，而后又瞅着窗外喃喃自语道，"文文如果这回手术成功了，她会好起来的，你会像对自己的女儿一样待她是吧……"他转过脸来已是满脸泪水在流淌了。

"庄丽不会同意你这么做的，你趁早打消掉这个念头，如果你知道对不起庄丽，就在以后的日子里好好去爱她吧。"他冷冷地说。

"不可能了……"

"你说什么？"

"我是说有些事情是我没有办法解决的……"

阎善明痛苦绝望地看了一眼窗外。窗外的行人稀少起来，冬日的南方大街上有一种孤独的景色在他的眼底里飘动。

"徐维国有什么线索了吗？"宋健探询地问。

"……还没有。"阎善明模棱两可地说。

"听说这是一只狡猾的老狐狸，你们要当心。"

"我们会的。"

下午宋健他们去车站上车，阎善明过去送他们。宋健走上车门时，阎善明又叫住了他："宋健……"宋健回过头来，望着他。

"回去后替我去看看庄丽她们娘儿俩！"他大声说道。

"我会的。"宋健郑重地点点头。

车慢慢开动了。"宋健，如果我出了什么事，你会照顾她们娘儿俩吗？"他追赶着车门大声喊了一句。

宋健稍稍一愣，很快重重地点点头。追赶的人停下了脚步，渐渐地变成了一个黑点，停在那里。

7

在宋健他们走后的第五日，阎善明接到了家里庄丽打来的电话，告诉他文文已经做了移植手术，手术很成功。阎善明接到这个电话心情并没有高兴起来，相反倒更加沉重了。看来庄丽是收到了那笔汇款。

到了晚上，他又收到了那个匿名电话，对方在电话里说："听说余春荣已在S市落网了，你怎么还不回去？"阎善明平静地说他想拿到最后一笔钱才可以回去办这件事。对方稍一迟钝，阎善明有些恼怒地说："我已经花了你的钱，你还担心我不为你办事吗？现在我们已是一条绳上的蚂蚱了。"对方想了想说："那好吧，三天后你来拿钱。"这回对方没有留下取钱的地址，只是叫他三天后听他的电话。

第三天傍晚，他们刚吃完饭回到房间，阎善明的手机就响了。他关上了门，按下了应答键："你不要出声，现在下楼，门口有一辆红色桑塔纳接你。"阎善明走到窗前冲着下面望去，果然看见停着那辆车。他迅速写了张纸条压在了电话机下。

阎善明悄悄溜出了房间，到了楼下钻进了那辆轿车里。车后排座位上坐着那两个他在宋老八饭庄里见过的男青年，他俩一左一右把他夹在中间，又给他戴上了眼罩。他的手机和手枪也给那两个人下掉了。

车子绕着城区转了两圈，而后向城外开去。大约开了一个小时，车子停下了。车上那两个人拉着他的胳膊走下来，站到一块空地上，有人给他解去了眼罩。阎善明这才看到他们来到了山边一片墓地里，坟墓依山坡而建，下边是高速公路。这里的每座坟墓都修得十分豪华，只是由于天黑瞅不清墓碑上的姓氏。

"阎队，你好呀，让你受惊了，我不得不用这种方式与你见面，希望你能谅解。"从对面五米开外的一处大墓碑后面走出一个人来，约有三十岁，他有点儿像香港一个影星的面影，叫他一下子就猜出这就是躲避了一年多的徐维国，高宣波说过徐维国长得有点儿像明星，在学校时就颇得女生的青睐。

徐维国示意车里跟下来的那个青年把下他的那把枪还给他。他知道里面的子弹一定叫他们退掉了。

"听说你女儿的移植手术很成功。"

"谢谢。"阎善明沉着脸说。

"这里是祖上的墓地，我家父的背景大概你也听说了吧……没想到我竟过起了逃亡生涯。真是愧对祖先啊。"他有些伤感地说，"这正应了那句古话，人算不如天算。人总是要被各种各样的诱惑所迷惑，有的人爱权，有的人爱钱，有的人爱色，还有的人逃脱不了亲情……总之上帝创造人来到这个世上从一开始就是来接受各种各样的诱惑考验的。唉，其实又有几人经受得住诱惑的考验呢？人生说到底就是一场骗局……"他重重地叹了口气。

阎善明也不由得跟着他叹了一口气。

"这件事我本以为会弄得天衣无缝，没想到会弄到今天这个地步，还是被你们追踪到水阳来……"

"那是因为你太多疑了，你谁都不信任，包括你的心腹余春荣，他来水阳找你，你都躲着不见他。"

"他这人色心太重，我早说过他要坏在这件事上，他果然……现在余春荣已经被你们抓到了，你打算怎么帮我呢？"

"跟我回去，把一切事都推到余春荣身上。"

"哈哈，你太天真了，虽说我答应他出事后会给他家里一笔钱，可谁知会不会像高宣波一样就这么招了呢？再则你是不是要我呢？"他突然冷笑了两声。

"我已经收了你的钱，你出事我也得有事，我会逃脱了干系吗？"阎善明说到这里无可奈何地重重地叹了一口气。

"让我想想……我们再商量一下看怎么办好。"他又看了一眼阎善明，而后转过身去，走到他祖坟前跪下了身，伏在地上磕了三个头，又点上了一炷香。

突然，山下传来一阵脚步声，"警、警察——"在山下公路边放哨的一个人影向这边跑来，徐维国大惊失色站起身来，那两个黑衣青年已躲到水泥墓碑后掏出了枪，向阎善明瞄着。

"不许动！你们已经被包围了，赶快投降！"冲上来的人在外围喊道。

"是你引上来的人？是你们的人吗？"徐维国穷凶极恶地瞅着阎善明发问。

"不，是当地的警方，我们已经被包围了，我也认命啦。"阎善明垂头丧气地低下了头。

"不！"徐维国向墓后躲去，那两个黑衣青年朝山坡下射击。山下围上来的警察也开枪还击，那两个保镖模样的人应声倒地。

"不许动！"周围的警察朝他俩这边包抄了过来，他一把抱住了徐维国的大腿。一群操着湖南口音的警察迅速赶过来，在黑暗中他看到了李井山的身影，李井山给徐维国戴上了手铐子，回过头来看到阎善明，阎善明向他伸出了双手，李井山犹豫了一下，还是给他戴上了。一行人向山下公路边停着的警车前走去。

在单独押着的一个车里，李井山坐在阎善明身边，要给他打开手铐子，阎善明制止了他。李井山略略诧异，他悄悄贴近阎善明的耳边说：

"我已经按你说的给肖局打过电话了，知道你在卧底。"

阎善明摇摇头，难过地说："不，我现在已是个罪犯了，我已经收下他们的钱了……"

"你？"李井山疑惑不解地看着他，这回真的感到吃惊了。

8

四天后，"9·30"在逃一年多的最后一个主犯徐维国由湖南水阳押回S市。令专案组感到意外的是肖局长亲自到火车站上来迎接他们。火车徐徐地停在了月台上，他们走下了火车。徐维国被迎上前来接站的经侦队员带上了等候在一边的警车里。市局纪检处的两名同志走上前来，走到戴着手铐的阎善明身前。

186

"请等一下。"肖局面色凝重地说了句,"请给他打开手铐。"

"局长,我……"阎善明羞愧地低下头去。

"你看谁来看你了。"

阎善明这才看到肖局身后站着的妻子庄丽,她快步走上前来。

"文文她好吧?"他既意外又显激动地问。

"她的手术非常成功……"她看了他一眼,神情复杂地说,"我并没有动银行卡里的钱,文文的手术费是宋健从他爸爸那儿借来给咱们垫上的,他不叫我告诉你,我就没在电话里跟你说,都怨我没有及时在电话里跟你说。等我在银行卡里看到那笔钱后,我就马上向肖局做了汇报,肖局已派人把那笔钱查封了。"

"哦,是这样的……"他惊愕地张了张嘴,心稍稍安了一些,回头去寻找那个熟悉的身影,刚才宋健还站在人群边上,这会儿不知什么时候悄悄地走掉了。

"不要跟文文说,就说爸爸暂时还要去一个地方办案,等回来再去看她。"

"善明……"庄丽眼里已流出了眼泪。

"好好谢谢你的妻子吧,这一段让她受累了。"局长在带着人上车时说。

"局长,我……"他欲言又止,表情复杂地说。

肖局站下了,回头凝重地望了他一眼:"请相信组织。我相信你是坚强的。"

"嗯。"阎善明重重地点了点头,他要跟着纪检处的同志去接受调查。

肖局长再次转过脸去,他的眼眶也潮湿了,他赶紧坐进了车里掏出手帕来。

站台上，阎善明和他的妻子紧紧拥抱在一起，眼里的泪情不自禁地流了下来……冬日黄昏里的风打着旋儿，凛冽地从脚下吹过。

达子香花开

　　残雪挂在石崖子下老松树枝梢头，冷风一吹，簌簌的，像鸟掉着羽毛。凌云裹紧了身上的棉衣，崖上是暖的，阳光照着。凤子又出来走到小河边去打水了，她蓝底碎花小棉袄的身影隐现在山坡底下那片杂树林子中。凤子是山下成衣匠李宝库的女儿，她和她父亲李宝库是去年秋天上山来的。

　　一只白脑门的山雀从林中无声地飞过来，落在青绿的松针上。

　　老林子里静悄悄的，坐在石碰子上能看到崖下那座木刻楞草屋，有四间房子那么大，东大山开门，南面是三个窗洞。

　　春冻骨头秋冻肉，时令虽早已过了立春，可在外面待得久了，这深山密林野谷里的风，还带着一股刮人骨的寒意。

　　凌云扶着岩石走下石崖子来，她手里折了一束达子香干枝。达子香枝上的叶子，打着小卷，散发着一股冬青一样的味道。

　　走进木刻楞屋里，最把头一间是厨房，再走过一间是染房，中间大屋里地上摆着两盆木炭火盆，朝南的两个窗洞前，放着两架苏式手摇缝纫机，背驼的李师傅和一个方脸膛戴着花镜、喜欢

189

穿坎肩的裁缝师傅坐在亮处在蹬着缝纫机，那个戴花镜的裁缝是个朝鲜族人，叫金顺臣。队长裴雁春和另外三名女战士在整理着一捆白棉布，这捆白棉布还是去年秋天五营的战士从敌人手里缴获的。

抗联七师服装被服队是去年春天从小兴安岭南麓的山里转移到小兴安岭北部山里的。来时这三座石峰耸立的石崖子下，只有猎人留下的一个土窝棚。他们动手盖起了这四间木刻楞草屋，外间那间染房，除了一口大锅，还盘着一铺小炕，睡着李师傅和金师傅。里边的两间是一铺通炕，睡着她们十一个女战士，还有凤子。凤子睡在最西头的炕头上，挨着她的是凌云。

凌云找出一个白桦树皮筒，这还是凤子给她做的。她把达子香花枝插了进去，又去外间舀了一瓢水倒进白桦树皮筒里。然后，把白桦树皮筒放在最里边的窗洞台上。一束阳光温暖地照在花枝上。凌云凝神注视了一会儿，走了出来。

外间的一口大锅里蒸腾着沸水，锅里煮着黄菠萝木桦和柞树皮，这是用黄菠萝和柞树皮煮水做染布用的，染成黄色或草灰色。凌云从走进屋子里来的凤子手里接过木水桶，把水倒进锅里。随后拿起一根柞木棒，在锅里搅了起来。锅底下灶坑里的松木桦子在噼啪作响……一会儿，蒸腾的热气就让凌云白皙的面孔渗出汗珠来。锅里的水蒸气很快就将外间这间染房里灌满了，她什么也瞅不清，只有手挂着木棒在锅里下意识地搅动着。凤子又拎了一趟水回来，又走出去了。大家都懒得说话，好像一说话就会把身上的力气赶跑了似的，只有里间的缝纫机在"嗒嗒……"地响。

"大小姐，快放下，这哪是你干的活儿呀？"

"大小姐，你饿了吧，我这就去给你做吃的去……"

恍惚中，白白的雾气里，好像在她家张家大院的豆腐作坊里，耳里传来了王妈那熟悉的声音。她的头在眩晕，脚好像踩在了一团棉花上，终于踩不住了，身子轻飘飘地雾一样倒了下去……

"凌云姐，凌云姐，你怎么啦?"凤子丢下木桶，惊慌地跑过去抱住了她。

凌云在大家的围观下，慢慢地睁开了眼睛，有人在用小勺子一点一点往她嘴里喂煮的椴树皮水喝。她虚弱苍白的脸上有了点儿红晕。大家都松了一口气。

夏嫂悄悄把裴雁春拉到屋外面去，夏嫂对裴雁春说："得想办法弄点儿粮食去啦，这样下去真不行啦……"

他们已断粮一个多月了，这一个多月来大家就靠煮树皮水，挖冬草根，摘干榛叶煮着吃，吃得他们脸上都有些浮肿。裴雁春瞅了瞅夏嫂浮肿的脸和渐粗的腰身，说："派人去五营营地看看吧，看看他们那里有没有办法搞到点儿粮食。"其实裴雁春心里在想，夏嫂不说，她心里也清楚，他们那里肯定也断粮了，不然不会不派人给他们这里送点儿粮食的。

夏嫂是五营营长夏明杰的爱人，已经怀有四个月的身孕了。

裴雁春在下午派了两名女战士去了五营驻地，一个是体质好些的山东籍女战士，一个是当地山下猎户家的女儿牛姑娘。牛姑娘熟悉山里的方向，不容易迷路。五营离他们这里不算太远，师部要五营留守在红山老营地里，也有负责担当保护他们师被服队的任务。

"嗒嗒……"缝纫机声一直响到天黑。天黑了，屋子里点起了松明子，这种松明子冒出的黑烟很黑，不一会儿就将两个裁缝的面孔熏得黑黑的，像抹了锅灰一样。

屋子完全黑下来以后，派出去的两个人还没有回来。大家躺在铺炕上还在想：那两个人会不会带回点儿粮食？

牛姑娘和那个山东籍女战士是第二天上午回来的，她们并没有带回来一粒粮食，不过让大家惊喜的是带回来了一块冻狗熊肉，足有三十斤重。听她俩说是五营战士前一阵子在林子里找吃的东西，在一棵大树仓子里打到一只冬眠的熊。这才知道他们那里也断粮好多日子了，打到熊后特意给他们留出一块来，正想着这两天给他们送来呢。除了熊肉，还有一块冻熊油，说是给他们点熊油灯照明用的。两个裁缝师傅一见到黄黄的熊油，眼睛就亮了。

夏嫂把山东籍的女战士拉到一边去，看来她想问点儿夏营长的事，大家没有去注意。

中午就用了那一点儿熊肉炖了榛叶熬汤喝，这回榛叶没有那么难吃了，大家吃得都很香。锅里剩下了两片熊肉片，都推让着，最后盛到了凌云和夏嫂碗里。

有了熊肉吃，大家一连几日身上就有了力气，干活儿也不觉得饿了，说说笑笑的。李师傅和金师傅的鼻孔也不发黑了。

不过裴雁春还是有点儿发愁，不知这块熊肉能不能吃到树叶发芽的时候，那会儿山野菜就下来了。别人还好办，就是凌云和夏嫂让她发愁，一个是体质太弱，一个是怀有身孕正是需要营养的时候。凌云刚分到被服队的时候，她曾跟上面建议要她去师卫生队，首长说："师卫生队要跟着作战部队整天行军打仗，你看她身体能行吗？"也是，师里各单位只有被服队是不行军打仗的。就这样，凌云留了下来。

窗台上白桦筒里的达子香花开了，凌云的脸上也露出了红颜色。

　　天气也比头些日子暖和多了，红松树枝上挂着的残雪都被风吹着化净了，只有背阴坡的石崖下还留着残雪。小河沟里除了夜里冻上一层白冰外，到了白天就化掉了。清澈的小溪哗哗地流淌着，凌云和凤子一样喜欢到小溪旁边来洗脸、梳头……

　　"凌云姐，你可真漂亮。"凤子一边洗脸，一边歪头说。

　　凌云正对着清澈的溪水里那张面影在梳头，尽管溪水里那张脸瘦了许多，可还是那般的白皙、俊俏。

　　"大小姐，让谁娶了你可是他的福气哟。"她想起县警察局长的儿子来托媒相亲的那天早上，王妈随意说的那句话。

　　拔凉的河水撩到脸上，让她打了个激灵。

　　她恨自己不能像牛姑娘和凤子一样吃煮榛叶团吃得那样香。这种又苦又涩的食物到了她的嘴里比汤药还难往下咽。上呼兰县国立高中那年，她染过肺病，家里她的闺房里摆满了大大小小的汤药罐。

　　熊肉吃没了，山崖石碴子上的达子香枝头刚刚冒出花骨朵儿，离草发绿、树发芽还得有一段的日子。牛姑娘和凤子就钻到一片柞树林子里捡了几个干橡子碾碎掺到榛叶团子里，吃得队里好几个人排不出大便来。

　　饥饿和夜里的一场倒春寒的寒气，让凌云一下子病倒了。她嘴里说着胡话："……成生，不要丢下我……不要……王妈……我冷，我好冷……"她面色苍白，嘴唇干裂。裴雁春派牛姑娘去山上挖一种叫冬虫的草根给她熬水喝。凤子和夏嫂焦急地守护在她的身旁。过一会儿，夏嫂烧开了一搪瓷缸子开水，走到她的铺位前拿出一个白纸包往缸子里悄悄倒了点儿什么，端过来用小勺往她嘴里喂。

"这是什么?"

"红糖水。"

"你从哪儿弄的?"凤子惊讶道。

"这是老夏上次托牛姑娘她们捎给我的,叫我坐月子时喝。"

"这……"

"快别这个那个的了,救凌云姑娘要紧。你看她身子多虚弱,不补点儿东西挺不下去的……"

半缸子红糖水喂下去,凌云慢慢地睁开了眼睛。到了晚上,烧也见退了下去,大家这才松了一口气。

在铺炕上躺了两日,第三日她从炕上起来时,一走到屋外面去,就看到崖上的达子香花开了,红艳艳的一片。她不由得脸上露出惊喜,指给拎水回来的凤子看。凤子看到了,惊叫了一声:"达子香开花了,太好了,过两天就可以采到山野菜啦。"屋里干活儿的女战士听到了,也跑出来。大家欢呼着,有两个女战士爬到坡崖上去,采了两束。其中一个战士下来时把手里的花送给了凌云。凌云白皙的面孔被花映得粉红。

院前,夏嫂在晾晒着被染成黄色的白棉布,一道一道的黄布片被暖暖的风吹动着。夏嫂挺着大肚子站在染布中央。

"你看上去气色好多啦。"夏嫂对凌云说。

"谢谢你夏嫂。"凌云想起她给自己喂的红糖水,心里十分感动。

"那个叫成生的,是你什么人?"夏嫂问她。

她的脸微微地红了红:"是我的一个同学。"

"他在哪里?"

"在师部。"

"你是和他一起上山来参加抗联的?"

194

"是的。"

夏嫂不再问了，她手扶在腰上朝那边的阳光地里走去："多好的天气呀！"

崖上花丛中的阳光格外明媚，叫人忘掉了眼前的饥饿和战争。

凌云和王成生来到山上后，才知道王成生是呼兰县国高地下学生组织的一名成员。王成生被留在师部当了一名参谋，而她也想留在师部，哪怕当个文化教员。可是没两天就把她分到了被服服务队。后来王成生跟她谈话时说首长主要考虑到她身体单薄，不适宜跟着师部转来转去作战。当然王成生隐去了师部对她家庭成分的顾虑。她的一个哥哥是呼兰县的一名伪教育署长。

她和王成生有半年多没有见面了，最近见的一次面还是去年夏天，在红山岭见的面，师部转移路过那里，她和另外两名女战士去给师部送做好的军装。那次见面王成生交给她一支小巧的勃朗宁手枪，说是他在一次战斗中从一名日本军官手里缴获的，要她带在身上护身用。同时还交给她一封信，信叫她回去后再打开。回来后打开信才知道，王成生在信里已明确地和她确定了未婚夫妻的关系，那把枪就是送她的订婚信物。叫她在被服队里好好干，不要灰心。等到将来抗战胜利那一天就是他们结婚日。

她看过那封信后，一连好几天心情都很激动，家里的出身叫她忘得干干净净。她把那封信好好地保留了下来，有时想念王成生时就拿出那封信来跑到崖上去看看。

夏嫂是在山葱下来的时候生下的孩子。大锅里烧了一锅开水，裴队长和另外两个结过婚的女战士在屋子里把其他人都撵了出来。屋里传出夏嫂不知是骂她丈夫还是骂小鬼子的喊叫声。是呀，要是没有小鬼子，夏嫂也不会把孩子生在这深山老林子里；要是丈夫在跟前她也不会痛得这样厉害的，连个让她安慰的人也没有。做一回这样的女人真是受罪呀！

那撕心裂肺的喊叫声叫外面的姑娘听了，都不想做女人了。李师傅和金师傅坐在石碓子上，卷着干树叶当烟叶，抽着，呛得不时咳嗽起来。

直到一声啼哭从屋子里传出来，才让每个人都松了一口气。凤子最先跑进屋去。出来向大家报告说生了个小战士。大家就知道是个男娃了。都跑进屋去看，头上盖着一条白毛巾的夏嫂，这会儿脸上露出了欣慰的笑容，和刚才要死要活的样子判若两人。

接下来发愁的是，尽管这时节山野菜下来了，可是吃这东西是生不出奶水的。小战士饿得嗷嗷哭，凌云就后悔夏嫂把红糖都给自己冲水喝了，要不可以冲糖水给孩子喂。唯一想出的办法就是让牛姑娘拿着长枪到林子里去，看能不能碰碰运气，打到一只山兔或山鸡什么的来给夏嫂下奶。

兔子、山鸡没等打到，却等来了五营派人送过来的一袋大米。这才知道五营下山去打了一仗，截了日本人两辆军车，缴获了些粮食。这真是雪中送炭。除了大米还有一小袋小米，说是夏营长特意关照给被服队送过来的。大家就想到了夏营长一定想到夏嫂快生了。这下好了，有了粮食吃，人人都是高兴的。夏嫂还特意把一个战士叫到跟前说："回去告诉俺们老夏，我给他生了个儿子，叫他给儿子取个名字。"那两个战士应承着走了。

过了没有两个礼拜，夏营长就带着一个警卫员过来看夏嫂。夏营长先把孩子高高举过头顶，又把他胡子硬硬的脸贴到孩子嫩嫩的粉脸蛋上，小家伙立刻疼得直咧嘴哭了起来。夏营长就跟着傻笑不止。夏嫂就叫他快点儿把孩子放下来，说："你这个当爸爸的，这么长时间还没有给孩子取名字呢。"夏营长说："名字我早就想好了，不管是男孩儿还是女孩儿就叫抗联吧，夏抗联。"大伙一听都说好。

看着夏营长和夏嫂亲昵高兴的样子，凌云就又想起王成生来，不知道他现在的情况怎么样了。夏营长走时，她陪着夏嫂送出去好远。她问夏营长师部现在在哪里。夏营长说前段听地下交通员说年前师部在小兴安岭南面一带山区活动，开春以后又转移到哪里他也不清楚了。夏嫂就要他再有师部的消息叫他打听打听王成生这个人。夏营长就问凌云，她和王成生是什么关系。凌云说他们是同学。夏嫂又走到夏营长身边耳语了几句什么，夏营长就又瞅了凌云一眼，说他有机会碰到师部的人，一定帮她打听打听王参谋的消息。说完他和警卫员的身影就隐在绿树林中了。

夏天山里的日子相对好过一些，除了能采到各种山野菜、蘑菇外，还能采到各种野果。凌云就跟凤子到石砬子上采到了一小盆托玛（野草莓），回来给小抗联往嘴里抿着吃，吃得他小嘴巴红红的。只是这一到了夏日，昼长夜短，山里的蚊虫多了起来，咬得人皮肉都起了红疙瘩。大人还好办，一到晚上就到外面笼起了蒿草火堆来驱赶蚊虫。白天不敢在外面笼火，怕远处山外的人发现烟雾。晚上夜色就把烟雾挡住了。可苦了小抗联和夏嫂。小抗联脸上和粉嫩的胳膊上、腿上全是包。

李师傅就想了个办法，用缴获的那卷没用的白纱布做了一顶小帐篷。这才在夜里听不到小抗联的哭闹声了。

一直没有师部的消息，给师部部队做的那些夏季服装，师部也一直没有派人来取。等了些日子，裴队长就派人到红山五营驻地去打听，回来的人说，五营驻地大部分人也被夏营长拉走了，只留了一个排在那里。听到这个消息，他们就明白了，师里看来是有一次大的战役要打了，不然不会调动五营的。

听到这个消息，夏嫂和凌云心里都隐隐有些担心起来。

夏夜密林里燠热，蚊虫叮咬难以入眠。透过敞开的窗洞，能一直望到林梢头上的星星，常常是下半夜露水快要起来时，才能睡着。心里想着王成生，就梦起王成生来。王成生在敲她的闺房后窗户，她推开后窗一看，见是急匆匆的王成生。自从放暑假后她从学校回到镇上的家中来，家里由大哥给做主答应下和县警察局局长儿子这门亲事，同学中没有几个人知道。可是王成生知道了还找到家里，叫她吃了一惊。"你真的想嫁给他吗？"她摇摇头。"那你敢不敢跟我进山里去？"她知道他说的山里是什么意思，不知哪来的这么大勇气，点点头："敢！""那你赶紧收拾一下，明日夜里跟我走。"第二天夜里王成生来敲窗，她给母亲匆匆留了一封信，打了一个包裹，就跳窗跟王成生走了。

从呼兰的康金井镇到望奎县城，再由望奎县城到庆安，一路上他们多是选择夜里奔走，白天住店。等到进了山里，她才知道行程更加艰难了，从小到大她哪吃过这般辛苦，有两次她甚至想打了退堂鼓，可一想到回去要嫁给那个矮冬瓜一样的警察局局长的儿子，她就打消了这个念头。一天夜里在穿林子时，她被一条毒蛇咬着了。王成生用嘴给她把毒液吸了出去，又给她敷上了一种解毒的五叶草。结果王成生嘴巴麻肿了一天才消下去，她第一次发现这个平时不爱吱声的王成生一进山变成了男人一样沉着勇敢。他说山上的那些人不管男女都像他一样勇敢……

她惊叫了一声醒了，脚上一阵钻心的痛。有人在她脚背上拍了一下，是查哨回来的裴队长："是一只洋刺子（山毛虫），让我拍死了，没事了，睡吧。"

半个月后，他们有了夏营长和大部队的消息。

这天傍晚夏营长和警卫员还有两名战士匆匆来到了他们这里，同来的还有营里王军医和一个男护士。他们抬着两副担架，送来了两名重伤员：一个是师警卫营的副营长，姓吕；一个是排长，姓张。师里组织部队刚刚在山外打了一场大仗，歼灭了一百多名日伪军。不过部队伤亡也挺大，从夏营长的脸上可以看得出来。他匆匆交代了一下裴队长，说这两个伤员要留在他们这里治伤养伤，就和警卫员赶回驻地安排休整去了。

两个伤员一直昏迷着，王军医和那名护士留了下来。凌云和凤子帮着把担架抬到里边的铺炕上，这才看到那个排长一条胳膊已经被锯掉了，包着的白纱布已渗出殷红的血。那个副营长大腿的膝盖处中了两颗子弹，必须马上手术把子弹取出来，否则他的腿也要锯掉。王军医叫人在屋里笼起了一堆火，又叫人烧了锅滚烫的开水，叫人点着好几个松明火把把那人围在中间，王军医把手术刀片放在火里消毒，就开始给那人取腿部子弹，那人痛醒了喊叫起来，王军医叫那两名男战士死死地压住他的身子和腿部不能动，又叫护士给他嘴里塞上毛巾咬着……凌云和另外几个举着火把的女战士都不敢侧脸看。

那人又痛得晕了过去，不过子弹头取了出来，叫王军医丢在了火堆里。

第二天王军医和那个护士还有那两个战士离开时，叮嘱裴队长去采几样山草药给他俩熬草药汤喝。"他们会好吗？"裴队长担心地问。"这要看他们的造化啦，如果发烧就不好办了，我们营地里也没有抗菌药品，正在设法联系叫山下的地下交通员弄。"王

199

军医说。

两名重伤员留在了这里，那个排长先醒了过来。醒来，发现胳膊没了，就像狼一样号叫了一声大哭起来。牛姑娘喂到他嘴里的草药水也让他吐了出来。大家不知怎么办才好。后来那个副营长醒了，低声命令他把药喝了。他这才绝望地把药喝了。他嘴里还在骂着王军医："是哪个没良心的狗军医让俺没了胳膊的？这个样子回家种地都不成，活着还有什么用？不如死了让人痛快。"大家都知道王军医这是为他好。心里也同情这个张排长，他还那么年轻，今后的生活怎么办呀？

不过更为糟糕的是，吕副营长在三天后发起烧来。他们想尽了各种办法，烧还是不退。烧得吕副营长直说胡话。裴队长只好又派人把王军医找来，王军医给他测了测体温，看了看伤势。出来跟裴队长说，他们已经派人下去弄药了，不知道这两天能不能搞到，否则吕副营长命就保不住了。

这天下午，山下上来人了。一名化装成当地百姓的战士引着一个肩上背着布褡的人匆匆走到驻地来，那人从布褡里掏出两个青葫芦来，把葫芦掰开，就露出里面装着的两盒盘尼西林来。大家眼睛顿时一亮，吕副营长有救啦。

"赵老七？"李宝库对着来人惊叫了一声。

这个矮墩墩的男人也眼睛一亮："李裁缝？"

原来这个外号叫赵老七的人是山下抗日救国会的成员赵洪生，和李裁缝虽不在一个镇子上住，但两家还沾带表亲。以前也有过走动，可李裁缝却不知道赵洪生是抗日救国会成员。赵洪生这个人做事情一向心思缜密。赵洪生也没想到会在这里碰见李裁缝，去年他只听说李裁缝和他的女儿到山外城里开成衣铺去了。赵洪生细细地打量着凤子，嘴里啧啧道："瘦了，闺女瘦了。"

且说这边王军医掏出针管，给吕副营长注射了支盘尼西林。又把针管和这盒药交给了凌云，叫她明天再给他打两针。余下的一盒他收起来，就和那个化装的战士走了。

赵老七留下来和大家一起吃晚饭，吃饭中吕副营长就醒了，他的烧已退下去一半。李裁缝指指赵老七对他说："多亏了我这个表弟从山下带回药来。"吕副营长就感激地冲赵老七点点头。

赵老七吃过饭太阳已在红松林子里落下了，营地里暗了下来。赵老七要连夜赶下山去，李裁缝要留他在山里住一晚再回去。赵老七说山上住不方便。按照纪律山上是不随便留山下来的人住的，哪怕是自己的同志。因此裴队长没吱声。李裁缝是担心他走迷了路。赵老七笑笑说，他以前常上山来采药，不会走迷路的。就由他下山去了。

一个月后，先是张排长可以下地活动了，接着吕副营长也能挂着一根细歪头柞木棍当拐杖下地走路了。他俩伤势刚好，心里就想着归队。不过五营夏营长带人把那批夏季军服运走时，带回来上面的指示说，让他们两个安心养好伤，先留在师部被服服务队里。他们现在这个样子别说走不到师部新驻地去，就是找到了也无法跟师部行军作战。每日起床后，从他俩的脸上能看出几分焦虑和无奈来。特别是那个张排长，他觉得自己废了，以前在部队上他可是个神枪手，二十响盒子枪一甩手，他就能指哪儿打哪儿。可是现在他都害怕去摸那把盒子枪啦。除了唉声叹气，就是一个人走到屋外墙角下蹲在那里晒太阳，从不和谁说说话。

有一天，他走到离木刻楞房有两里地远的一处山涧悬崖边上，山涧里的风吹荡着他空荡荡的袖管。他听牛姑娘说过这道峡谷有百余丈深，跳下去不会有任何人找得到的。他跪下来冲着东南方向磕了两个头，嘴里在说："爹、娘，儿不能回去给你们尽孝了。"

"你想跳下去吗?"他刚刚站起身来,就听身后传来牛姑娘的说话声。

原来牛姑娘这几日一直在暗暗地跟踪着他。

"你问问它答不答应你这么做。"牛姑娘把他的盒子枪也带来了,阳光下,枪身上闪着瓦蓝的光,是牛姑娘每天用鹿皮蘸着獾油替他擦拭的。

"日本人还没有赶走,你不想再杀几个鬼子为自己也为死去的同胞报仇了吗⋯⋯"

张排长重重地蹲下身去,用独臂捶着自己的胸膛,峡谷的风吹走了这个黑脸汉子最后一声长叹。

回去后,牛姑娘没把这件事向营地里任何人提起。

从这日起,白天张排长就空着一只袖管,背着盒子枪,躲到红松林子里去练左手单臂举枪瞄准。牛姑娘见了,就跟过去一起陪他到木刻楞后面的红松林子里练单臂瞄准射击。

自从吕副营长和张排长他们俩伤势渐渐好了后,凌云一直想找机会问问师部的参谋王成生他们认识不认识,还有就是想从他们嘴里打听打听那次战斗的情况。可是两个人似乎都不太愿提起那次战斗的事。

张排长说他不认识师部这个参谋。这天下午凌云在木刻楞屋外碰到吕副营长向他打听,吕副营长听了说:"王成生⋯⋯你是说前年到师部的那个学生参谋吗?"凌云点点头说是的。"那你是他什么人?"吕副营长反问她。凌云说:"我是他的未婚妻。"这回凌云没有说王成生是他的同学。

吕副营长听了略怔了怔,打量了一下凌云。停了一会儿说:

"我知道王参谋这个人……""那你知不知道他现在的情况？他上次战斗有没有受伤？"凌云急不可耐、忧心忡忡地问下去。"这个……我不太清楚，上回战斗中我受伤晕了过去被人抬了下来。这次仗打得很激烈，我们和上级也失去了联系，师部都打散了，不过他和师首长在一起应该会没事儿吧。"

吕副营长说完，拄着棍子朝石崖下走去，夕阳的余光有点儿沉重地落在他披着军装的身影上。

凌云心里有点儿失望。

秋天到了，山里的五花山变得色彩斑斓透明了起来。他们每天除了少量的工作外（由于没有搞到棉花和布匹，被服队还没办法给部队做越冬的服装），就是到林子里去采山野果，有山葡萄、狗枣子、榛子、松树塔，还有蘑菇。那个张排长的情绪一天一天变得好起来，只是这个吕副营长开始变得闷闷不乐起来，谁也不知道他在想着什么心事。

大家钻到老林子里采野果和蘑菇时，裴队长就叮嘱大家把枪带上，防止这个季节棕熊和野猪也出来找食吃。吕副营长看到了凌云的勃朗宁，顺嘴说了一句："好漂亮的手枪呀！"凌云就说是王成生给她的。他答应她等抗战胜利后就和她结婚。吕副营长听了，没有像别人那样羡慕地对他们说上一两句祝福的话，而是又愣了愣，脸上浮着一种让人难以捉摸的神情。也许他又在想回部队，可是他们已好久没有师部的任何消息了。

其实现在凌云和他一样关心从五营传来的师部的任何消息。

小兴安岭的秋天是短暂的，一场雪过后，五颜六色的山野变得白茫茫一片，寒冷的冬天就来临了，连小松鼠都缩在窝里不愿露头了。由于夏天遭受抗联七师的打击，从这个秋天开始，山下的敌人开始了更加严酷的封山计划，不许一粒粮食带上山，不许一丝棉花带上山。七师被服队的粮食其实在秋天里就断了顿，好在有山野菜、蘑菇、野果可以吃。可是要是不积点儿粮食，漫长的冬季也是无法度过去的。更让裴队长担心的是，搞不到棉花和布匹，部队这个冬天怎么越冬呀？

凌云是在一天早上起来时发现那枚银纽扣的。确切地说是在吕副营长铺炕头前的地上捡到的。自从吕副营长和张排长负伤住到这里以后，他俩和李师傅、金师傅一起睡到外间染房的炕上。这天早上他们都起来出去弄烧柴，凌云出外去小河边打水回来，发现地上有一枚闪亮的东西，她把它拾起来一看，不由得胸口乱跳了一阵……这不是她给王成生缝的那枚银纽扣吗？难道谁还会有和这一模一样的扣子？这可是她从家里带出来的呀！去年夏天那次见到王成生时，看见他军装上第二个扣眼里的纽扣掉了，就要他脱下来给他缝上一枚扣子。当时找不到那种黄铜扣，她就从兜里掏出这枚银纽扣来，这还是在家时用人王妈给她带在兜里的。王妈迷信，说是人出门在外面第二枚胸前扣子掉了，一定要及时缝上，不然会不好的，还说这枚银纽扣会保佑人平安的。她也相信王妈说的话对，就一直把这枚银纽扣揣在身上了。

"说，这枚扣子怎么会在你这里？"凌云冲刚刚从门外走进来的吕副营长发问。

吕副营长一见到她手里举着的那枚银纽扣，先是一愣，接着脸上掠过一道慌张的神色，嘴里喃喃的说不出话来，嗓子像被什么东西堵住了。

而后，他低下头摘去帽子干哑着嗓子说了一句："王参谋他牺牲了，就在那次战斗中……"

纽扣在她手里一颤抖掉到地上去了。

"对不起，我一直没有告诉你……"

"成生——"凌云失声叫了一声，直觉得头发晕，腿发飘，屋子在旋转，她像一片雪花轻飘飘地倒在地上。

醒来后，吕副营长才告诉了她事情的经过。就在七师夏天打的那次战斗中，由于情报有误，战斗打得十分惨烈，在撤出战斗时，七师师部被敌人后赶到的增援部队拖住了。他们警卫营的人差不多都拼光了，才保护住师首长往山里撤，师部的参谋也参加了战斗，在战斗中，王成生参谋身负重伤，当时吕副营长就在他身边，要背着他走，王参谋推开了他，要他去保护师首长，他来掩护。临别时，他咬断了身上的这枚银纽扣，要他替他交给师被服队的凌云。说他辜负了她，叫她好好活着……在敌人追上来时，他拉响了手榴弹，与敌人同归于尽了。

泪水再次从凌云的眼眶中涌出来……

凌云像霜打的枫叶儿，一连几天脸色都是像白纸一样，恓惶惶的。除了做活儿，很少跟谁说什么。夏嫂见她这样，就把孩子交给她哄着，只有对着小抗联时，她脸上才见笑一笑。

几场雪过后，山里变得奇冷无比。吕副营长和金师傅在木刻楞里用石头垒起了一个炉子，每天用松木桦子把炉火烧得旺旺的，又用脸盆盛上松子放在炉子上炒。大家嘴里嗑着松子来充饥。部队还无法从山下搞到棉花和布料，大家现在待在木刻楞里几乎无事可做。只有李师傅和金师傅在用去年仅剩下的一点儿单布料做单军帽，帽子是锥形的，由六片瓦布拼成，尖上有个红疙瘩，帽徽是布制五角星，类似苏联红军军帽。

"真不知道山里部队这个冬天怎么熬过去。"裴队长常常叹息着这样对大家说。

独臂张排长白天和牛姑娘去外面下兔子套、狍子套。狍子套和兔子套是用牛皮绳做的。有时他们会遛到一两只兔子，就给大家改善伙食了。看他俩每次钻林子回来，脸蛋冻得红红的，摘下耳包来耳朵也冻得青紫，两个人互相用雪搓着，裴队长就让李师傅用兔子皮给他俩各自做了一顶兔子毛帽子。看着他俩亲昵的样子，大家都在心里暗暗地祝福着。

　　牛姑娘叫牛桂兰，她从小跟父亲跑山遛套，学得了一手辨认林中雪地上兽迹习性的本事。

　　这一天他们套着了一只狍子，张排长把狍子扛回来。李师傅和金师傅也帮忙把狍子皮剥了，狍子肉卸了一半，裴队长叫把另一半给五营送去，又叫把那张狍子皮给小抗联当褥子。哪知张排长和牛姑娘刚要走，夏嫂就叫住了他们，她已把那张狍子皮改成了一件狍子皮坎肩，叫他们给夏营长捎去，说他在外边行军打仗更需要。牛姑娘就接过了那件狍子皮坎肩。

　　张排长和牛姑娘回来时，还跟来了两名战士，给他们送来了半麻袋大米，还有半袋山梨、食盐、黄豆。除了山梨，那两个战士告诉都是前些日子夏营长带人化装下山搞到的。夏营长说快到新年了，给大家弄点儿吃的。大家这才知道一九三七年的元旦快到了。被服队没有黄历，大家还真不知道一九三七年就要到了呢。等那两个战士走了，张排长和牛姑娘才说："为了这次搞到的粮食，五营牺牲了七名战士。"大家听了，心情不免沉重起来。又听夏营长他们说，敌人在山下封锁得确实厉害，不少老百姓一听说抗联的，都躲了起来。回来后，夏营长把那七名战士的尸体埋了后，沉痛地告诉大家，再不能轻易下山去，哪怕是饿死在山里。

　　新年说到就到了，自从那天那两个战士走后，老裁缝李师傅就有心地用剪刀在木刻楞墙上的红松木上刻上了日子。这天早上，裴队长跟大家说："今天是新年，晚上改善伙食，还要联欢。"大家一听就高兴起来，原来自从知道五营牺牲了七名战士才搞到这点儿粮食，大家心里一直不太好受。大家都舍不得吃，除了给小抗联和腿伤还没完全好的吕副营长熬点儿稀粥外，还没做过一回白米饭。裴队长也想什么时候把省出的大米再给五营送过去，他们现在基本没活儿干，体力消耗得也少，吃野菜也能扛得住。

到了下午，裴队长才宣布了另一个消息："张排长和牛桂兰今天成亲。"大家先是一愣，而后明白过来，就动手把染房收拾了一下做了新房。李师傅和金师傅还有吕副营长挤到大屋里边的炕铺上去，中间拉了一道花褥单。晚饭裴队长破例让做了一锅白米饭，又把前两天张排长和牛桂兰打到的一只兔子和秋天攒下的一点儿山蘑菇一起炖了，金师傅还把他治老寒腿一直没舍得喝的一小瓶泡山参酒找出来，给大家"共产"分享了。

吃过一顿丰盛的晚饭，大家开始联欢。裴大姐当主持人，吕副营长当证婚人，大屋里点着了通亮的松油明子。大家把一对新人推到前面来，主持人叫新娘新郎给大家唱歌，牛桂兰就唱了一首《九一八事变》，是她平时跟裴大姐学的。张排长是山东人，五音不全，他唱的是《士兵原是工农》，走板跑调，逗得大家一阵欢笑。他俩唱完，裴队长就叫大家再唱。喝得面孔有些发红的金师傅就站出来，唱了一首朝鲜民歌，边唱边手舞足蹈跳起舞来，高丽人都能歌善舞，平时不爱吱声的金师傅一跳起舞来，就像换了个人似的。让大家不由得鼓起掌来。有人悄悄塞给一对新人小礼物，都是剪刀、毛巾、手绢一类的小玩意儿。这时候一直站在人群后面的凌云走到他俩面前来，她手捧着一束达子香花献给了新娘子。达子香在这时候开花了，让大家都十分惊奇。原来头些日子，凌云又到山崖上去折了一些达子香干枝插到白桦筒里，屋子里温度高，没想到达子香就在这一天开花了。大家都说这是好兆头，牛桂兰更是兴奋得满脸通红，用鼻子嗅着花香。有人就说凌云给大家唱个歌吧。屋子里的目光都聚到凌云的身上，一下子静了下来。刚才提议的那人还有些后悔。哪知凌云理了理头发，端庄地走到前面去，清了清嗓音就唱了起来。凌云在学校里就参加过学校演出队，她嗓音清脆甜美，一下子就把大家镇住了。大家还从来没有谁听到过她这么会唱歌，等反应过来雷鸣般的掌声响起来。凌云唱的第二支歌是《惠春曲》，这首歌大家都熟悉，情不自禁地跟着她哼唱起来："……敌机还在不断地扔炸弹，大炮声还在轰轰地响，我们拼着最后一滴血，守住我们的家乡。"这首歌是抗联自己队伍里的人写的歌曲，颂扬了战士们为抗日负伤在所不惜的精神。唱到最后，凌云眼里噙着泪水，她低头跑了出去。

凌云跑到外面的哨位上去。由于天气太寒冷，裴队长允许站在哨位站夜岗的战士在岩石后面笼一堆火烤腿。凌云替换下那名女战士，叫她回屋去了。

过了一会儿，一个人影拄着棍子走过来，是吕副营长。

"你的歌唱得真好。"吕副营长往火堆里又加了一块木头说。

木刻楞里还传来热闹的欢笑声……

"多幸福的一对新人呀。"吕副营长蹲下来伸手烤着火。

火舌吞噬着黑漆漆的夜色，烤得人胸前发烫，而后背腰上却发寒。队上不少人都有风寒腿、风寒腰病。

此刻凌云心里真的有些羡慕牛姑娘和张排长他们两个，即使是被锯掉了一只胳膊，也比整个人说没就没了的强呀。她在想即使王成生那次战斗被炸掉一只胳膊、一条腿回来，她也愿意和他成亲的。

一行清泪又流到了凌云的脸庞上，她背着脸瞅着黑暗暗的林地，没叫吕副营长看见。

吕副营长离开时，把他那件破大衣披在了凌云身上。

转眼到了腊月二十三小年这天，裴大姐有些发愁，眼瞅着要过年了。去年过年时夏营长他们还搞到了一袋白面给他们送过来，让大伙包了一顿过年的饺子。今年别说是饺子，连粮食都没了。那半袋大米吃剩下一小半时，她偷偷叫人给五营送过去了。由于天太冷，她也很少叫张排长和牛桂兰出去遛狍子、兔子套，有时遛上一天也见不到一个兔子影。

上午她刚出去到哨位上查哨回来，就见站岗的女战士带着一个雪人朝木刻楞前走来，走近了，她才看清是夏天来过的那个山下抗日救国会的成员赵洪生。他帽子上、身上全是雪尘，眉毛和下巴的胡楂上全挂着白霜。他肩上扛着一个鼓溜溜的袋子。李裁缝从屋里窗上见了，就惊喜地跑出来："老七，你怎么来啦？"

"我寻思你们在山里过年一点儿吃的都没有了，就给你们送点儿吃的来。"他呼哧带喘地说。

李师傅赶紧从他肩上卸下那个袋子来，解开一看，下面是一袋面粉，上面是一条猪肉，还有两捆粉条。一看到白面和猪肉，围上来的人眼睛都亮了。这赵洪生可真是雪中送炭呀。

"老赵同志，你上山来没有人看见你吧？"

看大家兴高采烈，裴队长没忘记这样悄悄地问赵洪生。

"没有，我是下半夜摸出来进山的。"

看见老赵冻得手脚都有点儿不听使唤了，裴队长赶紧叫赵老七到屋子里炕头上去暖和暖和。赵老七脱掉棉疙瘩鞋却脱不掉他的裹脚布来。李裁缝只好用剪子给他剪掉，看见脚冻成了一个发面馒头，就叫凤子出外给他端一盆雪来，放在炕上让凤子慢慢给他搓，搓了半天才缓过来。又叮嘱厨房去给他做了一碗热汤面，叫他喝了。下午那顿饭，裴队长又叫把过年留着的干蘑菇做了一锅蘑菇汤，又加了点儿兔肉，大家陪赵老七一起喝了。自从入冬以来，为节省食物，山上就吃两顿饭了。

山里天黑得早，吃过饭，天就擦林子梢黑了。赵老七穿上烤干的乌拉疙瘩毛毡鞋就要下山。李裁缝又留他："明天一早再下山吧，黑灯瞎火的摸山，别再冻坏了。"赵老七显得挺犹豫，裴队长说那就留下来明天一早走吧。她也怕他走夜路冻坏了，人家毕竟是冒险上山给他们送吃的来的。

这样一说赵老七就留了下来，夜里他给大家讲山下小鬼子封山的事。说要是发现了谁家一人上山给抗联的送吃的，全家人都得杀头，就没有人家敢和山上的人有一点儿来往了。就是救国会的人也没人敢上山来了。临睡前，他又悄悄贴着挨着他睡的李裁缝的耳边说，他老婆说什么也不叫他上山，都给他跪下了。李裁缝说："那你咋还敢来？"赵老七就叹息了一口气，说："想想咱大人还好熬，可凤子这孩子才和我闺女一般大，十四吧，这饿的滋味怎么能挺得住？"李裁缝就从心里感激起赵老七来，说："你下山时千万要小心。"赵老七说"我知道"，就打起了呼噜。

第二天早上赵老七走时，裴队长叫张排长和牛姑娘送他走出去好远。

有了白面和猪肉，大家都很高兴，有人说是不是也给夏营长他们送过去点儿面和猪肉。裴队长就和夏嫂商量说先不送面过去，等年三十儿包好了饺子给他们送冻饺子过去，给他们一个惊喜，反正他们也不会包饺子。这样一说，大伙儿都觉得这个主意不错。

年三十儿这天上午，大家就一起动手把饺子包好了，放在外面冻上。留了一少半他们吃的，然后把冻饺子装在面口袋里，下午派张排长和牛桂兰背着冻饺子给他们送过去了。

吃完年夜饭这顿饺子，大家还想搞个联欢。裴队长又组织大家唱起歌来。这回连吕副营长也不例外，唱了一首《我的家在东北松花江上》，大家这才知道吕副营长是哈尔滨人，九一八事变前他也是哈尔滨市国高的一名中学生。这一段有人看见，吕副营长没事时就拿出他的派克钢笔，往白桦树皮上写着什么，没人知道他在写什么。

联欢会进行到一半时，送饺子去的张排长和牛桂兰回来了。令大家没想到的是，夏营长和他的警卫员也来了。

夏营长大年夜过来，一是看看夏嫂和孩子；二是来感谢裴队长给他们送去的饺子，要不然他们营里这个年恐怕连一个饺子影都看不到了。

夏营长问他们是哪来的面粉和猪肉。裴队长说是山下一个抗日救国会的老乡送上来的。夏营长听了沉吟了一下，严肃地说："以后千万告诉老乡别再往山上送东西了，这非常危险，敌人正千方百计想把我们一网打尽，一定要小心。我们也不能让我们救国会的同志去冒这个险。"裴队长听了，点点头。"等抗战胜利了，我们要好好感谢这样的老乡……"想起今晚这顿饺子，夏营长又说。站在屋外面的雪地里，从窗户里看到大屋里吕副营长和凌云在唱学生歌，他问裴队长："他们两个怎么样？"裴队长懂他说的意思，就说："自从师部的王参谋牺牲后，她的情绪还一直没有调整过来。"夏营长思索了一下说："敌人可以摧毁我们的家园和生命，但摧不垮我们战友在战火中的爱情。"说这话时，他还看了一眼夏嫂。

裴队长知道夏营长还要和夏嫂再单独待会儿，就借故说她还有点儿事，转身离开了他俩进屋去了。

一九三七年的春节就这么热热闹闹地在小兴安岭这幢木刻楞草房子里度过去了，后来裴雁春队长在吕副营长用白桦树皮记的日记中看到这样一句话：这是他一生当中最难忘、最快乐的一个春节……和这么多以苦为乐、以苦为荣的革命同志，他们大多是和自己有着共同志向的姐妹，度过这样一个年夜，此生死而无憾了。

的确，这是他们当中许多人度过的最后一个春节。

春节过后的一个阳光晴好的天气里，凌云又去前面的石崖上采回了一把达子香干枝下来。她相信裁缝李师傅的话，春节过后离达子香开花的日子就不远了。他们每个人都盼着达子香快点儿开，那时山野菜就下来了。当她从石崖子上下来时，一个人影走了过来，是吕副营长，他已经丢掉了拐棍。他从兜里掏出一张白桦树皮，递给了她。她看着他，他也看着她。带着凛冽的空气里，她喷出的白雾气儿缭绕在他们中间。阳光下，她那张白皙的脸庞儿，冻出了一丝丝粉红……

他走开后，她低下头来看到白桦树上用派克笔写着这样几句话：凌云同志，生活还得继续，革命还得继续，希望你能像崖上的达子香一样，不畏严寒风雪，坚强地活下去……愿和你一道去抵挡革命道路上的任何严寒……

凌云悄悄把这片白桦树皮揣进了她的外衣口袋里。回屋要把达子香干枝插进那只桦树皮筒时，看见筒里已有人灌好了水。

这一天天快亮时，外面响起了枪声。刚刚去外面查完哨回来的裴队长叫大家快穿好衣服，说有情况，敌人从后面的树林子摸了上来。凤子一听说有敌人就惊叫了一声，急得要哭出声来。裴队长叫大家不要慌，她带两个人去外面掩护，叫大家跟吕副营长往前面的红松林子里撤，撤出去后就赶快去一个人到五营报信。这工夫吕副营长已第一个穿好了衣服，他把手枪也别好了，听了裴队长的话他当即说："由我和张排长来掩护，你带人先撤。"裴队长还要争执，吕副营长一挥手说："不要争了，这种时候你得听我的指挥，快，撤到林子里！快去五营营地报信！"裴队长就不争了，带着人趁着外面雪地里的蒙蒙黑往石崖左面的老松树林子里撤。撤走时她把夏营长上回派人送过来的一挺机枪也给吕副营长和张排长留下了。

吕副营长和张排长在木刻楞的房前石崖下找到一块岩石，躲到岩石后面去。且说敌人把哨位上的女战士打死后，包围了木刻楞，没敢贸然往里进，而是由两个伪军向里边喊话："里边的人听着，你们已经被包围了，快放下武器出来投降，不然统统把你们烧死在里面。"果然有两个敌人把手里点着的火把向草屋顶上丢去。暗暗的房子四周一下子被照亮了。

正在这时，刚刚撤到前面红松树林子地里的人群中有两个人返了回来，一个是凤子，一个是凌云。凤子大叫："爹呀，我爹还没有出来！"就要往木刻楞里跑，"嗖嗖"有两颗子弹从头顶飞过来，她一下被吕副营长从岩石后面站出来拉住了。"怎么回事？"吕副营长问。凌云说刚才撤出来时才发现李师傅和金师傅没有跟出来，听凤子说李师傅和金师傅是想把缝纫机搬出来，说丢给敌人可惜了。谁想敌人就放火烧房了，他俩还没出来。吕副营长听了说了一句："简直是胡闹！"抬头，火已从房顶烧下来，门也被火势遮住了，要进屋救人显然已来不及了。这时敌人已发现有人在向红松林地里撤去，有人喊："向那边跑了。"就要开枪追过去。吕副营长对凌云说了一句"看好她"，就支起机枪和张排长一起向敌人扫射起来，把冲在前面的敌人压了下去。凤子大哭了一声，不管不顾挣脱了凌云的手臂，向木刻楞房前跑去，"啪，啪——"房头上的敌人射出的子弹击中了凤子，她摇摇晃晃倒在了火光中。吕副营长和张排长立即还击，击倒了两个日本兵后，把敌人吸引了过来。"快，你往后撤，撤到林子里去！"吕副营长一边射击一边对凌云说。"不，我要留下来和你们在一起。"凌云掏出了那把手枪。"你去那边掩护同志们撤退。"吕副营长推了她一把。枪声中，她忽然听到右侧的林地里一棵松树后面传来一阵孩子的哭声，是小抗联？她拔腿猫腰向那棵树身后跑过去。跑到树身后一看，果然是夏嫂抱着被包着的小抗联蹲在那里。原来是刚才撤退时，夏嫂看到小抗联被枪声惊醒了哭了起来，她担心和同志们一起跑，被敌人听到发现了，大家都跑不掉，就掉头躲在这棵树后了。看见凌云过来，夏嫂说："你快跑吧，不要管我。""不，你快带着孩子离开这里，我来掩护你。"说话工夫，已有两个伪军闻声朝这边摸过来，凌云赶紧跳到一棵树后射击。"妈呀！"那个伪军被击中了腿，抱着腿倒了下去。而另一个躲在一棵树后的伪军端枪瞄准了她，就在这千钧一发之际，斜对面一声枪响，瞄准她的伪军应声倒地。凌云一回头见是牛桂兰跑了过来。她是裴队长见夏嫂不见了，要她过来找的。

且说鬼子也听到了这边的枪声，已经向这边搜索过来。牛桂兰跟凌云说："你快带夏嫂走，我来掩护！"凌云说："不，你带夏嫂走，山里路你熟。"夏嫂说什么也不走，要和敌人拼了。凌云对她大喊："别争了，保护好孩子，就是给革命留下的种子。"说完，她从这棵树后跑到前边一棵树后，向上来的敌人扔出了一颗手雷，"轰——"的一声响，雪地里扬起了漫天的雪尘。趁着烟雾，牛桂兰拉起夏嫂向后撤了。

"快，往石崖子上跑！"那边吕副营长在冲她喊。

她稍一愣怔，掉头朝石崖上跑去，边跑边举枪朝后面的敌人射击。"抓活的，抓住那个女抗联。"后边的敌人在喊叫。

等她顺着那条她十分熟悉的石砬子跑上崖壁半腰处时，下边的枪声大作了起来，她看到吕副营长和张排长正用猛烈的枪声把敌人火力吸引了过去。吕副营长怀抱着那挺机枪向敌人疯狂扫射着，直到把最后一梭子子弹扫出去。张排长的另一条胳膊也中弹了，他用牙咬开了一枚手榴弹的后盖，叼着手榴弹冲向了敌阵中……轰的一声巨响，传来了敌人哭爹喊娘的喊叫声……

她登上了崖顶，下边的枪声也停止了。吕副营长抱着那挺打红枪管的歪把机枪倒在了那块岩石上。她手里的手枪也没子弹了，下边的敌人正慢慢地弓着身子向石崖上爬上来……

突然，山崖下不远处的林地里传来一阵歌声："……大炮还在轰轰地响，我们拼着最后一滴血……"她一回头，看见牛桂兰的身影正从红松林地里刚才被服队撤出的相反方向奔跑着，敌人追了过去。"你们来吧，龟儿子们！"她手里还拿着那杆步枪，不时从树后伸出来，一个追过去的人就应声倒在雪地里。红松树林间，牛姑娘的身影轻盈敏捷，像只灵活的小鹿。歌声停止了，她又不断地在大喊着张排长的名字。她跑到了那道山涧悬崖边上，那道山涧下就是那条清澈的小河。牛姑娘理了理她跑乱了的头发，追她的敌人停止了。"再见了，凌云姐！"悬崖的空谷里传来她的最后喊声……

一切都凝固静止了，这片红松雪地里像刚才什么也没有发生过。太阳升得老高了，照在身上有种红红的暖意。她平静地坐在崖上，就像每回到崖上来折达子香花枝时那样静静地坐着，她目光落在下边半壁一处她采过达子香花的石崖缝上，那一蓬朝气蓬勃的达子香干枝又旺盛地生出卷卷叶来。她在想，要不了多久就会开出鲜艳的达子香花来……

她像一只小鸟轻盈地飞了下去，鲜红的血点溅洒在那片达子香枝下白白的雪面上，顿时像绽开了无数朵达子香花瓣，鲜艳无比地盛开在覆着洁白雪面的崖壁上，连吊在崖壁上的阳光都格外灿烂。

据东北抗联六军七师史料记载，一九三七年三月末的一天拂晓，七师被服队驻地遭受到的这次敌人突然偷袭，原来是年前来送白面和猪肉的地方工作人员赵老七下山时被捕，终于扛不住敌人的酷刑，说出了七师被服队藏匿在深山密林中的地点。日伪军出动了四百多人上山"清剿"，不过日伪军在上山途中转迷了路，转了一天一夜才找到这里来。日伪军占领了被服队厂房后，放火烧了这幢木刻楞，把水桶踩扁，饭锅也砸碎了。当敌人正想搜山追击时，得到报信的抗联留守的第五营部队闻讯赶到，击溃了敌人。

裴队长和劫后余生的女战士们，在木刻楞里找到了烧成黑炭的李宝库和金师傅的尸体，他俩身躯趴在那两台缝纫机上，临死前还用自己的身躯紧紧护着那两台苏式手摇缝纫机。大家在红松林地里点起了六堆火，将李宝库、金顺臣、凤子、吕副营长、张排长还有那名哨兵女战士的尸体分别火化。裴队长带着大家把他们的骨灰撒在被服队烧成黑炭的木刻楞废墟上，她眼睛里含着悲愤的泪水说："你们留在被服队的厂房里吧，我们打鬼子去，为你们报仇。"

后来裴队长和夏嫂又带人在石崖的半壁岩石缝中和山洞底下，分别找到了凌云和牛桂兰的尸体，把她俩埋在了那座石崖下两块岩石旁。

裴大姐带领大家哀悼告别后，在夏营长他们的护送下转移去了小兴安岭东麓的格节河密营……

后来据七师史料记载，东北光复后，那个叫赵洪生的人被东北民主联军抓到镇压了，枪毙他时，据说他家里人得到允许给他送去一碗饺子，可是他一个饺子也没有去碰。

五营的驻地曾被改名叫红山，人民政府成立后一直沿用着这个地名，这里的红松林是小兴安岭最茂盛的一片原始红松林，后来就被政府保护成红松母树林，这片红松林地里，每棵红松都有上百年的树龄，结的松果又大又密，生生不息。当地老百姓还习惯管这里叫五营，后来五营这个地名也保留了下来。如今在伊春这一带有红山、红星、五营、五星这样的地名。

一晃几十年过去了，达子香花开时，又一个春天到来了。小兴安岭这片密林深处走来了两个人的身影。一个是白发苍苍，身着那种类似中山装洗得有点儿发白的老抗联服的女干部，一个是年轻人。他们顺着林中那条涓涓的小溪走上来，走到那座石崖下，在石崖下的两座坟墓前停下了脚步，垂下了头。

林地里异常宁静，只有暖暖的风轻轻吹拂着什么……年纪大的女人还把头上特意戴的锥形军帽脱了下来。两座墓碑上分别写着：抗联烈士凌云，生于一九一六年，卒于一九三七年，一九三五年参加抗联。抗联烈士牛桂兰，出生不详，卒于一九三七年，一九三三年参加抗联。

女干部模样的老人嘴里颤颤地对年轻人说："夏抗联，是她们在那次突围中救了你的命……"

男青年分别给两个墓碑深深地鞠了三个躬，随后他将自己怀里一大束达子香花恭恭敬敬放到了凌云的墓碑前，又接过母亲怀里的达子香花恭恭敬敬放在了牛桂兰的墓碑前。这两束花是他和母亲一路上山走来时采的。

抬起头来时，这个年轻人惊讶地发现这座石峰崖的半腰处开满了达子香花，比他们来时见到的所有达子香花开得都艳。

回头，他母亲正抬起花白的头，湿润晶莹的眼睛也正向那山崖腰处达子香花深情地注视着，和他目光里一样流露着惊讶。

猎人张没鼻子

1

张没鼻子是小兴安岭这一带有名的猎人，说他有名并不是因为他的枪法比别的猎人有多么好，而是因为他独特的传奇身世。在小兴安岭老金山屯一带，无人不知，无人不晓。尽管后来他独自隐居山林多年，可是金山屯子里的老老少少还拿他的身世津津乐道。每每说到他的身世时，总要有人摇摇头叹息一句："唉，可惜了……"后来听到的人和笔者一样一头雾水，不知是为他那只挺直漂亮的鼻子被黑瞎子舔掉而可惜，还是为他原本不该成为一个猎人而应该能成为一个很好的教书匠而惋惜。

总之，大千世界，无奇不有。本来在屯子里能成为很好的教书匠的张没鼻子却成了肩扛双筒猎枪的猎人；本来他有一只挺直好看让屯子里姑娘爱慕的鼻子，却一夜之间让黑瞎子舔掉了，那张疤瘌累累的脸变得十分丑陋，人见人躲。就连夜里谁家小孩哭着不睡觉，大人一声吆喝，说张没鼻子来了，小孩立刻吓得噤了

219

声，乖乖钻进被窝里去。往往屯里的老人们脑海里就会浮现出另一张面孔来，那是一张很俊气的面孔，继承母亲的遗传多些，只不过那是个有着俄罗斯血统的女人，屯子里很少有人看见过她，许多年前，那个俄国混血女人就离开了人世。在屯子西头坟地里有她一个已长满荒草的坟头，和别的坟头不一样的是，那坟头上立着一个白桦木杆十字架。

如今，张老爹留在老金山屯里的那两间木刻楞房，已人去屋空。年久不住人，那两头的房山墙已经歪斜了，房顶上和院子里已长满了一茬又一茬的蒿草。

张没鼻子很少在夏天走下山来。张没鼻子多是在冬天走下山来，冬天大雪封山，山上吃的东西少。张没鼻子下来到屯子里粮店给他和他的狗买粮。冬天下来时，他将自己包得严严实实，他总是赶在太阳快落山了才走进屯子来。他头上戴着一顶长毛狐狸帽，帽耳朵朝后卷起，瘦拉拉的脸上捂着一个大口罩，沾满了白霜。身上穿着一件毛朝里、皮朝外的长襟狍子皮坎肩，腰上系一根宽牛皮带子，肩上背着一杆双筒猎枪。脚上穿着自己制的毛朝外的熊皮靴子。为什么狍子皮毛朝里而脚上的熊皮靴皮毛朝外？因为打到猎物时，他要当场开膛取出五脏，否则就会捂膛（五脏腐烂），皮袄毛朝里是弄上血不用洗，在深山老林挂雪的树枝缝隙里穿行一会儿，血迹就会被蹭掉的。而脚上的熊皮靴毛朝里皮朝外就会被石碴子划破皮的，因此要毛朝外。下山来时，他身前身后跟着两三条伸着长舌头的猎狗。他的狗都有口粮证，是镇政府给他发的。

粮店郭撇子在他把粮食袋装到外面的狗爬犁上后，总要叫他进屋来凑在炉筒子前，掏出一个粮证票本，让他签上自己的名字。张没鼻子就捂着口罩，挂着厚厚一层霜花的长毛帽子也不摘，在粮票本上签上了"张书礼"三个字。随后匆匆走出门去，坐上狗爬犁一溜烟地走了。

郭撇子低头瞅了瞅粮票本上那流利的龙飞凤舞的三个字，又抬头向窗外瞅瞅那个被腾起的雪雾掩没起来快要到山边林子里的背影，摇了摇头，在心里说了一句："张黑瞎子呀张黑瞎子，你真不该让他去打猎呀。"

张没鼻子每次到镇上粮店来买粮，除了郭撇子会注意他的行踪外，还有一个姑娘也在默默地关注他的行踪，那就是屯西头小学校长宋先生的女儿玉凤姑娘。这个时候是屯子里该点起炉子升起炊烟取暖做饭的时候，家家袅袅的烟气和浓重的寒气，将屯子里笼罩得雾蒙蒙一片。玉凤站在当院里一直把日头瞅落了，把山边的林子瞅黑了，把自己穿着厚厚棉衣的身子冻成了冰棍，这才走进屋去。

2

张老爹张正武祖籍是山东，民国初年他和人闯关东来到小兴安岭落脚。张正武本不是个穷人，在山东张家曾有几十垧的田地，家里还雇了长工。可是到了他父亲这一辈，家里的田产就一点一点被染上大烟瘾的父亲给抽光了，人也抽成了一副骨头架子，临咽气时，把两房老婆和孩子叫到跟前，叫两个女人领着孩子投靠亲戚去。这大烟鬼精血不旺，只留下两个孩子。大烟鬼一咽气，两个老婆各自揣着自己攒下的私房钱，扯腿改嫁了。张正武为二老婆所生，生性孤僻，不愿寄人篱下讨生活。再加上他从小跟村子里一个师傅学武，好舞棒弄棍的，练得了一身力气。刚好十八岁那年村子里有人结伴闯关东，他招呼也没跟改嫁的娘和

221

后爹打一个，就跟人从龙口坐上船走了。

他们这伙人一直往北走，过了哈尔滨还穿山越岭直往北奔，就来到了小兴安岭北边的乌拉嘎了，这里紧靠黑龙江边上，过了江就是异国他乡，他们不能再走过去了。

张老爹之所以和人跑到这么远的边寒地来，是因为在哈尔滨就听人说，这地方出金子。他们就在这人烟稀少的山旮旯儿金矿落下脚来。

这山窝子里虽然出金子，可是活儿太苦。干了不到半年，他们一起来的两个伙计就忍受不了劳累，工钱也没要就跑了。张正武倒不害怕吃苦，他害怕的是另外两样东西。

一到晚上，干了一天活累得无精打采的工友总有人从工棚里走出去，等他们回来时，两眼里放光。从他们白天的议论中，张正武明白了，是女人和烟土把他们弄成这样。这两样东西想一想就叫他不寒而栗，他们张家在山东老家正是这两样东西给毁掉家产的，他爹的抽和他二叔的嫖。张正武怕在这里日子久了，也会跟他们一样染上这两样东西。渐渐地，他的淘金梦有些像后半夜炉膛里的炉火，暗淡了。

这日白天他一个人坐在井坑顶石碴子上休息，吸了一袋烟的工夫，忽见白桦林子里跑出一只狍子来，那狍子见石碴子上有人又抽身向一边的白桦林子里跑去。说时迟，那时快，他随手拾起一块矿石投去，狍子应声倒地。不等他走过去，林子里走出一个背着猎枪的人和一条狗来，那狗将奄奄一息的狍子脖子咬住，拖到不远处那个站在他对面的老猎人跟前来。从服饰上看，这是一个鄂伦春猎人，他把狍子拎起来，看了看。那块矿石正击中它的脑门。"是你打的？"他点点头。"它归你啦。"他又把狍子给他放到地上，转身欲去。

走了两步，鄂伦春老猎人又扭过头来盯着他说："你愿意打猎吗?"不等他回答，老人又丢下一句："如果你愿意，就明天到村子里找我。"说完就和他的猎狗走了。他还没反应过来怎么回事，老人和狗已走没了身影。

事后，张正武把这看成是天意。当晚他回去在工棚里把这只狍子剥皮炖了一锅狍子肉，和几个同来的山东工友喝酒告别了。那张狍子皮让他做了一件坎肩穿在身上。

第二天他找到山下那个鄂伦春小村子里时，莫达西老人正在家中等他。他好像知道他会来的。从此，张正武就跟这个鄂伦春老猎人上山学打猎了。

老人果然没有看走眼，不到半年的工夫，他的枪法就练得百步穿杨了。碰到松鼠、飞龙、野鸡这样的小动物，老人不再动手了，都由他扣动扳机了。就连狡猾的狐狸，也很少有从他枪下逃脱的。老人用他打到的猎物，给他置买猎枪和子弹。每次上山出猎前，老人都带他在屋子里一个神柱前，做一遍敬萨满神的祷告，求神保佑。张正武知道莫达西老人是村子里的头人，冬天组织村子里所有的猎人到山里去狩猎时，都是由他带队引路的。莫达西老人只身一人，膝下无儿无女，他这个汉人后生从进村那天起就一直和老人住在一起。

除了冬天随村子里大帮鄂伦春猎人进山狩猎外，其他季节里张正武都跟着莫达西老人上山去打猎。从莫达西老人那里知道了哪片林子里獐狍多，哪里的山谷是黑熊、野猪出没的领地，哪里是梅花鹿、驯鹿途经的路径。在鄂伦春人眼里，鹿是最有灵性的一种动物，鄂伦春猎手很少打鹿。可每当春季黑龙江开江前，还有鹿跑到江那边去。莫达西老人告诉他小兴安岭上的鹿都是汉族猎人打的，因为鹿浑身都是宝。说得张正武有点儿惭愧，因为他就打过一只奔跑的公鹿，他以为是狍子，走近一看，是一只顶着梅花角的公鹿。他把这只公鹿扛到乌拉嘎金矿上去。竟然用鹿角、鹿鞭换得了一块狗头金。他把金块悄悄藏了起来，打算将来娶女人时用。莫达西老人告诉他动物也和人一样，寻找适合自己的地方生存。

在乌拉嘎沿江上游的村子里，他和莫达西老人打猎路过歇脚见过不少毛子女人，褐黄色的眼珠，挺高的鼻梁，皮肤像羊奶一样白。莫达西老人告诉他，这些女人都是白俄女人，从江那边逃过来的，就和当地的农民成了家。喝她们煮过的茶水，缸沿上也带着一股膻味儿，吃她们烤的列巴有一股酸巴味，蘸糖或蘸盐吃。走时，他们从猎袋里丢下一只山兔或松鼠，叫她们喜欢得不行，因为那皮毛可以做漂亮的大衣领子。

张正武在鄂伦春小屯打猎到第三年开春，有一天夜里，他和莫达西老人去江边狩猎。这个时候正是江面跑冰排的时候，冬眠了一冬天的熊会从上游坐着冰排下来吃开江的鱼。他俩只要守在岸上，猎狗都不用，就会打到蹲在冰排上的笨熊。只不过这活儿要辛苦些，常常要在江边守到天亮，才能幸运地打到一只熊。如果熊逮到的鱼吃饱了肚子，它就会中途溜到岸上去的。

这天夜里下半夜时，才听到上游开江的冰排轰隆隆跑下来，那白白的冰块在黑黑的江水里十分壮观。可是等到他们把脖子都伸麻了，还没有看见熊的影子。正想撤回去睡觉，眼尖的张正武忽然说："等等！"他看见一块冰上卧着一个黑影，他往前走了几步，这块冰排斜刺着冲了过来。张正武正要举枪扣动扳机，可是他又松了手，借着微亮的天光，他看到那不是一只熊，而是一个人影。等冰排再靠近些，他撑起一个木杆跳了上去。扒开那盖着的一件黑呢子大衣一看，果然是人，而且还是一个年轻的姑娘，她已冻得奄奄一息了。他赶紧把手里的木杆一头伸到岸上去，让莫达西老人抓住木杆把冰排用力拉靠到岸。他抱起这个冻僵的女子走上岸去。莫达西老人在岸上笼起了一堆火，又把自己的熊皮大衣加盖到女子身上。从眉眼上看，这是个二毛子女子。

女子渐渐苏醒过来，哇的一声大哭了起来，嘴里喊着："妈妈，妈妈……"起身要往江水里跑，被他拉住了。

等她安静下来，才从她嘴里听清楚了事情的原委。原来她是离这里很远的上游逊克县境内江边一个村子里的。她的母亲是白俄人，早年从江那边逃过来，嫁给了村子里一个农民，头些年家里的日子还挺好。哪知后来冬闲时，她的父亲和村子里别的农民一样学会了赌博，而且一年比一年的赌瘾大。这年冬天，他不仅输光了家里剩下的几亩田地，又把自己的女儿输给了村子里一个地主，要给这个比他女儿大二十岁的老地主做小老婆。没有办法，他妻子只好带着女儿在这天夜里他又出去赌博时出逃了。这个白俄女人想带着她连夜过江到对岸去，哪怕被政府抓住，也不愿把女儿卖身给老地主。哪知她们母女俩刚走到江中心时，脚下的江面就开裂了。她母亲站着的冰块和她站着的冰块分裂成了两半，母亲向对岸漂去，她向这岸下游漂去。开始她俩还站在冰排上相互揪心地喊叫着，后来就渐渐听不到声音了，她们的嗓子都喊哑了。连冻带吓，她渐渐地失去了知觉……她以为她会让冰块撞到江里喂鱼，没想到会被人搭救上来。她眼睛里还是流露着绝望和惊魂未定的目光，战战兢兢打量着他俩，不知眼下该到哪里去。

"怎么办?"有些手足无措的张正武起身走到一旁吸烟袋的莫达西老人身边。

"她是你的啦。"莫达西老人捏灭了烟袋锅，就像当初第一次

225

见到他时，把那个他打死的狍子丢给他一样，可这不是个狍子，是个女人。

他俩先把她带回村子里去，她显然不可能再回到上游她逃出来的那个村子里去了。她也不可能到对岸去了。一是化开的江她无法过去，再一个她母亲是死是活还不知道，活的希望不大。

"你愿意在村子里住下来吗？"白天，莫达西老人过来问她。

她点点头。

"你愿意嫁给他吗？"莫达西老人又问。

她望了望在院子里劈桦子干活的那个小伙子的身影，是他救了她的命。她再次点点头。

莫达西老人就双手合十说了一句什么，然后睁开眼睛说了一句："等选个萨满神定的日子，你们两个年轻人成亲吧。"

过了几天，在老人占卜抽签选定的日子，张正武就和这个叫霍娃的女子成亲了。莫达西老人把自己的屋子腾了出来给他们做了新房，村子里的人都穿着迎萨满神节庆时穿的服装来参加他们的婚礼，并喝一碗新娘敬上的喜酒。

新婚第七天是出猎的日子，张正武在村西头的老红松树下找到了等他的莫达西老人，他的肩上没有背那杆双筒猎枪。他跟莫达西老人说，他要走了，他要带这个女人离开这个村子。

老人似乎早有所料，眉毛也没动一下，说了一句："山鹰大了，总要放单飞的。你走吧，我知道这里是留不住你的。"

其实张正武心里是怕霍娃那个欠赌债的父亲会沿着黑龙江边找到村子里来的，另外他也怕他们在这里住，等冬天封江时，她说不定哪天会跑过江去找她母亲。那他可就竹筐子打水一场空了。幸福并没冲昏他的头脑，憨厚的小伙子有了心计。

等他回去收拾好东西，和女人背着包袱出来。莫达西老人和他的猎狗一直把他们送出去很远，在一个他俩打猎常走的岔路口，老人停下了，指着向南的一个方向说："顺着这条山冈往南走，四百多里外有一个叫金山屯的地方好养人，你们就到那里去吧。"莫达西老人把他的一只心爱的猎狗给了他，说狗会带着他们找到那里的。这个心软的女人一直在胸前画着十字，嘴里说着他俩都听不懂的俄语。而张正武则在一旁摆弄着那条猎狗，有了它就不会迷路的。等那个女人和狗在前边走远了，老人又把张正武叫住了，说："你要好好对她，否则你会遭报应的。"抬头时，见老人眼里闪过一道犀利的目光，亮得叫他心里发寒。

一阵山风吹过，小兴安岭山冈上阵阵松涛声，送他和女人和狗上路了。

3

金山屯是个有着百十多户人家的山屯，坐落在山坳里，四周围着密不透风的山。在东南山坡脚下流着一条河，叫汤旺河。这条河清澈无比，是从小兴安岭上游流下来的。金山屯之所以叫金山屯，是早年有两三个闯关东的河北淘金汉子，在这里的山上发现了金矿石。采了两年，发现金苗并不旺，就放弃了这里向北寻去了，把个金山屯的地名扔在了这里，后来到这里落脚的人就顺嘴捡起来叫开了。后来来这深山小屯的，也多是河北、山东人。他们在这里从事两种营生：一是打猎，二是伐木。伐木是给日本人伐，上百年的老红松轰隆隆放倒，然后装上小火车运出山去，运到依兰，再装上船漂洋过海运到那个弹丸岛国上去，让他们制造出三八大盖枪托回头再来打中国人。这些在深山老林干活的伐木工都不知道，他们只知道出苦力，挣下勉强够一家人糊口的棒

227

子面钱。相比之下，猎户人家的生计就要活泛得多了。他们打下的野兽，有专门从哈尔滨、呼兰城过来的皮货商进山收购，而且价钱公道。因此猎户人家的日子好过得多。并且猎户人家生有男丁，都希望长大后子承父业成为一名猎人。这多少也是山里人家传的一门手艺。

却说这年初夏，金山屯来了一户人家，在西山脚下搭起了一个窝棚住了下来。开始并没有太引起屯子里人的注意。因为这家女主人并不常在屯子里露面，而这家男主人又是一个跑山的汉，天不亮进山，天擦黑了才回来。好长时间屯子里那些爱走脚的汉、扯舌的婆，连这家男主人女主人长什么样也不知道。

渐渐地，这户新来的人家开始引起屯子里人的注意了。先是女主人那张高鼻梁、褐黄色眼珠的面孔和那头棕色头发，让屯子里的女人很好奇。还有她上井沿上挑水去，那前鼓后突的腰身、走起路来一扭一扭的臀部，吸引了许多男人的目光。就像羊圈里突然出现一匹洋马。

再有就是她跑山的男人，已引起屯子里五六户猎户人家不舒服的目光了。开始他们没把这新来的猎户放在眼里，是不相信他会有多好的枪法。可渐渐地让他们领教了他的枪法。一样地起早进山，可是晚上回来时，他的猎袋里总是鼓鼓囊囊的，无论是山鸡还是野兔，他总是比他们多打出几只来。更让他们眼气的是，他打的狐狸、水貂等珍贵皮毛动物，那枪弹总是穿眼睛而过，丝毫不损伤一根皮毛，这样到了皮货商手里，常常要卖出比别人多出好几倍的价钱。这就不能不叫屯子里别的猎户嫉妒了。

久而久之，这种嫉妒、眼气就叫屯子里别的猎户对他家产生了敌意。开始还想和他家走动走动的屯户，也打消了这个念头。

张猎户也从屯子里人的眼光中感觉到了这种敌意和疏远。

那是这年冬天下过第一场雪之后，是进山狩猎的好季节，而且是打大牲口的好季节，大雪封山前的头场雪，往往是黑熊最后出来寻找越冬食物的时候，多半是那些怀孕需要脂肪的母熊，野猪也会成群结队出来觅食。这个时候一个人进山打猎是危险的。俗话说打虎亲兄弟，像打黑熊、野猪这样的大牲口，即使是再有经验的猎人也要结伴进山去打的。他去找了屯子里的方猎户，结果让他吃了闭门羹。方猎户的女人从窗里丢了一句，说方猎户一早进山了。他又走了两家猎户，也都是说一早就走了。不能打大牲口就打点儿小猎物吧。张正武就独自上山去了，去了他常打狍子、野兔一带的山林，可是刚走进那片林子里就见一棵白桦树底下套着一个蹬着腿的狍子，走不多远又见一个狍子套，而且每个狍子套都做着不一样的记号。山里的规矩，别的猎人在这里先下了套，你就不能在这里打了。张正武心下明白了，看来屯子里那几户猎人是联合起来孤立他了。野猪不能打，狍子不能打，他不知道这个冬天怎么度过去。霍娃已有了身孕，他需要一笔花销。一想到霍娃怀了孕，他眼睛又一亮，他希望霍娃怀的是男孩……也许是这个希望支撑着他，他后来再上山就多翻过几座山去，去更远的山林里去打猎，用打到的狍子和松鸡，换来了家里的必需品给霍娃……

第二年开春，一个男娃呱呱坠地了。孩子的降生给这个阴郁沉闷的猎户家里增添了一丝喜气。从小受那个白俄贵族母亲影响的霍娃，给孩子起名叫"张书礼"，她希望自己的孩子将来能知书达礼。而她丈夫却不这么想，他希望他的儿子长大后能跟他一起上山去打猎，当个猎人。

生过孩子的霍娃腰身更加丰满了，臀鼓胸高，再去井沿上打水，不仅吸引站在那里打水的男人目光，也吸引屯子里女人的目光。"奶奶的，她的奶子是怎么长的？"她高耸的乳房像山兔一样要撑破衣衫跳出来。她每次奶过孩子后都能挤出半小盆剩下的奶水来，否则就胀得受不了。而屯子里别的女人奶过孩子后，那乳房就像松垮的布袋，而且这还得靠男人去屯里猎户人家讨换母山鸡、野兔来下奶。

有这么旺的奶水催着，小书礼打小就生得旺旺实实的。

转眼孩子六岁了，霍娃就跟孩子爹说要请人教孩子识字。张正武本来不想答应这件事，可是架不住这个女人的执拗。自从把这个毛子女人娶到手，这个女人什么事情都顺从他，唯独在这件事上，口气坚决。她那一双执拗的褐黄色眼睛看着他，让他想起护犊的母马。他不得不背起那杆双筒猎枪，去山上转悠了一天，打回一只狍子来，去给屯子里教私塾的宋先生家送过去，请他收下自己的儿子做学生。宋先生答应了。

这宋先生家里收的十来个学生都是本屯子人家的孩子。宋先生妻子早年过世了，只留下一个五岁的小女与他相依为命。平日家里的日子很难见到荤腥，自从收了张猎户家的孩子后，张猎户便每月都打到一只狍子给他送过来，抵学费了。小女正是长身体的时候，宋先生也就接受了。不仅如此，每次放学，那个毛子媳妇过来接孩子回家，看到玉凤身上的衣服脏了破了，就叫孩子脱下来给缝一缝、补一补。每每这时，宋先生脸就局促得不行，沾着毛笔墨水的手摆着："使不得，使不得，这怎好呢？"霍娃没听他的，一边利索地干着手里的活儿，一边嘴里叹息："家里没个女人怎么行呢？可怜的孩子。"无奈的宋先生只好由她去了，他想着到月底给张书礼免掉一个月的学费。可是到了月底，张猎户又扛着一只狍子走进家门来了。

霍娃是个很能干的女人，不仅把家里收拾得井井有条，还会让男人和孩子穿得利利索索，他们身上的衣服都是她亲手缝制的，就连冬天他俩头上戴的帽子，也是她用张正武打的狐狸皮和兔子皮缝制的。每次丈夫出猎回来，霍娃都会做好晚饭在家里等着，并且还忘不了温上一壶热酒。冬天把火墙的炉火烧得旺旺的，听着脚步声把饭菜端上桌。顶着一身寒气的丈夫一进门，她就麻利地找出一双干棉鞋来，把丈夫脚上冻成雪疙瘩的棉鞋换下，放到火炉旁烤着去。等把孩子哄睡了，丈夫也吃完了，丈夫喝过酒烧红的一双眼睛瞪着她，她知道丈夫这时候想要什么，焐好的被窝已烤得烫身子了。如果丈夫第二天还要出猎，她是断不肯和丈夫行房事的。她懂得那样会不吉利，猎人的规矩，上山的头一夜是不能碰女人的。她不希望自己的男人出事。

家里炖了新打的野猪肉或狍子肉，霍娃总会叫书礼给他先生家送去一碗的。两家越走越近，就引起了屯子里一些人的议论，这些议论就渐渐传到了张正武的耳朵里。

有一天，张正武从外面回来对自己的女人说："你以后少到宋先生家去。"

"为什么？"霍娃有些不明白。

"你难道没有听到屯子里人的议论吗？"

霍娃摇了摇头，耸了一下肩说："你们中国人就是爱管别人家里的闲事。"

尽管张正武也不喜欢屯子里那些长舌妇，他听了这话还是把眼睛一瞪，训斥道："你难道不是中国人吗？没有我，你早掉到江里喂鱼去了，做中国人的女人要守妇道。"

不知是因为丈夫的发怒让她伤心，还是丈夫的这句话勾起了她的身世和对下落不明的母亲的思念，她的眼泪吧嗒吧嗒掉了下来，一时间心里难过极了……以前思念母亲，她也背着丈夫偷偷流过泪。

"哭，哭，你这个娘儿们就知道哭。"这两天上山打猎手气不太顺，让张正武的脾气也变得很暴躁。

话说书礼十岁那年，新中国成立了，屯子里成立了小学校。宋先生就被土改工作队请到屯子里学校去当了小学校长。张书礼和屯子里几个念私塾的孩子也被宋先生收进了小学。

依张正武的意思，书礼念了四年私塾就行了，不想让他再到村子里小学去上学了。可是霍娃说什么也不同意，并以死相逼。张正武只好让书礼跟别的孩子一道去村子里小学念书了。好在在小学校里念书，不用再到宋先生家去了，而且还不收学费。

新中国成立后，屯子里的猎户少了。只剩下两家，一户是方猎户家，一户是张猎户家。那些伐木工开始为国家伐木头，屯子里男人都愿当伐木工了。

4

屯子里的日子像山脚下的汤旺河水，慢悠悠地流淌着。

一日，屯子里来了个李木匠，这李木匠矮墩墩的身躯，像榆木墩一样结实，冬瓜脸尖下巴，塌鼻梁眨巴眼，瞅着人挺精明。李木匠的手艺也很精明。屯子里人家都找他打炕琴箱柜什么的。他挑着一副装着斧子、锯、刨子、磨石的担子，走家串户转圈差不多把屯子里人家的炕琴都打遍了，张猎户的女人也把他请到家里来。这毛子女人早就想打一副炕琴和立式衣柜了，只是屯子里一直找不到手艺好的木匠。这李木匠在屯子里做活儿，她去别人家看过，他的手艺不错。

俗话说一分酒一分活儿。这女人把李木匠请到家的第一天，就炖了一只山野鸡，并给他温了酒。而别的人家除了管住外，只在家具打好后才请他喝酒。吃了一顿打饱嗝的晚饭后，李木匠给张猎户家做起活儿来格外卖力气。张猎户也把他院子里的一间偏仓房收拾出来给李木匠住。夜里，那张木床上还被细心的毛子女人给放了一张狍子皮，这一切都让在外跑了多年活计的跑腿子李木匠有了一种说不出来的温暖。

李木匠也是山东人，也是跟人闯关东到山里来的。平时除了做活儿，李木匠话语并不多，这也是张正武一开始喜欢这个人的一个原因。

李木匠到屯子里来是这一年的春天，四周山坡上都开遍了达子香花，那粉红色的花瓣连起来像一团火在乍暖还寒的山坡上燃烧，刺得眼目都痛。还有那离老远就闻得到的达子香花香，让他不由自主地吸了吸他的塌鼻孔。当时这个挑着木匠担子的矮男人就想，他会在这屯子里碰上好运的。

半个月后，李木匠的活儿做完了，毛子女人给他备了一顿丰盛的晚饭，桌上摆有野猪肉和山兔子肉。两个男人盘腿坐在炕桌前喝起来。吃完这顿饭李木匠就要走了，女主人把工钱也给了他，然后她举着一根蜡烛，凑到刚打好的炕琴前，手抚摸着散发着木头香气的炕琴木面，细细看着，喜欢得不行。那炕琴上还被手巧的李木匠雕刻了几枝蜡梅和一只长尾凤凰。他想，这个和屯子别的女人长得不一样的女人一定会喜欢的。果然听她嘴里啧啧赞道："太美啦，太美啦！李，你的手艺太好了。哈拉少！"

那矮矬子的身影坐在油灯影里，脸上不知是因为喝酒喝的，还是被女人这样夸的，红成了一块红布。

两个男人在拉着话：

"……大兄弟，你这手艺是出来学的，还是在关里老家学的？"

"从小在关里老家学的……"

"你老家是关里啥地方的？"

"黄县小李家村的。"

"你是黄县李家村的？"

"嗯……"矬汉子不明白地看着男主人点点头。

"那你认识李有仁这个人吗？"

"认识，那是俺本家的二叔呀！你是咋认识他的？"

惊讶的是李木匠了……

张正武更惊讶了，世上竟有这样巧的事。他提到的这个李有仁是他家原来的一个长工……一听他这样说，李木匠就惊奇地叹道："原来您是张庄的张家少掌柜呀，您怎么也会跑到这山沟沟里来了？"

这回轮到张猎户在灯影里脸红了，他长叹了一口气，瞅了一眼望着他俩不明白他们在说着什么的女人说："家道中落，家道中落呀……"简单道出了原委，他就不愿意再往下说下去了。

"来，喝酒，张二少……大哥，您再怎么样也总比俺强呀。"李木匠回头瞅了那个毛子女人一眼，安慰道。

"喝酒……"他又叫女人搬了一坛子酒，在这个山沟沟里遇到这么近的老家人，叫俩人都很兴奋。

停了一下，张正武问李木匠今后有什么打算。

李木匠说他还能有什么打算，手艺绑在腿上，走到哪儿就靠这个手艺吃饭呗。

张猎户望了一眼地上装好的挑子，说："要不你别走了，就在这屯子里住下吧。"

李木匠涨红着脸，有点儿不知所措地望着他，他本来想明早一早再转别的屯子找找活儿干。

"如果你不嫌弃，你就住在俺那个偏厦子仓房里。在这个屯子里住下来，你也可以打你的木匠活儿。"

"这怎么好？这怎么好呢？张大哥。"

张正武就说："你要认我这个大哥就留下来吧，好歹咱也沾着亲呢。"

李木匠就平端着一碗酒，举过头顶，眼里湿着泪说："那大哥，俺就听你的，在这儿住下了。让俺敬你一碗酒！"说完咕嘟把一碗酒干掉了。

张正武又喊过来在外屋的书礼，叫他给李木匠磕头，说："这娃以后你就当亲侄儿看。"

按山东老家的礼数，李木匠慌慌从口袋里掏出饭前毛子女人给他的工钱，拿出几张给书礼的认亲钱。毛子女人要阻止，但张猎户叫孩子收下了。

从这天晚上起，李木匠就在张猎户家偏厦子住下了。有了这个同乡，张猎户从此在屯子人面前也不觉得孤单了。

李木匠在张家偏厦子住下后，白天到屯子里去寻活儿，都是一些小活儿，不是打个饭桌子，就是打个凳子。有时在人家里吃。没活儿干的时候就在张猎户家里搭伙，到月底李木匠总要给毛子女人一点儿伙食费。张正武是不想收他的，可他说什么也不干，还说不收就是打他的脸。毛子女人就收下了。到了冬天，张猎户也鼓动李木匠上山去拉木头，回来破成板材放在院子里，这样到开春时，谁家再打家具，木料也不用雇的人家出了，他会多些收入的。李木匠觉得这主意不错，就跟着上山去拉木头了。都是上好的黄菠萝、水曲柳，回来锯成板材晾在院子里。

有货郎进屯，李木匠也会买些糖果给书礼。他还常常摸着书礼的鼻子头说："你这小东西，把你的鼻子换给我吧。"

开始两年，李木匠跟张猎户一家处得其乐融融，像一家人。过年还把李木匠叫在一起，按山东人习俗过年夜。

这期间屯子里发生了一件事，开始叫张猎户觉得收留李木匠住下来是不是个错误。

屯子里又进驻了工作队，搞运动的，查出一个从河北逃到屯子里来落脚的地主。那个地主在屯子里住下来后隐瞒了身份，查出来之后，就被工作队的人拉到东山边上的白桦林地里枪毙了。那血在雪地里溅了一摊。李木匠跑回来跟张猎户说了这件事，张猎户听了，脸立刻变得十分难看。被李木匠察觉到了。平常有时在家里，李木匠也叫张正武掌柜的。从这天起，张猎户对李木匠正色道，以后不要叫他掌柜的。李木匠就不再叫他掌柜的了，并不叫他再提起老家的事。说他母亲也改嫁了，和原来的张家没有任何关系了。当初屯里土改时，把张猎户家定的是贫农。初听到张猎户这样讲，李木匠眼里掠过一丝狡黠的目光，随后又熄灭了。

就是这一瞬间掠过的狡黠目光，让张正武心里有了不安。有一回上山打猎，他忘记往枪膛里填弹药了，就对着那头拱地的野猪扣动了扳机，没响，只空空响了一下扳机。听到响动，那头野猪"嗷嗷"地回身扑过来。他慌忙闪在一棵腰粗的松树后，躲过了扑过来的野猪的獠牙，多亏他的三条猎狗一齐上前围住了野猪，汪汪乱叫。趁这工夫他填充了弹药，射中了野猪，他捡了一条命。不过他的一条猎狗却被野猪的獠牙豁开了膛，肠子流了一地，让他心疼得不行。这三条猎狗就是鄂伦春老猎人送给他的那条猎狗的后代。

张正武的脾气也越来越坏，动不动就跟他的女人、孩子发火。从山上回来，看到女人稍稍做饭晚了，就要破口大骂："你这个丧气的娘儿们，遇见你真是叫我丧气。"他打到的猎物越来越少了，他把这一切都归结为这个女人的祷告。

说到这里要顺便说一句，霍娃从小跟她的白俄母亲信奉东正教，她是不主张杀生的。当初她嫁给这个男人第一天夜里就跟他请求说："不要去山上打猎了。"一听说他们住的那个鄂伦春的村子里男人都上山打猎，她就要他带她离开那个村子。张正武也是为了让她安心跟着自己，就答应带她离开了那里。到了这儿以后，他们一家受到屯子里人的歧视，她的男人除了打猎没别的营生可干，总要养家糊口，就勉强同意了丈夫重操旧业。不过每回男人上山出门后和下山回来前，她总要在家里做一番祷告。

霍娃把这个男人脾气越来越暴躁，归结为是他杀生的孽缘越来越重了。可是除了祷告，她一点儿办法都没有。倒是他那个同乡有时插进来一句，能够阻止男人的火气："你拿嫂子和孩子撒气有什么用呢？"这个时候男人就会住了口。李木匠会把他摔坏的木凳、木锅盖捡起来重新修理好。阳光照在院子里那个驼背的矬子身上，好像这院里什么也没发生过。

张正武不由得想起前几天从他手里接过的那个木匣来，屯子里查地富反坏右的形势越来越紧，张正武就想起那块狗头金来，放在家里藏着总不是个事，搜出来他怕说不清了，他就想把这块狗头金寄回老家去，也想对他那个这么多年没有联系的生母尽点儿孝。不想他原来记着的地址不对，邮出去后又给退了回来。而退回时李木匠恰恰在镇政府干活，管收发的人就让李木匠把这个木匣给他捎回来了。李木匠把木匣交到他手上时什么也没问，可是他仿佛什么都知道了。这让张正武想想就有些不寒而栗。

他怀揣着不安，在深夜里把这个木匣深埋在房头院子里的地下了，打算谁也不告诉。

5

霍娃是从什么时候起开始留意到那双关注她的眼睛的？应该说是他来到他们家里后不久，开始霍娃对偶尔落在她身上的目光还是有好感的。他不像屯子里别的男人那么放肆地围着她的身子打量，恨不得剥光她的衣服看看她的身体与屯子里别的女人有什么不一样。有一个时期她出去挑水时甚至有点儿恼怒地后悔随男人嫁到这个屯子来。而在她从小长大的那个江边村子，有许多和她一样血统的男人和女人，从没有汉人把稀奇的目光往他们身上落，大家相处得很好。而这里每次出门，那些男人和女人的目光总像看动物一样追随着她。

而他的目光是和这些目光不一样的，他的目光是小心翼翼的，偶尔又像小鹿一样战战兢兢躲开了。也许是由于和丈夫是同村兄弟的缘故，霍娃对他也很好。夏天看他在院子里做活儿，手里推着刨子，汗珠从他头上、脖子上往下流，她就会送过去一条毛巾让他擦擦汗，过一会儿她又会端上一碗凉好的茶水送过去。白白的刨木花在他腿下堆起了暄暄的一堆，散发出一股好闻的木香味儿。霍娃喜欢闻这种味道，不由得吸了吸她的高鼻孔儿……有时站在窗子里看他做活儿，霍娃甚至还会这样想，如果丈夫不打猎，像他一样凭朴实的劳动、靠手艺做活儿该多么好啊！想到这里，她又要在胸前画十字了。

这目光有一天早上在霍娃梳头的镜子里和她的目光相遇了，有点儿猝不及防。丈夫上山去了，书礼上学去了。霍娃正专心致志在梳着她一头漂亮的头发，这头长长的金黄色头发是屯子里别的女人没有的，也是叫屯子里别的女人嫉妒的，这一点她从她们的眼睛里看得出来。霍娃的梳头镜是一面挂在墙上的长方镜，镜框已很旧了，而且左下镜面还破了一个角。这面镜子是她用一张狍子皮从一个收旧物的货郎手里换来的。霍娃每次梳头时间都很长，她不知他站在门口看她有多久了。霍娃停下了梳子，回过头来：

"李，有事吗？"

"哦，没、没有……"他的目光移开了，人却站在那里没走，嘴动了动说，"我想给你打个梳妆台，你看行吗？"

"梳妆台？"霍娃听清楚了，她毛茸茸的眼睫毛一下子跳了起来。在她的记忆里，只有小时候母亲讲过，姥姥家里有一个很大的梳妆台，母亲总喜欢坐在那里梳头。母亲还跟她说，姥姥本打算把那个梳妆台将来作为嫁妆送给她的，可是她却逃到了江这边来……

几天后，一张水曲柳花纹的梳妆台打成了，那上面的镜子是李木匠特意叫人捎回来的一面现喷的玻璃镜。梳妆台摆在里屋，霍娃叫丈夫看，可是这个男人连瞅都没瞅一眼，嘴里嘟哝出一句："一个破梳头镜子，能当饭吃吗？"弄得霍娃情绪一下子又低落了下来。

霍娃除了自己梳头外，也给书礼在梳妆台前梳头。书礼的头发也随她是淡黄色的，她总是给他梳成平平整整一个小分头上学去。书礼上到五年级了，并且学习成绩良好，深得宋先生的夸奖。这一点叫霍娃也是满意的。

"看看你漂亮的鼻子，给叔叔摸一个好不好？"

"不好。"书礼大了，不愿叫人摸他的鼻子了。

看着书礼跑开的身影，李木匠心里为自己生的一副塌鼻梁有点儿难过。如果自己要找到像霍娃这样高鼻梁的女人，生出的孩子是不是不会像他一样？可是这只是他一闪而过的非分之想。他有些嫉妒他这个同乡，虽然家里钱财没有了，却娶了这么能干的洋女人。

"李，你也该找个女人了。"虽然霍娃也流露出要在屯子里托人给他说媒，可他对自己的婚事希望并不大。这些年他走山串屯，也没少有人给他张罗介绍对象，可就是一个也没成。一是他没钱，二是他又是这么一副相貌，有哪个女人肯跟他呢？除非让他像张正武一样去白捡一个女人。霍娃的事，他已从张正武嘴里听说了。

每到夜里自己一个人睡在偏厦子那张床上，他都感到一种彻骨透凉的孤寂。特别是听到一墙之隔发出那让他耳热心跳的动静，他更是火烧火燎地难以入睡……

近来他发现那个垂头丧气的男人越来越能干了，他好像把打猎不顺的邪火都发泄在这个女人身上，常常不顾霍娃的小声哀求折腾到下半夜。早上，男人出去后，他从霍娃迟缓的梳头动作上看得出来，她神情很忧郁。看来她很不开心。

相反，如果要是男人上山两天狩猎没有回来，霍娃脸上倒是会露出一点儿开心的神色。

这天男人带足了三天的干粮，上山去了。他不相信他的运气会这么坏，近处打不到，他就想走远点儿。这是个不信邪的男人。

他走后，霍娃又在为他祷告。祷告完就坐在那里梳头。书礼上学去了。她梳着梳着嘴里莫名其妙地叹了一口气，黯然神伤地发了一会儿呆，就从梳妆镜里看到一双眼睛，眼睛里像喝酒烧红了似的，在盯着她。她惊异地刚扭过头来，就被一双粗糙的手从后边抱住了。"李，你要干什么？"这个短粗的男人喘着粗气说："我……我喜欢你……""你在说什么，李？""我第一次见到你就喜欢上你啦，你跟我走吧，我会对你好的。""你疯啦，你知道你在说什么？快点儿放手！"霍娃担心这个时候有邻居来找他干木匠活儿碰上。可那双粗手还在死死地抱着她的腰，她不由自主地站了起来。"我没疯，我真的喜欢你，我可以带你去找你的母亲……"他本想说出他知道那个人藏着的狗头金，可是话到嘴边又住了口。霍娃要挣脱他，可是这个力气很大的男人要把她往炕沿上抱去，霍娃抽出手来，啪地扇了他一记响亮的耳光。这一耳光打得他松开了手，他捂着脸怔怔地看着这个发怒的女人，说："没想到他那样对你，你还这样死心塌地对他好。""他是我男人，你们是兄弟，你不该这样。你出去吧，我不会告诉他的，就当你喝醉了酒，才说的那些话。"

这个男人灰溜溜地退出去了。霍娃对着镜子又往胸前画了个十字。

霍娃果然当早上什么事情也没有发生过。晚上他没有过来吃饭，霍娃还打发书礼过去叫他，而在饭桌上，他却不敢抬头去看她。书礼在说着一些学校的事情，说他高小再有一年就毕业了，那个宋先生打算让他报考呼兰师范学校，然后回来当老师。听到这个消息，这个女人脸上露出很兴奋的神色。

第二天李麻贵不知怎么度过的，他不想对这个女人就这么算了。就好像一块垂涎很久的肥肉，不吃到嘴里总叫他抓心挠肝的。下午屯子里有一户人家来找他去打木匠活儿，他就过去干活儿了。晚上他在那户人家吃的饭，而且喝了不少的酒，很晚才带着一身酒气回来，在偏厦子里倒头便睡了。

早上，霍娃给书礼收拾完早饭，看他上学去了。她就坐在梳妆台前慢慢地梳头。令她没有想到的是昨晚喝醉的那个男人会悄无声息地站在她身后，他两眼红红的叫她有些害怕。她刚想站起来，他一把死死地抱住了她，并且直接把她扳倒在炕上去。霍娃在踢他，在挠他，可是这个被欲望烧得冒火的男人始终不松开手，扯开了她的衣衫，露出那两个像大白兔一样跳荡的乳房，更刺激得他血液往上涌。霍娃气咻咻地叫："……你再不松开手，我就喊人啦，他回来会杀了你的……"男人并没有松手，男人说了一句让霍娃惊呆的话："你喊吧，你喊我就向屯子里的人说出你男人在老家的地主成分。你的书礼将来也别想当什么老师了。"霍娃就像被人点了穴似的松开了手，身子软软地瘫了，任这个男人在上边忙活去，她像死去了一样。

　　得到满足的男人终于累得从她身上爬了下去，临走，系上裤腰带时还没忘说一句："别忘了你的儿子书礼。"

　　霍娃过后曾想到过死，她知道自己已经背叛了丈夫。她的身体已不干净了。她想跳到屯东头山脚下的河里去。可是她死了，她的书礼怎么办？ 想到书礼，她就止住了这个念头。她不能让她丈夫看出来，如果让他察觉出来，他一定会用他的双筒猎枪杀了这个该死的李和她这个失贞的女人的。在天黑前，她去东山脚下大河里把自己的身体洗得干干净净的，把那件扯破了的衣衫顺手丢进河里漂走了。

　　她男人这次从山上回来没有空手，这让他有些兴奋。他并没有察觉霍娃的神色变化，嚷着要酒喝，坐在炕上直到把自己喝得烂醉。在这个男人打着酒嗝睡下前，霍娃跟他说了一句："让李搬走吧。"男人眉毛一挑："为什么？"他那时还满脑子想着的是不能得罪这个同乡兄弟。尽管他早就后悔向他说起老家的事情。

听着这个粗心的男人打着呼噜睡过去，霍娃心里在流血。

倒是过了两日，李麻贵过来跟他说，他要搬出去住了，屯东头的一户白寡妇接纳了他。这白寡妇丈夫早年参加过抗联，牺牲后，她一直在屯子里守寡，前两天一个媒人说合给他俩牵上了线。李麻贵知道他不能再在这里住下去了，就答应了下来。

看着李麻贵扛着他来时带的行李卷走出去，两个人似乎都松了一口气。

6

日子过得飞快，张书礼高小毕业，以优异的成绩考上了呼兰师范学校。尽管开始张老爹不同意儿子出外去读书，但这回架不住小学校长宋先生上门来劝说，张老爹本来是没把这个当了一辈子教书匠的宋先生放在眼里的，在他看来教书匠和屯子里的杀猪匠没什么区别。倒是宋先生许诺的一句话打动了他，宋先生允诺将来把小女许配给他做儿媳——这几年不见，玉凤已出落成一个水灵灵的大姑娘了。张老爹等于白捡了一个儿媳妇，就答应了下来。至于宋先生将来想让书礼回屯子里来教书，到时候再说吧。反正这宋先生用他自己的话说，也是秋天里的一根枯草活不了多久了。

这两件事落在书礼身上，最高兴的要数霍娃了。书礼遂了她的愿考进了呼兰城里师范学校念书，再一个她也有了一个未来的儿媳妇。因此好久没看到的笑容又浮现在她的脸上。送书礼走的这天，两家人又在一起吃了一顿定亲的饭，张老爹还破例给书礼倒了一小杯酒让他喝下去。宋先生也高兴地喝了一小盅白酒，呛得咳嗽了起来。

书礼上学走了，家里的日子空落下来。张老爹年纪大了，跑了一次山就要在家里歇好几天，而且打到的猎物越来越少了。霍娃不希望他再像年轻时那样满山跑了，她希望他留在家里多陪陪自己。家里现在活儿也很多，种了一个菜园子，还养了一群鸡和猪。即使不靠他上山打猎，家里的日子也能过得下去了。可是这个男人就是在家里待不习惯，即使什么也打不着，他也愿意往山上跑。

　　夏天他一上山，家里就剩下霍娃一个人了。天一黑她就早早把大门闩上了。这天夜里她刚刚睡下，一个人影跳进她的院子里。这个人影很熟练地把门板上的门闩划开了。进到屋里时，霍娃才察觉醒了，她开始还以为是她男人回来了。可是等到她定睛看到那双贪婪地打量她胸前的眼睛时，不由得惊叫一声："你……你怎么进来的？"她用被子捂紧了胸口。来人嘿嘿一笑，龇出一口黄板牙。她怎么会没想到呢，她家门上的插闩就是他这个木匠给做的呀。他从容地脱掉了衣服，然后他就一把把浑身发颤的女人搂在了怀里。"……你、你不是有了女人了吗？"霍娃是没有办法阻挡这个男人的，挣扎着底气不足地说。"那个丑婆娘，都快闭经了，瞅着都晦气，还不是因为你才和她结的婚，我的心肝宝贝……你想死我啦！"矬男人狠狠地把一股狠劲发泄在她的身体里，这个尤物的身体还是那么柔软而富有弹性，简直让他兴奋张狂得不行。

　　完事，这个矬男人在天快亮时才走。

　　就像猫吃惯了腥，在张书礼去呼兰上学这两年，这个男人总是不定期地偷偷溜进这个院子里来，而且总是在张猎户出去上山打猎没赶回来的夜里。他好像摸算得十分灵准。这让霍娃想起来十分恐惧，这是一个十分会算计的男人。就连他和那个寡妇结

244

婚，也让他对后来日子算计得十分周密。霍娃觉得她碰上魔鬼了，就是神的力量也无法让她摆脱掉。

而白天这又是一个装得十分正经的男人。

他现在是工作队的副队长了。也许是寡妇烈士家属的身份，再加上这个木匠越来越会来事，他赢得了工作队的信任，让他当上了副队长。走在屯子里，没有人再喊他李木匠了，都叫他李副队长。

"你最好别叫你男人察觉到，否则他就完了，还有你的儿子。"

他每回从她这里走时都这样说一句。女人被蹂躏过的身子听了又一抖。霍娃不知道什么时候才能摆脱掉他的纠缠。有一天夜里，她准备了一把斧头，想与他同归于尽，可是一想起他说的话，斧头就从手里掉到地板上。

"你知道我的叔叔给他家扛了多少年的活吗？现在轮到我睡他几次女人也是应该的。"有一回这个副队长竟厚颜无耻地说出这样的话。

日子在霍娃默默地流泪中流逝着，无论是这个矬男人，还是她的丈夫，都让她感到一种绝望。

张书礼很快从师范学校毕业了，回到屯子里来要当老师了。可是张老爹说什么也不同意。他要张书礼跟他一起上山打猎，他说："龙生龙，凤生凤，我的儿子就要当个猎人的，当什么穷教书匠，能买得起几回肉吃？"已经染病在身的宋先生被玉凤搀扶着上门来劝，听了这话，气得回去后一病不起了。

霍娃两眼直视着他，说："你要是再逼他，不让他当老师，我就死给你看。"

"你这个臭骚娘儿们，我看你是活腻啦。"没有不透风的墙，她和李麻贵的事，屯子里已有人在议论了。只是他还没有抓到证据。不过这几次从山上回来，他都借着酒劲儿把女人身上打得青一块紫一块的。霍娃都默默忍受下来了，她心里的委屈只有她自己来承受。

他是根本不会理睬她说的话的。这晚他喝过酒后就呼呼睡过去了。

屋子里只有女人一个人在默默流泪。张书礼去帮着玉凤到外镇给宋先生抓药去了。女人是什么时候走的，张正武不知道；女人怎么从衣柜里找出一身衣服换上的，他也不知道。

天刚蒙蒙亮，霍娃出了家门，她一直向东山头的河边走去。清晨里，树枝草叶上的雾水打湿了她的衣衫、裤脚。她义无反顾地朝着白雾茫茫的河边走去。到了河边，她就直接走进水里，河水没过了她的膝盖，没过了她的腰，在河水要没过胸前时，她抬起手画了个十字，嘴里说了一句："妈妈，你在哪里？"随后，河面上就漂起她那一头漂亮的金黄色的头发，慢慢扩散开来……

是下游一个起早打鱼的人发现了霍娃尸体的，他的呼喊声就惊动了屯子里的人家，也打破了这个早上的宁静。

入殓时是从别的屯子里找的一个木匠给打的白棺材，李木匠远远地站在人群后面。因为霍娃的眼睛一直是睁着的。屯子里主事人让张正武答应了霍娃生前的要求，这双眼睛这才被人合上。

母亲的死让张书礼大哭了一场，之后变得沉默起来。这个二十岁的年轻人好像一下子成熟了，他沉默的神情里谁也读不懂他在想着什么。

葬过母亲之后，他就到学校里去教书了。小学里还开地理课，在课堂上，他讲到黑龙江天鹅形版图对岸那个国家时，嗓音有些哽咽，这一刻他又想起了他的母亲，还有那个没见过面的外祖母。

除了教书外，放学后他还常去宋先生家看望宋先生。自从上回病倒后，宋先生的身体一天不如一天了。不过看到张书礼如自己所愿在屯子里当了一名老师后，他还是很欣慰的。每次去都让玉凤多陪他说些话，有时还留他在家里吃饭。

而他自己家里越来越冷清得让他不想回了。自从母亲死后，那个人上山打猎，家里都是一把锁头把门，家里显得死气沉沉的。即使他父亲回来，他也不愿在家里多待一分钟，两个人更是没话好说。看到这个样子，张老爹就想明年夏天，让他和玉凤把亲成了。猎人也把这个意思托人转告给了宋家。

说话间就放寒假了。这个冬天，张老爹想多打点儿猎物，好在开春时卖点儿钱给儿子操办婚事。他也想好了，如果打不到太多的猎物，他就把埋在院子里地下的狗头金拿出来变卖了，婚礼总得体面些，不能叫屯子里人笑话。

放寒假了，看着张书礼在家没事可干，张老爹就小心翼翼跟他商量，可不可以跟他上山走一趟，他这几天跑山，发现了两个树仓和地仓，说不定能打到熊。只是他一个人没敢动，他老了，力气不如年轻时了。要是打到熊就可以卖个好价钱，熊胆还可以给宋先生配药。听他说到宋先生的病，张书礼有些动心了，再则看他现在的样子也真没有多少力气对付熊了，就同意了。

虽然张书礼一直在念书，可自小受张老爹的影响，对打猎还是懂得一点儿常识的。什么遇见熊不要照直跑，冬天蹲了仓的熊不要怕它，秋天的熊才可怕。那杆双筒猎枪他也会用。

父子俩一前一后进山了，几只猎狗拉着雪爬犁。一路上他父子俩很少说话，也没有什么想说的。那样子看上去像一对陌生的人。张老爹心里清楚，书礼还在为他母亲的死怨恨自己。可这也

247

怨不得自己呀，谁叫那个败家的娘儿们性子那么刚烈呢……

父子俩在天黑时赶到张正武打猎常在山上过夜的一个山洞里，山洞外不远的一处石砬子就是张老爹说的可能有熊的一个地仓，只是天黑，他们无法接近察看，他们想等天亮后再去守仓。于是他们就人和狗在山洞里笼起了一堆火来休息。张老爹要他像他一样也把枪抱在胸前睡觉，防止睡着时野狼进来把他们吃掉。狗也趴在洞口边上睡着了。

快到半夜时，书礼被冻醒了，醒来见身旁的火要熄了，他就起身去洞外捡烧柴。摸黑绕洞外转了几转，他一抬头被不远处石砬子下一块山石上蹲着的一个黑影吓了一跳。有熊！他赶紧把背着的枪操在手里，哆哆嗦嗦瞄上了。看来跑开是来不及了，熊一定是会发觉的，只有先下手为强了。想着手里就搂开了火，一道火光射去，黑影应声倒地。不过不是熊声是人声。他赶紧跑过去一看，地上躺着的是捂着肚子的张老爹。他赶紧把他抱起来抱到山洞去，从棉袄里扯出棉花给他堵伤口，可是那血还是不断往外流。张老爹阻止了他，说："儿呀，我不行了，没用了。"他给他盖上棉大衣，又听张老爹断断续续地说："书……书礼，爹要死了，这都是天意呀，爹该遭这报应，爹不该不听你娘的话，逼你当猎人……爹死后，只求你一件事，把爹和你娘葬在一起，她太孤单了，我对不起她……"这个时候，张老爹的脑际里才想起了那个鄂伦春老猎人二十年前跟他说过的话。可是这一切都太晚了。他还想最后告诉张书礼什么，可是嘴张了张，却什么也没说出来就咽气了。

张书礼用狗爬犁把张老爹的尸体拉回来。他向工作队说明了事情的经过，工作队也派人到山里去察看了，相信了他说的话。"张老爹是误伤丧命的，何况他不该带没有猎人资格的张书礼进山打猎。"不知什么原因，动了恻隐之心的李副队长也为他说了这样的话。

张书礼把他爹他娘合葬在了一起，但在他爹下葬时，他冰冷的眼睛里没有掉一个泪疙瘩。屯里人见了都说这孩子命够硬的，像他爹。

这天夜里，一个黑影潜入张书礼的家，从院子里地下挖走了那个装着狗头金的木匣。而张书礼并不知道他家还藏有这么一块狗头金的秘密。这正是张正武死前要告诉他没来得及说出口就咽气了的话……

7

话说又过了几年，到了一九六〇年赶上了饥饿年月，屯子里大人小孩都到山上去挖山野菜、扒树皮吃。人饥饿着，熊也饥饿着，一头饿疯了的熊就横冲直撞下山来，在西林、白林、金山屯一带连吃了几户人家养的猪崽。不仅如此，还吃掉了一个上山挖野菜的孩子。此事惊动了伊春特委书记，他下令成立了围捕队，上山猎熊，还叫靠山屯的猎户拿起枪来保村护屯，防止熊再下来伤人畜。金山屯自从张老爹死后，就剩下方家一户猎人家了。方猎户这几年年龄大了，也很少上山打猎了。工作队就找到了张书礼，好歹他也是猎户子弟，让他拿起枪每天早上跟着在屯子边上巡视。张书礼就把张老爹留下的那杆双筒猎枪找出来，又带着家里剩下的那两条狗，跟着起早去屯边护屯。

一连多日再没听到那头熊出来祸害人的动静，屯里组织起来的人就不愿再早起出来了。张书礼还背枪出来，他反正早上也有早起备课的习惯。这天早上没等他走出院门，就感到那两条狗有点儿神情不对。它俩耳朵竖起来，眼睛发直，有一条还过来扯他的裤脚往外拽。他跟着狗跑出去，早上雾很大，几步开外就看不见人影了。等他和狗来到屯西头靠山边一户人家的柴垛外，两条狗说啥也不往前走了。他悄悄地爬到柴垛上，刚露出头往里一看，看到这家菜园子挡着的猪圈里，一个黑影正站在里面，这是个足有七八百斤重的大黑熊，浑身沾满了松树油、松针、沙粒，硬刺拉拉的。而那头倚在墙边上的小猪，已吓得拉屎拉尿了。

张书礼人躲在柴垛后面就搂开了火，子弹打在黑熊的后腰上，蹭出了一道火星，"嗷"的一声，它跳出了猪圈，受伤的熊撞开菜园木障子，低头向山上窜去，路上还滴着血。两条狗跟着"汪汪"叫了起来。张书礼跳下柴垛，就和两条狗追了过去。他知道受了枪伤的熊是不会跑多远的。那头熊并不顺着山道跑，而是钻进了树林里跑，树枝和荆棘条剐得张书礼脸上、身上一道道檩痕印，但他紧紧地追着，那头受伤的熊试图甩掉身后的人和狗，但它始终摆脱不掉。

不知跑了多久，也不知跑了几道山梁，黑熊跑到了一片柞树林地里停下了，它要舔一舔它的伤口。人和熊都跑累了。看着那熊趴在了地上，张书礼和狗也停了下来，他躲在一棵碗口粗的柞树后，然后冲那两条狗挥挥手，那两条狗会心地向两侧散去，也隐在了树后。张书礼喘了一口气，察看了一下枪膛里的弹药。然后悄悄地挪动着脚步，从一棵一棵柞树后闪过向前接近，快到二十米左右的时候，他瞄准扣动了扳机，"轰！"一道火光射出去，两条猎狗也从树后冲出来"汪汪——"大叫。这一枪打在了熊的肚子上，它惨叫了一声，向他扑过来。他来不及再装弹药，抽身向后跑，"啪！"黑熊一巴掌拍过来，将他刚刚藏身的那棵碗口粗的柞树咔嚓拍断了，落地的树梢正好横在前面，将张书礼绊倒了。黑熊扑过来，隔着树头将他压在身下，那两条狗追在后面撕咬着黑熊后身，黑熊不得不回过头朝后挥着熊掌。压在身下的张书礼，这工夫腾出一只手来，向腰里摸出那把锋利的腰刀，在黑熊又一次回过头舔到他的脸部时，他手里的腰刀狠狠地捅进了它脖子下一撮白毛处。张老爹告诉过他，这是熊最要命的地方。一股黑红的血喷出来，张书礼只觉得脸上麻辣辣刺骨的痛，而后就什么也不知道了……

张书礼醒来时，已在汤原县城医院里了。他昏迷了一天一夜，是两个采山的人发现他的。张书礼只身斗熊受伤的消息传到了伊春特区，特委书记指示全力抢救。张书礼在经过一天一夜的抢救后，性命保住了，不过……

张书礼面部的纱布是半个月后一层一层揭去的。不过主治医生还保留最后一道纱布没给他揭去，那是缠在鼻子处的面部上的，病房里没有镜子，他想朝护士要一个小镜子看看。可是她们听了他的话都一个个惊慌地摇摇头走开了。他身边只有一个男护士在陪护着他，他每次出去上厕所他都一步不离地跟着。

这天夜里，他趁陪他的那个男护士睡着了，悄悄起来上厕所，上完厕所后他并没有马上回到病房来，而是走到病房一层走廊房门口，走廊上亮着昏暗的灯光，门口处对面的墙上有一面镜子，镜子上还题着一行毛主席语录：将革命进行到底！

张书礼对着镜子里那张面孔惊呆了，他张大了嘴巴发不出声音来。过了好久，这张嘴巴里才发出像狼一样的号叫声，"呜——嗷！"深更半夜的惨叫，惊醒了病房里所有的人，也惊醒了那个男护士。等他跑出来时，那个发疯的人已跑到外面的院子里去，双手捂着脸，不让所有人接近。夜空里滚过的雷声和他的号叫声混合在一起，接着倾盆大雨就下来了，冲刷了这个让人心惊肉跳的夜幕，冲刷了一张让人不忍去看的伤疤脸。大雨和着那个蹲在地上的人的呜咽声在呜呜地下……

伊春特委要隆重表彰奖励打熊英雄张书礼。张书礼没有去领奖，上边来人把奖状和红花给他带到医院来了，问他还有什么要求。张书礼说他小学教员是不能当了，他要上山去打猎。回去的人告诉伊春特委书记后，伊春特委书记就责成当地有关部门批准了他的请求，并给他的猎枪和猎狗办理了猎枪证和猎狗证。

张书礼回到金山屯就直接上山了，他在山上自己盖了一间窝棚，和他的两只狗住在那里。对他的未婚妻宋玉凤，他也托人捎来话解除他俩的婚约。初听到这个消息，玉凤惊呆了。她难过得三天三夜没吃下去饭。其实自从得知张书礼打熊受伤的消息那天起，她就心急如焚，就想去汤原县里医院看看他，可是上边来的人却告诉她先不叫她去，这样对他养伤有好处。她还有点儿不明白来人为啥会这样说。听到他出院了，她高兴极了，盼着和日思夜想的人见面。可是他却迟迟没有在屯子里露面，听人说他到地区领奖去了。她就等着盼着，却盼来了这么个消息，怎能不令她心碎？她又隐隐听到屯子里私下有人议论，说他的脸被黑瞎子舔了，再也不是从前那个英俊的小伙子了。她也明白了他为啥不当老师了。可是他是她最心爱的人，她不在乎这些。她要和他生活在一起来照顾他。

玉凤要亲自找到他问清楚。两天后她就上山去找他了。可是她找到了他的窝棚，却没在窝棚里见到他，一直等到太阳落下山了，他也没出现。她惦记着还要照顾卧病在床的父亲，只好下山了。第二天她又上山来，窝棚里还是没人……一连几次都是如此，她心里明白了——他是故意躲着不想见她。最后一次上山来，她把嗓子都喊哑了，也没见人出来。

她是流着泪一步三回头往回走的，在走下一道山梁坡时，这几天一直躲在暗处注视她的那个身影在山冈树丛后出现了，他对着那个已瞅不清楚的人影喊话了："你以后不要来了，我不会再见你的！""书礼？书礼哥哥是你吗？你在哪儿？"她流着泪惊异地站下了。"你走吧，我们的婚约解除了，你找个好人家嫁人吧。"那个人影仍在树丛里说。"不，书礼哥哥，除了你，我谁也不嫁。"她狂喊着，要回身跑上山梁来。"你别过来，你别逼我，你过来我就跳下去。"她果然看见那道山梁头上是一处悬崖，树林子里一个身影正向悬崖边飞快移动，玉凤就停住了脚步。她知道他说到是会做到的。"书礼哥哥，你就狠心丢下我一个人吗？"那个身影依旧冷冷地站在崖石高处，背对着她。玉凤伤心欲绝，流着泪下山去了。直到看不见她的身影，他才回过头来。回过头来时，已经泪流满面了。

从此以后，玉凤姑娘再也没有上山来找过他。

没过多久，宋先生过世了，玉凤姑娘接了宋先生的班到屯子里小学去做了一名小学教员，开始了教书生活。

日子慢悠悠地过着，屯子四周的山青了黄，黄了青。一晃两年过去了，玉凤也没有嫁人。虽然已是二十五六岁的年龄了，可她的腰身还是该鼓的鼓，该凹的凹，一根黑油油的大辫子垂在腰际，还是吸引了屯子里不少小伙子的目光。她带过的班级，每当屯子里的孩子第一天入学来上课时，她总要给学生讲这样一个故事："从前我们学校里有一位男老师，后来成了打熊英雄……"每每讲到这里时，她的眼睛就会向窗外山上望去，不知道他现在在山上过得怎么样了。

宋玉凤每天回到家里批改完学生作业，一个人静下来时，心里便思念起那个山上的人。她就拿起一只鞋底来，开始纳鞋底。

她已经纳好四五双单鞋、棉鞋了，她知道在山里跑鞋一定穿得很费。她打算把这些鞋子攒到过冬时送到粮店郭撇子那里去，让他转给他，还不能告诉他是她做的，就说是郭撇子的老婆做的。反正郭撇子家吃过他打的不少狍子肉。

这天晚上，她又一个人坐在油灯下纳鞋底，不想煤油灯的灯捻火花一挑，一个人影顺着门边闪进来的风走了进来，吓了她一跳。她不知道这个人是怎么进来的，院子大门是让她闩好的呀。"谁?"等她看清来人，她镇定下来，来人是镇革委会副主任李麻贵。他正厚着一张胖脸嘻嘻对她笑："哟，还在想着那个张没鼻子呢。"他拿起她做的一只鞋子看了看："可惜呀，他不会再见你啦。""请你放下。"她有些恼怒。"多长的夜呀，你难道一个姑娘家不觉得寂寞吗?"他色眯眯地盯着她说，要放下布口鞋时，顺手摸了一下玉凤的胸脯。玉凤一惊，闪开了："李副主任，你再不走，我喊人啦。""别喊，玉凤姑娘，我只不过是来看看你有没有啥困难。有困难就吱一声。"他打量了一下屋子，嘴里喷出一股酒味来，而后摇晃着他那矮胖的身子走出了屋子，一边走一边还在嘴里哼出这样的小曲："月牙儿上五更呀，大姑娘……"他走后，玉凤狠狠地把院门用麻绳绑上了。一想起刚才那个人下流的目光和说的那些话，一股委屈和害怕让她含在眼里的泪珠子噼噼啪啪掉了下来。

却说头几年，屯子里人都挨饿，李麻贵却活得油光满面的。原来他把从张家偷走的那块狗头金拿到外边变卖了，有了钞票，他隔三岔五关在家里吃香的喝辣的。为此他还经常请工作队的人到他家里喝酒。每次出去开会，他都要买一条烟或两包红砂糖给那个外地的工作队长。这样工作队撤走后，他被推举当上了镇革委会副主任。肚子里有了油水，让他又有了别的想头。他那个比他大许多的白寡妇两年前已去世了，他又成了光棍一条。有时他欲火难耐，在屯子里见着大姑娘小媳妇他就动手动脚的，仗着他革委会副主任的头衔，许多人就像玉凤一样忍下了。

自从那天见过玉凤以后，他就打起了玉凤的主意。有两回他大白天来玉凤家里，手里拿着他去外面开会特意给玉凤买的一块花布和一双皮鞋给玉凤送来，但都被玉凤给扔了出来。这让他很恼火。他想自己虽然年纪大点儿，虽然是塌鼻子，可总比山上那个没鼻子的野人强呀！还有自己的革委会副主任身份，玉凤跟了自己还不是吃香的喝辣的。软的不行，他就来硬的。他想生米做成了熟饭，不怕她这个老姑娘不跟了自己。

有一天午后，他看见玉凤一个人上山去砍柴了，就尾随着跟出了屯子。到了半山坡的一片树林子里，玉凤停下来，弯腰拾起干树枝，瞅着玉凤丰满的臀部，他身体激动得不行，不等玉凤把捆柴绳解开，他就上去抱住了玉凤的后腰，摁到树林草地上。玉凤挣扎着喊救命，他并不害怕，这里离屯子远没人会听得到的。玉凤就绝望了。等他把玉凤缠在腰上的捆柴绳解开，又解开玉凤的衣服时，忽听林子里一声炸响，定睛看去，一只黄鼠狼子跳到他的头前立住了，前双爪舞动磕头作揖。他顿时头皮发麻，"妈呀！"一声惊叫，从玉凤身上翻滚下来，翻了一下白眼就口吐白沫晕了过去。

等他醒来时，地上的玉凤已不见了，只有一只软软的死黄鼠狼子躺在他身边。他吓得连滚带爬裤带都没系好就跑下山来。

一连在家蒙着毛巾躺了两日，过后他也搞不清楚那天上山碰见的是玉凤，还是黄皮子了。都说黄皮子是黄仙，是死去的女人变的，好迷惑人。一想起他以前跟那个死去的毛子女人那档子事，他身上就惊出了一身冷汗。从这以后，他经常犯抽风病，一抽起来就口吐白沫儿，两眼发直。渐渐地他身体开始消瘦下来，见了女人他也规规矩矩起来，不敢再动手动脚了。

可是狗改不了吃屎，规矩了一些日子，等到夜里想女人的时候，他就忘了抽风病。他还恨恨地想之所以会落下这病根，都是因为那次他碰玉凤闹的。不把玉凤占到手，他死也不会甘心的。

这天夜里，他悄悄爬上了玉凤家的墙头，跳进了院子。此时已是子夜时分，屋里的玉凤已经睡熟了，屋里漆黑一片。他熟练地划开门闩，摸了进去。他先是站在玉凤的头前看玉凤熟睡的样子，等身体激动得不行了，他就上了炕。玉凤惊醒了，不等她喊出声来嘴里就被他塞上了一块毛巾，她刚要挣扎着起床，双手又被他用布条捆住了。他刚要进一步动作时，只觉后背一阵发凉，刚想回头，裆部被踢了一下，"妈呀——"他捂着裆部滚下炕沿来，抽过去之前，他看见一张鬼脸在黑暗中冲他狞笑。

早上，有人在坟地里看见了李麻贵，他头插在裤裆里，像猴看瓜地跪在毛子女人的坟前。当屯子里拾粪的人给他解开绑着的裤腰带时，他露出的头还在往地上磕，嘴里念念有词："黄大仙饶命，黄大仙饶命，我该死，我该死，我再也不敢招惹您了……"

屯里人走了，他还在那里跪着。

8

从这以后，这个从前的李木匠——后来的李副主任，就变得疯疯癫癫的了，见着屯子里的女人就说："黄大仙饶命，黄大仙饶命……"屯子里的人都说他是被黄皮子迷住了。女人就冲他的身前吐口唾沫说："活该！"他的镇革委会副主任不久也被免掉了。

而自从那天夜里受到惊吓以后，他的阳物就彻底废了。没过多久，他的胡子、阴毛开始脱落，声音也变得像女人一样尖细了："黄大仙饶命，黄大仙饶命，小的再也不敢了……"他还日复一日从屯子里疯疯癫癫跑过，没有人再去留意他了。

终于有一天，他跑到河边再也没有回来。有个打鱼人在下游捞上他的尸体来，那尸体已变得发臭了。

李木匠死后，宋玉凤就在一天下午又上山了，她又找张书礼去了。这回她见到了张书礼，张书礼像个野人坐在窝棚前的一块石头上，头发、胡子老长，衣衫也不知多久没洗了，破了许多洞。那两只很老的猎狗陪着他，坐在他身边，嘴抵着他一双新换的鞋子。那圆口布鞋正是她给他纳的。

"你还来干什么？"他没回头，离老远就听出了她的脚步声。

"我是来找你跟我回去。"玉凤在离他十步远的距离站下了，并没有走近。

"我要是不跟你回去呢？"

"那我就跟你住在山上。"

"小学校的课也不教了？"

"不教啦。"玉凤决绝地说。

那个像木头一样的人影半天没动，后来缓缓地回过头来，长长叹息了一声，说了句："你咋就那么拧呢……好吧，回吧，不能耽误了孩子们。"那个人慢慢从那块山石上站起来，仿佛怕日头晃着眼似的闪了一下脸。

泪水像泉水一样涌出了眼眶，宋玉凤一听他这样说，就身子动了动，扑过去——扑到他的怀里，紧紧抱住了他，深深地抽泣起来……

山风掠过，树上的叶子都在一动不动地听着这哭声，一片
寂静。

等她哭够了，两个人一直静静地相依坐到日头落山，两人一
前一后走下山来。两条老狗也在他们的身旁一左一右，迈着软软
的步子走下山来。红红的夕阳在林梢头拉上了个大绒幕，收去了
它最后一道余晖……山就暗了下去，人影就暗了下去。

从此以后，玉凤依旧在小学校里教着她的学，张没鼻子白天
依旧还去山上打猎，晚上天黑时赶回来，所以白天镇上很少有人
看到张没鼻子的身影，那个身影对后来镇上的孩子来说是神秘
的……

没多久，他们的小宝宝降生了，那个婴儿的鼻子和张书礼小
时候一模一样，挺拔而英俊。

回 乡 记

　　治安民警赵保真在过年值班的时候，就跟治安二队的队长老吴说过一次他清明节的时候想回乡下去一趟，给爹上上坟。当时吴兴跃没有太在意，眼睛盯着值班室那台破电视机，嘴里嗯哼着："到时候看看再说吧。"吴队长没太在意是想到赵保真他爹死的时候他都没有回去过，清明烧纸他会回去吗？吴兴跃不太相信。

　　现在赵保真就真的又坐在了吴队长的对面，赵保真说："明天就是清明节了，我得回乡下去一趟。"吴兴跃盯着赵保真的脸看。赵保真的脸由于缺少睡眠严重苍白憔悴。吴兴跃盯了一会儿，移去目光，犯难地说："县城这阵子强化社会治安，队里人手本来就不够，都要去上坟，叫我这个队长怎么做？"吴队长犯难的样子很容易叫人产生同情，本来就紧巴的小脸挤成了一颗酸苦的山核桃。再有，就是吴队长将整顿社会治安说成是强化社会治安，是跟他老爹学来的。吴兴跃的老爹在伪满时期当过警察，给日本人做过事情。吴队长犯难的样子很容易叫人想起他老爹当初给日本人做事的样子。可吴队长是给共产党做事情哩。

后来赵保真就把那张诊断书掏出来了。吴队长接过诊断书，只见上面龙飞凤舞地写着："严重神经衰弱综合性紊乱官能症，建议休息两个月。"吴队长放下诊断书时，山核桃脸就像被什么东西砸开了。吴队长说："去吧，回去好好休息一下，乡下空气好，也安静哩。"赵保真转身离开吴队长屋子时，听身后的吴队长提醒他说药费现在百分之六十报销，又叫他把枪交给内勤小刘。

看着他走出门外的背影，吴队长默叹着无可奈何地摇摇头。吴兴跃想起两件事来：一件是那次和他到地区行署公安局去开会，会议是在他们报到的第二天下午一点半开。接连搞了半个月的通宵夜查防控，弄得他们很疲惫，当晚赶到地区那家小旅馆住下后，吴兴跃对他说，他早饭不吃了，中午叫醒他。吴兴跃睡得正香时，被人推醒了："吴队长，吴队长，起来，起来。"吴队长睁开眯瞪的眼一看表，十二点半了，赶紧起来和他一道洗脸、刷牙，之后拎着包就急匆匆往外走，在门口被人拦下了。拦他们的是旅馆门卫，门卫问他们干啥去。吴兴跃反问门卫："怎么住你的店外出开会还要告诉你一声啊？"门卫仍不急不恼问他们是几点的会，他俩说是下午一点半的会，门卫斜愣了他俩一眼说："现在才是夜里一点钟。"楼内灯明，他俩往黑咕隆咚的外面一瞅就傻了。第二件事就不光叫吴队长脸红了，还叫治安二队背了个处分。那是一次夜查，赵保真把一个女盗窃犯和一个卖淫犯的名字记混了，卷宗搞错了。劳动教养的材料报到检察院时被退了回来。当着赵保真的面，那个颇有几分姿色的年轻女卖淫犯讥笑地对吴队长说："用不用我脱掉裤子让他认一认啊？"

"神经紊乱综合征。"吴队长咕哝了一句，相信医生的诊断是对的。赵保真真是患上了这种神经病。吴队长打算在他休假回来后，建议分局把他调到办公室或后勤去。当然这是两个月以后该考虑的事情。下班前，吴队长又到内勤小刘那里去了一趟，看见赵保真已把他那把旧五四式手枪交来，叫小刘锁进了保险柜里。他才多少安了心。

赵保真交了枪，一个人踽踽地走出肇州县公安局大院来。上午阴沉沉的天气多少透着些冷意，街道两旁人工栽植的杨树还看不到有绿芽发出。在路上他还在想县人民医院那个神经内科大夫的话，一般脑力劳动的人好得这种病。警察算是脑力劳动吗？

路过一家卖祭品的商店，赵保真走了进去，这个时候买黄纸的人挺多。

赵保真腋下夹着一卷黄纸，手里拎着一包蛋糕和一瓶精装的白酒进家。老婆见了并没有问什么，只是说：“明天回去多在坟头前烧烧纸，求求他吧。”赵保真以为老婆这话的意思是她也想跟着回去，可吃过晚饭又听她说：“在坟前多念叨几遍我们娘儿俩的名字，替我们送送钱吧。不看僧面看佛面，小宾毕竟是你们老赵家的根。”赵保真听了说：“要不，我把小宾带回去吧。”老婆皱皱眉头：“小宾他还要上学呢，这几天不知怎么的，夜里老是被吓醒。”

赵保真结婚晚，四十岁了儿子才九岁。这天半夜里，果然听到小宾在惊叫：“别踩，别踩疼了……草。”赵保真一直没睡，摇着小宾说：“哪里有草？醒醒。”小宾仍闭着眼，手指胡乱地指着地下：“这里，这里，长出了草。”赵保真眼瞅着黑乎乎的地上，迷怔了一会儿……老婆惊醒了，把小宾搂进怀里，语气有些委屈地说：“都是我得罪的，别怪罪不懂事的孩子呀。”小宾安静了下来，又睡过去。赵保真下地摸出四五粒安眠药，一口吞了下去。

黑暗中传来老婆深长的叹息声……

　　次日早上，赵保真搭上那趟肇州县开往二井乡去的长途车回乡下去了。清明时节雨纷纷，路上行人欲断魂。往年这天不是下雨就是下雪，再不就是雨夹雪。可今年这一天却晴得出奇。那轮明媚的春阳从早上就跟着这辆破旧的大客车疯疯癫癫奔跑着，像一张妖艳的媳妇脸，在车窗外晃来晃去，慢慢就将车内的人晃热了。"天旱坏了。"听见车内有人这样说。一冬天少雪，大田里有农民在打井，那劳动的身影被车里人望见了，担心地叹口气说："恐怕是要白费劲哦……"

　　赵保真走下车来，脑子还在想着一个从前想过无数遍的问题：二井乡之所以叫二井乡，就是因为这个地方吃水困难，方圆百里别说是河，连臭水泡子都没有。人畜饮水包括浇地都得靠从深水井里打出的水。赵保真待过的二井村，听老辈人讲清末年间来的山东兄弟俩在这个村打下了两眼井，传说这兄弟俩要是有一个娶女人，这井就打不成了。这兄弟俩为打井打了一辈子光棍。到现在村里和附近相邻两三个村子人还在靠这两口井吃水。而别的村却怎么也打不出水来。这两口井一口在村东头，一口在村西头。只不过村西头的那口井头几年跳下去一个被逼婚的女子，村里人就不用这井的水了，一来二去这口井就干了。

　　赵保真走到二井村村头，先闷着头拐进了坟地里。坟地里有的人家已上过坟了。大大小小数十座坟堆中间最大的三座是村长家的，坟堆前已烧了厚厚的黑纸灰，有几根没燃尽的粗黄香头还在袅袅地冒着青烟。赵保真抬起头来向北边的村庄里望去，土黄色的视野里，几十座低矮的黄泥巴平顶房围着三间平顶砖房，那就是村长家。"狗日的，阴间阳间都占着先哩。"赵保真恨恨地骂了一句，就蹲下去寻自己家的坟茔。在坟地边上他找到爹和娘的坟堆，两个矮矮的坟堆长着凄凄黄黄的黄草，赵保真瞅着被风吹乱的几绺黄杂草蓬，像娘生前顾不上来梳理一下的头发，心就酸了，不忍心拔去。赶紧放下黄纸，把那瓶白酒打开，围着坟堆洒了一圈，又把蛋糕摆上，冲着坟头一头跪下去。赵保真想着自己带的黄纸足够烧出村长家坟前那么多的黑灰来，就跪在地上不紧不慢地烧起来。

慢慢地，一个背着日头的人影移进坟地里，在他的身后站下了："哟，我以为谁呢，原来是赵治安回来啦。"赵保真抬起头来，见是乡里包村片的民警李公安。"我说呢，刚传达完乡里防火通知，不会有人给我上眼药的。"李公安瞅瞅地下，赵保真把没烧完的黄纸收到一边去，等火慢慢地燃尽。李公安没有去瞅村长家坟前那堆黑灰，只是嘴里发出一句牢骚来："这天旱得好出邪火，真是不敢大意哦。"就又挪蹭着影子走了。

李公安刚走，矮粗的赵保水来了。赵保水瞧见他，嘴里对他说了一句："给你留着一块好地方呢。"赵保真瞅了瞅爹娘坟堆后面那点儿空地，自己要埋在这里恐怕只能露出馒头一样大小的坟包了，想到城里不允许土葬，一律火化，就说："留着给你自己用吧。"赵保真拿着没烧完的纸钱放在坟头上，用一块土坷垃压上。赵保水说："别踩痛了他们。"赵保真听了怔了怔神，想起昨晚小宾说出的话来。

晌午的阳光，明明晃晃从赵家兄弟两个脸上走过去。之后，两人就一前一后走进村子来。

赵家的老宅是两间东西相对的平顶泥房，歪歪斜斜的房身似乎承受不住一年一年加厚抹的黄泥巴墙，房顶上还晾晒着去年打下来的苞米粒，有两三只土灰色的麻雀在上面蹦蹦跳跳，叽叽喳喳叫着。已经腐烂变了色的窗框上挂着两串通红的干辣椒，裂着缝纹的窗框玻璃上横一道竖一道贴着黄纸条。老家的房子还是原来的样子，一点儿也没变。这样破旧的样子既让他有点儿心酸，又让他从心底什么地方涌出一股暖暖的东西来，让他感到亲切。

"大哥回来啦。"院子里站着一个衣着破旧但模样俊俏的女人，陌生而又有点儿意外地打量了他一眼。

"嗯哪。"他点点头，向东屋挪着脚。

赵保水一家住在西屋里，自从东屋里爹娘过世后就空了起来。屋里堆放着家具和种子等一些杂物，落满了灰尘。他往里探头，有两只老鼠大摇大摆地从炕上走过去，见到窗子外面的他只是挑逗地看了他一眼，他心里愤怒地笑了。

他走进去，把背兜放在炕上。弟媳过来一次，送来一卷旧被褥，再没露面。

傍吃晚饭时，大丫过来了，喊他："大大，吃饭啦。"他跟着大丫走进西屋，一家人已在饭桌前坐了下来，除了大丫，还有二丫和小宝，小宝比小宾大一岁，今年十岁。大丫十四岁，她给每个人盛完粥，孩子们就吱溜吱溜喝起来，大人则把嘴埋在粥碗里，尽量不发出声音来。"嫂子他们咋没回来？"弟媳问。他听出她口气里挑衅的味道，低着头喝了一口粥说："她工作忙脱离不开。""哦……"那女人还想说什么，被保水横过来一眼制止住了。

吃过饭，他想到村子里去转转，就走出了门。日头落下去，天将一抹橘黄涂在房顶和街道上。有村人和他擦身走过去，便认出他来，和他打招呼："咦，回来了保真。"他"哎、哎"地点点头，走过去却想不起来那个人是谁。

他记起来从前有个要好的伙伴叫石头，头几年回来听说在村子里开着一家食杂店，他想去看看他，顺便给孩子们买点儿东西。

来到村头上石头家开的食杂店，门板已关上了。窗口的洞眼却透着光亮，他上前去拍了拍门板，里边传出一声："谁呀？"他听出是石头，就说："是我，保真。"石头开了门，愣怔地望了他一眼后一下把他拉到里边去："你什么时候回来的？你有好几年没回村里来了，看我都快认不出你来了。"赵保真答道："后晌午，回来给爹娘上上坟。"石头手上沾着酱油，他不好意思地松开手，说："你先坐会儿，保真，我把这几瓶酱油兑完。"石头在往酱油里掺兑着凉水。看他稀奇，石头说："现在水挺值钱的，要一块钱一挑呢。"他回来已听说村里有人张罗打井，不过酱油总比水值钱啊，石头怎么能这么干呢？他默默地坐在一只塑料凳子上，等石头干完。几年不见，看着石头有点儿陌生了，不知该说点儿什么。倒是石头不断地在问他一些城里的事情，不过都是些油盐酱醋的事情，比如散装的白酒和散装的酱油的价格。听石头的口气，他将来还要开烧酒厂，是作为一个长远的目标来打算的，石头说得很兴奋。一句也没有提从前的事。赵保真听得索然无味。

从石头那里出来，路上他还在想，一个从前那么诚实的人咋会往酱油里兑水呢？他想起小时候石头他爹偷了生产队一根黄瓜，被石头告诉了生产队长，生产队长表扬了石头，他爹则被生产队长关了一星期学习班。回来后他爹把石头的嘴都用皮带抽豁了，问他还告诉不告诉队里了，石头吐着血沫子咬着牙说："还告诉。"后来邻居们知道了，说这孩子真是个石头，石头的名字就这么叫开了，倒忘记了他爹给他起的大名。可现在石头为什么在干着往酱油里掺水的事情呢？

走进自家院子里，见地上暗暗地蹲着一个人在吸烟。听见脚步声，那人回了头，是保水在等他。"孩子们都睡下了？"他问，赵保水说："都睡下了。"他把手里的一个书包两个文具盒递给弟弟："给孩子们的。"地上的保水说："书包大丫用不上了。""咋？她不念了？"他心下一惊。"念到头儿来有什么用呢？识几个字就行了，再说哪有钱给她破费？"保水发泄着什么气哼哼地说。

保水还一直对他当兵出去的事耿耿于怀，本来那一年保水也是有可能出去当兵的。报名体检时，保真和保水都报了名，可保水的名字后来叫村长划了下来。村长想起一件事来，就是那年他小儿子上学路上被人打了的事。村长找到保真问是谁打的，因为他儿子是被人蒙上眼睛打的，找谁谁也不承认。保真先是不肯说。后来村长说了："你要当兵吗？当兵就必须跟我说实话，否则就别去了。"保真想了想就说了。保真想一家人总不能两个都去当兵呀。村长当时对保真说了一句"我会叫这小子记住教训"的话。保真当时没完全明白村长说这话的意思，只是想到保水走不成了。如果那年保水当兵出去就好了，也能转业在县里弄个职位干干。

他默默无言，转身回东屋里躺下了。躺在又凉又潮的土炕上，他一夜没睡着。

二井乡有个老中医，姓郭。郭中医在方圆几十里是很有些名气的。此人不光给人看病，有时也给人相面。郭中医一边号着赵保真的腕脉，一边看着他的脸色说："你的脉很弱。"赵保真痛苦地点点头。

"夜里睡不着觉？"

赵保真复又点点头。

"房事勤吗?"

赵保真看到屋里有几个年轻的妇女,脸就红了。

"房事勤吗?你得和我说实话。"郭中医执拗地问。

赵保真脸红着摇摇头,想到老婆对他一个月一次的这种事情很不满意。

郭中医给他抓了几样草药,包在几个纸包里,又拿了一张黄纸,用笔在上面画了些什么,折起来对他说:"你把这个拿到家坟上烧了,药吃完再到我这里来看看。"

赵保真露出的一丝难色没有逃过郭中医的眼睛,他已搭上了另外一个人的腕脉说:"放心,李公安这会儿正在村长家里喝酒呢。"又补充一句:"你这种病是祖上遗传下来的。"赵保真又想起小宾的惊夜来。

赵保真从乡里回来,在坟上烧了那张黄纸,走进村子时正碰上李公安喝得身子斜斜摆摆地走出来,就想到郭中医算得真准。

村长在自家门前撒着尿,打着酒嗝儿说:"保真什么时候回来的?"赵保真冷冷地侧过身子想绕过去走开。"莫不是回来办案吧?怕我贿赂了你不成?"村长撒在地上的尿水散着一股酒气,正晌午的阳光照在头上,温吞吞的热。李公安的身影已在村外消失了。

赵保真停住脚,望了望村长手里攥着的那东西说:"你最好小心点儿。"村长被赵保真眼里射出的冷悚悚的光惊颤了一下,提上裤子缩着身子走回门里去了。

村长和二弟媳妇那件事,现在村子里的人差不多都知道了。二弟在村子里怎么活?他感觉有点儿对不起二弟,他是该为二弟出这口气的。想起那年夏天的事来，他就觉得有点儿窝囊。那个夏天他是回村来办案的，县公安局信访办接到二井子村一村民的举报，说村长奸污了他女儿。信是匿名信，证人迟迟不肯露面。农村就这习惯，一般是这类案子当事人打死也不肯说出来，家里人也怕传出去嫁不出去闺女，很少公开检举的。局里知道他是二井子村的，就叫他下来会同二井子乡派出所一起进行调查。他和李公安把村里有文化的村民都摸底进行了排查，进行了笔迹检测，也没有查出是谁写的。

　　一天晚上，他正坐在家里吃晚饭，二弟匆匆推开东屋门，满脑门子是汗地对他说："你弟妹叫村长那个畜生强奸啦！"他和正吃饭的爹一惊，撂下筷子就过到西屋里去看，二弟媳正在西屋里寻死觅活地要往房梁上系床单拧成绳上吊，他赶紧叫二弟拦下了她。他又跑出去叫来李公安在村长家门口守着，别让他跑了。等他回来二弟媳已经安静了许多，当着二弟的面他不好意思问她事情的经过，就把二弟叫到东屋来，问她在哪儿被强奸的，二弟说，是在村长家的苞米地里。他又问二弟媳咋会走到村长家的苞米地里去，二弟说："她去地里喊我回来吃晚饭，路过村长家的地里，就被村长拦下了，就……就被扒了裤子……"他盯着二弟问："这些都是她亲口告诉你的吗？"二弟点点头。他猛不丁问二弟："她怎么会告诉你这些？"二弟嗫嚅着难为情地说："你知道小宝刚满月，我从地里回来进屋就要和她做那事，她先不肯，我就扒了她衣服，见短裤撕破了，身上有抓伤的指痕，我就变了脸色……她这才嘤嘤哭着说了这事，那畜生狠着呢。"见他沉思不语，二弟急了："你咋问起个没完？你到底去不去抓那畜生？你不去，俺去！"他连忙按住了保水，连说："我这就去，我这就去！"

从家里出来，他先拐去了村长家的苞米地里察看。地里躺着两三根苞米秸秆，可并没有太大的厮打痕迹。他觉得这事有些蹊跷。等他从地里回来，快走到村长家门口时，李公安猫似的贴过来说："刚才我进去问过那个老家伙了，他说他在苞米地旁拦住你弟妹，只是想问一问你弟妹捡没捡到一个白金戒指，他的一个白金戒指在地里干活儿时丢了……"他从李公安的眼神中明白了什么，心里一沉，冷着脸对他说："你最好告诉他这几天老实在家里待着。"说完，看也没看李公安一眼就走了。他知道他前脚走开，李公安后脚也会离开那里溜回乡派出所睡觉去的。

过了两天，村长又在村子里露面了，爹怒气冲冲地问他："你咋不把那个畜生抓走？"他正在吃晌午饭，抬头扫了一眼忙碌的二弟媳，从她这几日躲避他的目光中，他心里已经有数了。这件事要报上去也只能算通奸案，咋的也咋的不了那个老东西。而且说出白金戒指是被她"拾"到了，保水一定会杀了她的。她也很清楚这一点，那天在她屋里没别人时，她哭哭啼啼地跟他说："大哥，你看着办吧，我不想活了，可小宝是你们赵家的根啊。"他自知理亏，结婚三年，老婆一直没有生育，他也不想让赵家断了后。

他说："还得再调查调查。"

爹说："调查个屁！再调查，老赵家先人的脸都叫你丢光了！"

保水也愤怒地望着他。

"总得调查清楚了呀，总得实事求是呀。"一句话激怒了爹，上去一把夺去了他的粥碗，啪地摔到地上去，怒气冲冲地冲他说："你给我滚！你马上给我滚！再别登这个家门，我们赵家没有你这个儿子，你这个不争气的东西！丢死先人了！"

他有些委屈地看了爹一眼，从东屋里拎上人造革皮兜，走出了家门。

在村口，他遇上了村长。村长背着粪筐在悠闲地拾着猪粪，胖胖的脸透着红光。

"吃啦？赵治安。"村长望见他讨好地打了一声招呼。

他没理他，低着脑袋往村外走。

"这就走了吗？"村长在后面又说出一句，"哦，也是哩，做事情总得实事求是呀。"

他站下了，回头憋住气吼出一句："我×你妈！"

村长在阳光下温和地笑了，笑着将一块干猪粪拾进筐里去。

回到县上他才慢慢想明白这件事。他想起许多年前村长说过的要教训保水的话，又想到他这回回去是调查村长奸污嫌疑案的。如果他不下去调查这件事，村长或许不会选择二弟媳作为骗奸对象的。村长是为了堵他的口，叫他从村子里滚蛋。结果那封告发村长的信就不了了之了。村长真会做，连那么一块猪粪都会捡在筐里的村长竟舍得拿出白金戒指来。村长真会做。

那年过年他特意请了一天的假，领着老婆和小宾回家过年。在二井子村村口，他被保水堵住了，"你们回去吧，爹不想看到你们。"保水冷冷地说。他们只好又挤上当天返回县里的末班汽车回去了。在车上就听老婆生气地抱怨说："他不愿见，我还不愿回来呢。别再指望让我和儿子回去看他。"赵保真知道老婆一向对自己家里耿耿于怀。当初他与老婆结婚是遭到家里极力反对的，因为在这之前家里已给赵保真订下了一门亲事，赵保真没有同意。赵保真不想让自己的后代再成为乡下人。结婚后赵保真只带着老婆回去过一次。依乡俗新婚媳妇过门后必须在婆家做上三天饭的，而赵保真的老婆一顿饭没做，只待了一天，抱怨身上爬满了虱子就回城了。爹说他给赵家娶了个祖宗，别再回来了，乡下人伺候不起。赵保真那时就从爹的眼睛里看出来，早晚有一天他要撵他们出门的，不再让他们踏进老宅的门。但万万没有想到爹会做得这么绝情，连死的时候都没有叫他回去看一眼。

丧事后，二弟叫村里人来县上传信，告诉他爹过世了，并说他爹临死前不叫保水告诉他，保水就没有告诉。他听到这个话惊呆了，随后就当着传信人的面默默流泪了。赵保真只觉得心里委屈，却又无法把这委屈向谁诉说，包括自己的老婆。那些日子他常常一个人发呆。老婆见了就说："人已经死了，你发呆有什么用呀！"赵保真知道没有用，却又忍不住发呆，并且落下了夜里失眠的毛病，常常从噩梦中惊醒，就像小宾现在这种样子。难道这种病真的就像郭中医说的那样会遗传吗？赵保真想不起来小时候看到爹娘有睡不着觉的时候。那时候干了一天地里的活计，一家人躺到炕上倒头就睡，个个睡得像头死猪，还打呼噜。赵保真对郭中医的话不太有信心起来，自己也对自己摇摇头。

午后的阳光暖和地照着村子的一切，蹲在墙根晒阳阳的农民，慢腾腾走在街面上的猪们、鸭们、狗们，一切都显得懒洋洋而又漫不经心。看到有人竟靠着墙根眯缝着眼睡着了，低着头走过去的赵保真真是又羡慕又嫉妒……

赵保真抱着一大堆药走进院子里，二弟媳吃了一惊："你吃的药？"赵保真点点头。

"保水呢？"他问。

"他找人上地里看看能不能打井去了。"

赵保真觉得明亮的日头在头上晃了晃。

傍晚，保水领着打井的人走进家门来了。这是一个三十七八岁的外地农民，姓刘，粗粗壮壮的个头，胳膊上绷着疙瘩肉坨，一看就很有力气。

"能打吗？"

"我看行。"

保水媳妇给那人端水洗手、洗脸。保水又小心地说了一句："这地方出水可困难哪。"

打井人看了保水媳妇一眼，说："村长家地里的井今天可打出水来了。"

赵保真听到了，想起了村长家今天中午为什么摆酒请客来，狗日的，有福命哩。

保水要留打井人吃饭，打井人摆摆手说："不打井俺从来不在人家里吃饭的。"保水想了一下，一咬牙说："那就明天来打吧。"

接下来两人站在院子里小声谈着价钱。讲到每天七块钱，两人都同意了。打井人就走了。

第二日早起，保水吞了两口饭就起身牵着马往外走。赵保真跟了出去："打井我也去吧。"

保水一斜眼："不用，雇他呢。"

"那俺就到田里去看看能做什么。"保真又说。保水不再吱声了。

出了院，两人一前一后往村外田里走。走在路上，保水在头里问："你吃药呢？"

他"哦哦"地说："没啥大病，就是夜里睡不着觉。"

保水听了忍不住讥笑了一声说："轻省的呢。"

保真听了脸红了，像被东边刚冒出脸的日头映红了脸。

村外的田里已有早起的农人在做活儿了，一家家男人有的在前边扶犁，有的在后边撒种……保水家的田里空落落的。

过了一会儿，打井人把工具家什带来了，保水和他在那边忙活了起来，铲起的土被风刮着围在他俩身前身后打转转儿。一粒尘土迷进了立在一边的保真眼睛里，他用手揉了半天才揉出来。

"保真哥回来啦？"

他睁了睁眼，见邻地里一个村妇在同他打招呼。他认出她是淑坤来，就脸红了一下：

"哦，嗯哪……你下地哪……"

"嗯哪。"她牵着一头牛站在那边的地里。

回来他已听说了淑坤的男人在前年得病死了。他听了心里"咯噔"一下，不知是为自己感到庆幸，还是为淑坤感到悲哀。如今她一个人拉扯两个孩子过，两个孩子还很小。淑坤一直等他等到二十八岁才结婚，家里人一直认为是他把淑坤给耽误了。以前他每次回来，淑坤总是到家来看看。这次为什么没来？他忽然明白了，寡妇门前是非多。他愣愣地站在那里，不知该和她说些什么好。

"天，太旱了……"

淑坤的眼睛望着干燥的苞米地垄愁苦着脸说。那边打井人已和保水把井架支杆立起来了。

"保水这是在请人打井吗？"

"嗯哪。"他点点头。

"不知能不能打出水来。"淑坤自言自语地说，眼睛一直朝那边望着。

"听说村长家的地里已打出水来了，这不，让他打打看吧，兴许真能打成呢。"他说。看见她眼睛里闪亮了一下。

看见保水媳妇背着苞米种子走进地里来，他就走过去。

保水媳妇赶着马在前边耕垄，他跟在后边撒苞米种子。撒了几根垄后，保真就有些气喘吁吁跟不上趟了。保水媳妇停住扶犁，用绿头巾抽打抽打身上的土。

保水朝这边走过来，看了一眼邻地说："那是一个能干的娘儿们。"

淑坤在那头老黄牛身后一边扶犁，一边弯腰撒种。淑坤很能干。他望着那边想，淑坤如果不生在乡下，他也许会娶她。可是生在乡下再能干有什么用呢？庄稼人是靠天吃饭的，淑坤的汗水可能会白流。他扫了一眼干燥的地垄，默叹了一口气，撒回了目光。

晚上淑坤过来了。淑坤是来找打井人明天给她看看她的地里能不能打井。打井人答应明天给她看看。淑坤看到院子里铁炉子上的砂锅里煮着汤药，问："谁生病啦？"大丫说："大大。"淑坤就看过来一眼，目光中透着一种关切的询问。他说："没什么，就是夜里常睡不着觉。"淑坤愣了下神，说："你咋会得这种病呢？我说你这趟回来脸色不大好。"他没说什么。等淑坤走后，保水说了一句："我看她久病成良医啦。"他知道这话是指什么。

夜里躺在炕上，他脑子里还在想淑坤的男人得的是什么病，卧病在床两年，她是怎么熬过来的……半夜里又被一个噩梦惊醒，醒来再也没有睡着。身边躺着打井的汉子，打着很响的呼噜声。

吃晌饭时，打井的刘把式回来同保水商量一件事："你看这样好不好？上午给你家打，下午给她家打，工钱减去两块，要不等给你家打完再给她家打，怕是她家里的地要旱死了。反正两块地挨着也方便。"刘把式瞅着保水的脸色说。保水想了想说："行吧。"等刘把式放下筷子走出门去，保水媳妇酸酸地说："就你这么好说话。"保水没吱声。

保真觉得自己该说一句话，就说："她一个寡妇家带着孩子也不容易，再说两块地挨着也挺方便的。"保水媳妇越发声酸地说："是挺方便的，要不夏天铲地咋会铲到一块儿去呢？要不秋天收苞米咋会掰到一块地里呢？别说是人，连牛和马都常常在一个槽子里吃食哩。"保水横了他女人一眼，吼道："你胡咧咧个什么？别惹我揍你！"她这才没有再唠叨下去。保真也听出了什么就不好再劝说什么了。想保水帮她也是念记着她以前对自己家里老人的好处，觉得欠着她点儿什么。看来保水媳妇对保水还是很用心的，一个对男人不用心的女人是不会说出这种吃醋的酸话来。

刘把式下午去淑坤地里打井，晚上就在她家里吃饭了。只是晚上还过赵家来睡觉。刘把式有些不好意思地跟保水说："要不再减掉一块工钱？"保水一挥手："算啦，一个寡妇家也挺不容易，还计较什么？"刘把式听了若有所思地收住了口，没有再说什么。

说者无心，听者有意。一天吃饭时，保水媳妇问起刘把式家里的情况，说："这么长时间了咋也不见你提起家里的事？家里还有什么人？"

刘把式说："原来家里只有老娘一个人，几年前刚过世，家里就再没啥人啦。"

保水媳妇："这么久了，咋没成家？"

刘把式说："头些年跟着老娘在家里种地糊口，日子过得挺难的，没钱说媳妇。这些年打井在外头跑，也没心思成家，再说谁愿跟咱遭罪哩？"

保水媳妇思量了一下说："我们村子里倒有个合适的人，男人过世了……"

刘把式一听到这脸就红了，摆手说："莫讲莫讲……羞煞人了。"

下午刘把式去打井，保水上地了。

保真喝完药一个人独自在院子里呆站着。保水媳妇在他身后说道："你看这事成不成……""呃？"他转过头来，明白了她中午话里的意思。"俺看这刘大哥有这份意思呢……"他盯着她说："你真的不放心保水？"

二弟媳一听，眼圈就红了，叹息了一声说："唉，谁知道呢？有些事情羞得说出口。你不知道，自从那件事情后，保水天天夜里做那事都打我。你看看这胳膊上青一道紫一道的都是他掐的。"女人撸起袖子给保真看，胳膊上果然青一块紫一块的掐痕都瘀了血。

保真暗暗吃了一惊，以前他一直以为她是一个刁钻尖刻的女人。

"唉，也怨不得他呀，乡下男人哪一个不是这样的呢？"女人叹了一口气，又转身进屋干活儿去了。

保真想起上午到老中医那儿抓药，看到东村一家两口子在那里看病。那婆娘鼻脸被人打得乌青，吊着一只胳膊。她流着泪在央求郭中医给她男人看看病。她男人，那个保养得白胖的中年农民，呆呆地坐在椅子上，目光空洞无神地打量着眼前的一切。听他妻子诉说仿佛在听谈论别人的事。而他妻子恰恰是被他打成这个样子的呀……"唉，为什么不离婚呢？"听旁边有人同情地议论说。赵保真这才知道那人是一个间歇性精神病人。

夜里躺在炕上，听西屋传来了沉闷的声响，是拳头砸在身体上发出的声响。他知道保水又在打她了。一定是二弟媳向他提起了做媒的事引起的。他看了看身边，刘把式睡得正香，发出一串酣畅的呼噜声……过了一会儿，传出二弟媳压抑的哭泣声，是用被子捂住了嘴发出的，他不得不用被子捂上了耳朵……黑暗像一只怪兽磨着牙齿刺激得他心发颤……

　　早上起来，保水媳妇脸上看不出一点儿哭过的痕迹。她平静地给他们做饭、盛饭。他慌慌地接过她递过来的饭碗，不敢去看她的脸。

　　白天，在地里，他把保水叫到村外西下洼子地边的坑里。他俩小时候常到这里来玩。逢春天雨水多的时候，坑里积上了水爬满了蛤蟆，他常带着保水来捉蛤蟆。而现在坑底里干干的，如同他们两张阴沉干燥无声的脸。

　　"你不要打她啦。"他说。

　　"是她同你讲的？这个不要脸的臭娘儿们……"保水一急愣眼说。

　　"不是，是我夜里听到的。"

　　保水冷着脸不吱声。

　　"你不答应我吗？那么好吧，我现在就去把那个畜生宰了。"

　　保水冷冷地瞅着他，讥讽地撇着嘴说："你敢吗？"

　　他嗖地抽出早上出来时揣在怀里的一把菜刀，就要冲出坑去。

　　保水一见脸就白了，硬挺着的身子软了下去，一捶头蹲下身去，在地上抱头呜呜地哭起来："你疯啦……爹呀，你死得窝囊啊！"保真愣愣地站在那里，手里的菜刀咣啷一声掉到了地上，矮下身去，抱住了保水的头说："兄弟呀，你要打就打哥几拳吧，是哥窝囊呀……"软绵绵虫子一样的泪爬过了脸上，洒落在衣襟上。

蔫蔫的太阳，无声地照着坑里蜷缩的人影。远处的大田里，农人忙种的身影在一点一点移动，温和的阳光普照着这一切……

天气一天比一天暖和了起来。春天的季节是一场雨一场绿。而这个缺少雨水的春天让二井子村的农民看不到一点儿绿色的影子，村子里那几棵歪脖榆树、柳树，干巴巴地摇晃着秃秃的树枝，仿佛在向老天爷乞求着什么。地头上的蓬蓬草只有伏下身子仔细去寻找，才能看到一点点小得可怜的绿草芽。下地的农民再也不能像往年这个时候总能从地里捎回一些婆婆丁之类的蘸酱野菜或猪吃的嫩草。散放在村子里的猪们只好拱地里的煤块或虫子之类的东西吃，屙出来的屎又黑又臭。"这天气旱得真邪性，从来没见过这么旱的天气。"农民发着牢骚抱怨说。种完了大田的农民显得无事情可做，又聚在村子里晒阳阳。村子里除了村长家的井打出水外，还没有谁家的地里打出水来。这也是村民焦急而又失望地议论的一个话题。"听说村长把他家的井水涨到一块五一挑啦。"有的农民说。"他就是不涨，我也不会去他家的井上去挑的。"有人赌气地说。"村子里那口井村长也会很快让村委会涨到一块五的。"有的人担心地说。"老天爷好像向着村长家似的，让他的井水涨价，为什么不让别人家地里打的井出水呢？"村民叹着气，好像他们天生就该受村长家的气。

村长提着粪筐走过来，村民就不作声了。等他走过去，就有人说："明天我把猪圈起来，看他还拾个鸡巴毛。"别人跟着附和议论着。

保水天天上午和刘把式到地里去打井。保水想早点儿把水打出来。保水是在跟村长赌气。保真很担心地想到万一保水家地里的井真的打不出水来，保水会怎么样呢？

上午保真喝了药，就立在院门前晒阳阳了。温热的日头晒着他一张苍白虚浮的脸，胡须有几日没有刮了，蓬松地挓挲着。

李公安远远地晃着身子走过来。李公安看见他呆立的身影说："还是城里警察轻闲，不像我们整天忙得跑断了腿。"

他看了李公安一眼，说："我在休病假。"

李公安眯缝着眼瞅着他的脸说："不耽误吃不耽误喝，你在休病假？蒙孙子呢。莫不是在'蹲暗点'吧？"最后一句压低了声音。

他说："我真的在休病假。"

"你有什么病？"李公安已闻到了院子里飘来的中药味儿，疑惑地问他。

他不想在这个问题上跟李公安纠缠下去了，就引开话题问他："你干什么去？"

李公安晃了晃手里的一张白纸封条说："这不刚刚把石头那小子抓进派出所里，再把他的小卖店封了。"

"他犯了什么事？"保真一怔问，光凭他往酱油里兑水，是犯不着进派出所的。

李公安说："这小子挣钱挣疯了，用工业酒精兑水当白酒卖，这不有两个已喝得躺倒在医院里了，有一个人要够呛，不死听说也得变成植物人啥的，像庄稼一样，光能活着不能说话。谁会想到这个家伙会这么胆大包天地干呢？"李公安摇了摇头，撇着步子走开了，边走边不住声地叹息："这年头，真他娘的叫人混账……"

保真怔怔地望着那个一点一点小下去的背影，觉得日头在头上晃得有些晕，反身走回院子来。院子里没有一个人，弟媳和大丫挖猪野菜去了。他走回东屋躺下来，谁知竟迷迷糊糊睡着了，

279

恍惚中听见西屋有异样的动静，开始他以为是保水回来了，没有在意。接着传来弟媳压抑的哀求声："别，别，求求你，别……"听到大门响，他起来了，独自走出大门口，外面一个人影也没有。

他刚要抬脚走回来，脚下被什么东西硌了一下，挪开鞋底低头看去，见是一块干猪屎。这截干巴的猪屎静静地翻落在地上，他盯了好一会儿，猛地抬起一只脚，狠狠地将这截猪屎踢飞到一边去。

回身，院子里的保水媳妇惊慌地掩饰着什么，避开了他的目光。

"保水回来啦？"他问。

"没……"

"我听见门响，以为他回来了。"

"是一只该死的猫，想来偷吃东西，被我打出去了。"女人平静下来恶狠狠地说。

"哦。"他相信了她说的，不再瞧她了。

中午，保水他们回来吃饭。在饭桌上，他蔫蔫地说出一句："石头被抓走了。"保水听了，说出一句："一个那么实诚的人也学奸了，这鬼日的世道。"保水媳妇也跟着叹息了一声。热烈起来的日头平静地照着他们的脸。保水脸闷闷的还在想着打井的事。

赵保真在郭中医那里又碰上了那个患间歇精神病的男人，还有他的女人。那个女人头上缠着绷带，绷带上渗着干干的血迹。女人跪在地上，对郭中医说："郭大夫，求求您，治好他的病吧，要不我也得被他打死了。"就听身边有人议论："瞧瞧多惨，都离婚了，还被他撵着打成这样。"又有人说："告他，咋不到法院去告他？"有知情的人说："告啥？没用，精神病人打人是不负法律责任的。"赵保真怔怔地听着这些。等他俩走后，郭中医叹着气摇摇头说："我本想以毒攻毒开给他一个药方，谁知他反而加重了呢？"郭中医通俗地跟人解释着，话里有些自责。

赵保真坐下后，眼睛看了一下那张药方，见上面有几味药与自己药方上的药是相同的。

"你感觉怎么样啦？"郭中医问他。

赵保真摇摇头，说："还不大好。"

"觉还睡不着吗？"

赵保真点点头。

郭中医又给他摸了摸脉，随后又给他开了几样药。赵保真看见郭中医将那个男人的药方团成一个团儿，扔在门边一个垃圾桶里了。

走回来的路上，赵保真还在想着那个男人的病，自己会不会发展成那个样子？他惊出了一身冷汗，不敢往下想。那个女人缠着绷带的脸总在他眼前晃来晃去。

在村口，他又遇上了拾粪的村长。

"赵治安，忙什么去了？"村长嘿嘿地冲他笑着打招呼。

他好半天才反应过来，盯着他背上的粪筐说了一句："你最好别让我再看到你。"

村长收住了笑，盯着他手里的药包看。村里人很少有谁去郭中医那里开药的，看来他是给自己开的。他开这么多的药回来干什么呢？村长看不出他得了什么病，有心想问一下，见他瞧也不瞧自己一眼，走开了。

"猪屎！"村长在他走过去时说了一句。

他听到了，身子颤晃了一下，一点一点走远了。

保水上地去了。院子里，弟媳和串门来的淑坤在谈论着什么。见他进来住了口。淑坤脸上隐着一点儿红晕。淑坤手里拿着一件灰褂子，肘部破了一个洞。他认出这是刘把式的。

"还没打出水？"

"没。"淑坤瞧见了他手里拎着的药包，问，"你抓药去了？"

"嗯哪。"他默着脸，答道。

"你的气色越来越差了。"淑坤瞅着他的脸色关切地说。

"唉……"他叹息了一声，不知是为自己的病，还是为两家地里的井至今没打出水来。

淑坤坐了一会儿就走了，他送出门外来。

"心病不能光靠药治。"淑坤回头瞅了他一眼说了一句。

他一时无言，有些发慌地看着淑坤。淑坤说得很准，淑坤并不知道他得了什么病，可是淑坤说得很准。

这一夜躺在炕上，他还在想着淑坤的话，不知不觉睡着了。可是他又被一个噩梦惊醒，他又梦见了白天见过的那个精神病男人，惊出了一身的冷汗来。

村子里的那口井终于涨到了一块五一挑。保水挑水回来生气地摔着扁担骂道："我日他祖宗的，骑人脖颈拉屎呢。"尽管这样，村里那口井还要天天起大早排队去挑。保水不去，保水天天早上打发大丫去排队，排到了再回来喊他过去挑。往往这时太阳已经升得一竿子高了，耽误了地里好多活计。保水的脾气越来越暴躁。保真偷偷看到过保水媳妇做饭时挽起袖子胳膊上露出的青一块紫一块的掐痕。

保真问过刘把式："这井还要打多久才能出水？"

刘把式短叹了一声说："俺也不知道，打了十多米深了，还不见水层呢！"

保真说："村长家的咋说出水就出水了呢？"

刘把式一听像被人揭了短，愧疚地低下了头喃喃地说："早知道他这样贪心，俺就不给他打了。"

保真不再说什么。

乡长带着乡里干部到二井子村抗旱过一次。乡长他们走后，村长家的井又有了说法，凡是五保户和家里没有男劳力的人家可以去他家井里白打水，而村里的井还依然收费，说是为村里打井抗旱集资。过了两天乡上广播站就播出一篇表扬村长的广播稿，题目叫《饮水思源话抗旱》，说二井子村村长打井不忘村里人，带领全村人共同致富云云。

村里人听了广播就聚在一堆议论："狗屎，真能给自己摘花戴。"村长斜着八字步拾粪走过来，说："说谁呢？"说的人忙改了嘴说："说狗呢，这年头狗都渴得撒不出一泡长尿来了。"村长听了就说："是哩，是哩，狗屙的屎也不多了。"众人听了就掩嘴笑。议论归议论，瞅见淑坤挑水过来，就有人怪声怪气地叫："你白天吃水夜里思不思源啊？"淑坤听了，脸就红着加快着脚步挑水走开了。又有人说："人家有汉子给打井呢。"众人又想到了别处，哧哧就笑。村长听了，脸沉了沉。村人知道村长在想什么。他一定在想全村人家都打不出井水来才好呢，就像全村的粪便都由他一个人来捡一样。

村长挪着方步走开了。

"这个贪心的家伙。"有人在背后说了一句。

有两只乌鸦不知从什么地方飞来，落到村子里蔫蔫的榆树枝头上，"呱呱"干叫了两声飞走了，似乎看出这个干旱的村子不

283

是它们落脚的好地方。

刘把式晚上回来得越来越晚了。赵保真知道他是从淑坤那里回来，闭着眼睛装作睡了。听见他轻手轻脚地上炕，脱衣躺下。有一天夜里，他听见刘把式躺下了好久还在翻来覆去地翻身，就睁开眼睛问了一句："你还在想打井的事吗？"刘把式叹了一口气，说："我不想再在这里打下去了。"他一惊，问："为啥？"刘把式答："我害怕见到村里人看我的眼神，好像我是一只只会溜须村长的狗。"赵保真就安慰他道："这怨不得你。"刘把式没说什么，叹了一口气。他知道刘把式心里还想着别的事情。刘把式不愿让淑坤到村长家的井里去挑水，有两回他看到刘把式到村头那口井去给淑坤挑水，刘把式花的是自己打井赚来的钱。

刘把式现在对自己也变得越来越没有信心起来，早晨起来听他同保水小心商量："是打下去，还是停了？"保水一咬牙说："打！"

又过了几日，保水从地里回来，阴沉的脸像被日头照开了一样发亮。保水一进院就说："打出水来啦！"正做饭的保水媳妇扔下手里的活计就往地里跑去看。回来，保水已买了酒，还有猪头肉。保水叫保真一道和刘把式喝起来，保水喝了个酩酊大醉。

醒来又过地里去看，井边上围了许多人。保水对村人说："你们以后就来打水吧，俺的水可不像那狗日的，不收钱。"村人一听，纷纷去家里取来桶、盆，一下午将地里的秧苗踩倒了不少，可保水脸上依然挂着灿烂的笑。

到了晚上，井底里的水掏干了，保水趴在井边慢慢看水浮上来，可是看了半个时辰，才浸出半碗水来。保水就从淑坤地里把刘把式叫过来看，刘把式看了一眼低沉地说道："这井的水层太浅了，一家人用还可以，多了人家用就干了。"刘把式一指淑坤地里的那井说，那口井也会是这个样子的。保水听了脸又阴沉下来，想着下午说出去的话，村里人会怎么看呢？

过了两天，村长在村子里堵住了保水。保水想绕过去，可是已来不及了，只好硬着头皮走过去。"听说你打出的井水不要钱，咋不见村里人去挑呢？"村长眨巴眨巴眼说。

保水听了，脸一白一暗的。

村长又说："驴屙的屎还有干有稀呢，别瘦驴屙硬屎啦。"

保水磕磕绊绊地走了。

刘把式只收了保水一半的工钱。刘把式说什么也不要另一半。保水就说："那你还住在这里吧。"刘把式想想淑坤家那口井还得两天才能打出水来，住在她家也不方便，就留下住了。没想到，在淑坤家的井打出水的当天，刘把式被乡里派出所抓去了。

那天晚上，保真刚要宽衣躺下，淑坤披头散发走进东厢房屋来，说："刘哥被李公安抓去了。"

赵保真一惊："为什么？"

"他打了村长。"淑坤气喘吁吁地说。

"他为什么打村长？"赵保真看她衣衫不整，心里明白了几分。果然停了一会儿，淑坤抬起头来哭泣着说："村长他欺侮了俺……"

原来晚上她在家做饭时，村长来了。村长说："你地里的井今天出水了，用不着我井里的水了是不是？"淑坤点点头。"可我的水也不能白叫你用了，浇田还喂一块好庄稼地呢，你说是不是？"她不知村长要干什么，有点儿茫然地瞅着他。村长就过来动手动脚起来。村长边动手动脚边说："你总得让我用一回，不然我太亏了是不是？"村长刚说完，头就被人从背后击了一拳，村长像条笨狗被打倒在地上，头抢在锅台角下砖地上。村长爬起来捂着脑门说了一句："好……你小子等着，别走。"进来的人是刘把式，他刚从淑坤地里打完井回来准备吃饭。

赵保真听完，问她："你能和我去乡上派出所做证吗？"

"俺能。"淑坤点点头。

早晨去乡派出所，赵保真把李公安叫到屋子外面，问他："你们昨晚抓的那个人呢？"

李公安说："在拘留室里关着呢。"

赵保真说："你们要怎样处理他？"

李公安说："他打了村长，村长现在还在乡卫生院住院呢，怎么的也得拘留十五天呀。"

赵保真说："你们没问问他是怎么打的村长？"

李公安眼睛躲闪着说："我看他是争风吃醋，狗拿耗子多管闲事。"

赵保真正色道："话可不能这么讲，人家可是有证人哩。"赵保真往院子里那边站着的人影一指说。

李公安看了看畏畏缩缩站在那里的淑坤，就认出她是二井子村的。

李公安停了一会儿说："我们还得调查调查……"李公安转身时叹了一口气，说："真是寡妇门前是非多。"

赵保真就和淑坤回去了。走在回村的路上，赵保真对淑坤说："他们会放了刘把式的。"

淑坤听了没吱声，好像还在担心着什么。

下午，刘把式果然被放了回来。傍晚时村长也在村子里露了面。刘把式见了咬着牙根恨恨地说："我恨不得杀了他！"赵保真听出了刘把式话里的委屈和气愤，问及缘由，这才知道刘把式被派出所扣去了几个月来辛苦打井挣来的工钱，说是包赔村长的医药费。赵保真一听就呆愣住了……与其这样还不如蹲十五天拘留呢。赵保真又有一种被人耍弄的感觉。

当晚刘把式收拾起背包就要走，赵保真忙拉住了他，叫他等等。赵保真出门去了淑坤家，一走进门就问："你能和我去县上公安局做证吗？"淑坤怔了怔，而后摇摇头叹息说："人已经放出来了，就算了吧……俺以后还要嫁人呢。"淑坤这样一讲，赵保真就蔫蔫地拖着步子走回家来了。

赵保真想留刘把式住一宿明天再走也不迟，可是刘把式说："我一刻也不想再在这个村子待下去了，这个地方叫我感到讨厌。"赵保真讪讪地放开了手，知道他挺失望也不好再强留他。送他出院外，看他一个人走向村口上路了。黑沉沉的夜色很快吞噬了他孤独、沮丧的身影。

第二天，赵保真在村子里遇见了村长，村长问他："那个打井的家伙都向你说了什么？"

他瞧着村长阴阴地说："他说他想杀了你。"

村长就笑了。村长向路过的两个村民说："你瞧瞧他说了什么，他说他想杀了我？真是大白天在说梦话，这个井把式真有意思，真是个敢吹牛皮的家伙。嘻嘻！"

村长挎着粪筐走过去，还在笑着。村长短粗的脖颈子肉褶也跟着笑一颤一颤的。村长头上那条染着红药水的白纱布条在刘把式出来的当天就从头上摘去了。

赵保真又去了乡里郭中医那里。郭中医说："你总不会比他还严重吧？"赵保真知道郭中医指的是那个间歇性精神病男人。

287

据说他最近吃了郭中医配给他的两服中药，病情已有所好转。赵保真神情恍惚地说："我越来越睡不着觉了，脑袋里像有人用钉子在扎，整夜整夜睡不着觉太痛苦了。"

郭中医又给他号了号脉，随后又用一个小手电筒照了照他的眼睛。

郭中医看后叹息地摇了摇头："你究竟受了什么刺激？究竟为什么事情想不开呢？"

赵保真木然地听着。

郭中医又给他加了几味药。他提着药包走出来，出来后他又去了街上另一家药店，他心里记着郭中医上次开给那个男人的药方，把自己药方上没有的那几味药开齐了。

回来，他没有用弟媳熬药，他慢慢地蹲在院子里把药熬了，又慢慢地将药喝了。辛辣苦涩的药水流进胃里时，他打了一个饱嗝儿，险些吐出来。

阳光款款地流淌在院子里，宁静中他闻到了一股猪屎味，飘香飘香的……

村长胖胖的身躯泡在自家的井里，白白光光的，像一头煺去了毛的猪。一早上来挑水的人看到了发出一声尖叫，划破了早晨白雾中的宁静。村长的衣服盛在那只吊上来的粪筐里，筐里的粪显然都扬撒在井里了。

"瞎了一口好井。"围聚在那里的人有人这样惋惜地议论说。

李公安赶来后像驱赶苍蝇一样轰走围在井口上的村人。

过了一会儿，派出所长和另外两个人来了。来的另外两个人里一个人拿着相机，围着井口左一下右一下"咔嚓、咔嚓"地在拍照。接下来又组织人打捞。村里人这才轰地吓跑了。

田地里的警察一直忙活到下午才离开。

"这回叫那狗操的喝个够。"保水幸灾乐祸地说。

晚上，保水又喝了酒。保水问保真喝不喝，保真摇摇头。保水这回一个人喝了一瓶大高粱，醉得像个死猪一样。夜里保水的呼噜声在西厢房里打得山响。

李公安进保水家来调查。李公安对保真、保水兄弟俩说："村长是被人害死的。"李公安自己也觉得说了一句废话，就住了嘴。

"他该死。"赵保水说。

李公安瞅了瞅他，本想提醒他点儿什么又住了嘴，随后眼睛又瞟向保真："是什么人杀死了他呢？"

"他该死，我还想杀了他呢。"又是保水解气地说。

李公安觉得他在说气话，没搭理他。又问他俩上回住在他们家里的那个打井人上哪里去了，家是哪里的，家里还有什么人……

保水说："我不知道，你最好找到他本人问问去。"

李公安又转向保真："我们是同行，你该帮帮我。"

赵保真痛苦地指着院里炉子上的汤药说："我还不知道要谁来帮助我呢。"赵保真说着说着就抱起了脑袋，一副挺痛苦的样子，有透明的黄汗珠儿从他脑门上滚落下来。

李公安看他的病有些重了，不好再多问什么，就退了出来。李公安始终闹不明白他得的是什么病，不过一个人把那么一大碗苦汤药憋住气喝进肚去，的确是件痛苦的事。李公安相信他病了，而且病得不轻。想到他那痛苦的样子，李公安还真有点儿为他担心。

一连几日，李公安像条狗似的在二井子村里到处巡视。据说他一直在向村里人打听那个打井人的去向。可村里人没人说得清他老家是哪里的，有的说他是吉林扶余那边过来的，也有人说是从辽宁那边过来的。后来终于从别的村子一户打井人家那里打听到了他老家的下落，李公安就找去了他老家，可他老家村子里的人都说，只有每年清明看见他回一次村里给他老娘烧过纸上过坟外，再没看到过他回村里来。去了哪里老家的人也不知道。李公安只好回来了。

"他会去了哪里呢？"这日在村子里当街碰上赵保真呆呆的身影，李公安走过来自言自语地说了一句。天气已经很热了，可赵保真还穿着春天回村来时的那身厚便服，胡子也有好几日没有刮了，再加上消瘦，一下子像老去了许多。

"你还在找刘把式？"

"他说过要杀了村长的话啊。"

"我还说过要杀了村长的话呢。"赵保真说。

李公安回过头来盯着他看。李公安就想起十年前他们进村来查村长奸污那桩案子来……他当时是说过要杀村长的话，可他知道他那是说的一句气话。事实上十年过去了，他连村长一根毫毛都没有动过。

"你不敢，你那是说的气话。"

他一哆嗦，像怕阳光刺痛了眼睛似的转过脸去。

李公安觉着自己说中了他的要害。李公安转身走时又说了一句"猪屎"，就走开了。

赵保真走回自家的院子来，一挥手把坐在炉子上沸沸扬扬的冒着气泡的汤药砂锅推到地上，打碎了，滚烫的汤药渣水洒了一地。

日子不知不觉过去了快两个月。医生给他开的诊断书的假期快满了。赵保真想回城里去了。临走的前一天，赵保真又在村子当街上遇见了李公安一次，李公安瞧着他说："你的气色看上去好多了。"李公安没有闻到从院子里飘出来的汤药味儿，那股味道总是让李公安想好人天天喝那样的汤药也会喝坏的。

　　"是的，好多了。我明天就回县里去了。"他说，又好心地问他，"你有没有什么事？"

　　"没有，没有。"

　　隔了一会儿，见李公安不提打井人的事，他主动地问道："打井的刘把式有下落了吗？"

　　"没，还没有。"李公安答着，脸上显出一副愧慌的样子。

　　"那么个大活人，总不至于像苍蝇一样说飞就飞得无影无踪吧？"

　　"谁说不是呢？真他妈的……"李公安脸上又露出了气愤的神色。

　　"不要紧的，总会找到的。"他安慰了李公安一句。

　　李公安像条跑累了的狗，垂着头拖着疲倦的身影走了。

　　村子里的那几棵柳树已绿叶成荫了，有几个光着脚的孩子和两条狗在树荫下玩耍，他们在玩弹泥球，这种游戏赵保真小时候也玩过。他痴痴地呆望上半天。

　　第二天他走时，是二弟保水送他出村的。兄弟俩一前一后沉默着脸走出村口来。保水低头走在后面，手里提着一个装满葵花子儿的布兜。两人去了坟地，给爹娘拜了坟。从坟地里出来，保真停下了脚步，回头向坟地里望去，坟地里村长家的祖坟里又多出一个坟包来，是村长自己的，看得出修得仓促而又草率，只是一个圆圆的土包，和祖上三座砖石水泥修的坟墓比起来，显得有点儿寒酸。

"听说他不是让打井人打死的。"保水打破沉默瞅着他说。

"哦，是吗？"他眼睛还在望着那边。

"村里人和他有仇的很多，谁也难摸清是哪个干的。"

"哦，是吗？"

"狗日的，我还想杀了他呢。"保水悻悻地说。

他移下目光，瞅了保水一眼，就挪开脚步走了。

一路上，两人又沉默起来。

快到通向乡里的岔路口时，保水停下了，把布兜递给他时说了一句："什么时候和嫂子孩子再回来？"

"……哦，哦，看看吧……"他脑子里那会儿在想着别的，听见保水的话，说了一句模棱两可的话，神情看上去有些恍惚。

保水瞅着他的身影拐上了去乡里的路口，凝神望了一会儿。

到了乡里汽车站，他看到小黑板上写着去县城的汽车下午一点钟发车。他来早了，就蹲在候车室外边的一块空地上等起来。中午他觉得肚子饿了，又在车站旁边的小摊上吃了一碗豆腐脑和两个烧饼。

这时候，候车室外边的等车人就多了起来。一会儿，那辆破旧的长途汽车就开进站来。司机是一个年龄和他差不多的中年男人。司机驾驶室车窗上挂着一个晃荡着红穗的小红牌，红牌上写着"好人一生平安"。他恍惚记起这是哪个电视剧的主题曲歌名，电视剧却叫他记不起来了。

车门打开后，人群纷纷互不相让往车上涌。他没有去挤，他想上去也是对号的，挤也是白耗力气。可人们就是有这样一种心理，你挤我也挤，你不挤我也就慢慢上了，乡下人更是如此。车门前疯挤了一阵，慢慢地就空了。

他上车时似乎朝那个忙活了一头汗的女乘务员点头笑了一下，县城长途汽车站属于治安重点区域，他以前似乎见过这个年纪不算轻的女乘务员，女乘务员没有理会他，嘴里嘟嘟囔囔叫几个带大包裹的农民去补票。农民迟迟不动，车就久久不开。车内的人不干了，又吵吵起来，催着快点儿开车，司机表现得很和气，叫人发不起火来。有几个人就冲着误事的农民发怨声。那几个外出打工去的农民这才不得不起身下去补一张客票来。当然回来嘴里免不了嘟囔："这他妈的宰人哪，带个包袱就得起一张整票。"车里没人吱声了，车就开动了。

汽车开出二井乡，车里的人又议论起了别的话题。车厢里的燥热很容易把人们的话题引到对天气的抱怨上。"今年天气算是旱完了。""谁说不是呢？往年的苞米都出得没腿了，可今年你瞧瞧刚刚可怜巴巴没脚面子……"刚才沉默下去的那几个农民又把补票的怨气发泄到对天气的抱怨上，并带点儿幸灾乐祸的样子说："你指望天就等着饿死吧，还是别指望这该死的田地了。"赵保真一边听着他们说话，一边望着窗外，窗外大地里那细细弱弱的苞米秧苗，迎着风哆哆嗦嗦抖动着。有的农民在挑水往地里浇灌。

不管怎么说，土地是农民的命根子呀。总不能都出去打工吧。赵保真想。

长途车是在开过光荣村出事的。这是一个偏僻的小村落，只停一分钟，上来一个青年农民，谁也不知道已坐在车厢里的同伙是从什么地方上车的。他们显然是串通好了。车开出光荣站不久，上来的那个青年农民敲了敲前面的车窗，那个老实的司机就把车停下了，司机以为他把什么东西忘记拿上来。可是他并没有去动车门，而是转过身来苦巴着脸说："各位大爷大娘大叔大婶，行行好吧，家里已经揭不开锅了，天还这么旱，还叫人怎么活下去呀？给点儿钱吧，把兜里的钱都掏出来——"车里的人顿时听明白了，遇着劫车的了。可车里人并没有惊慌，可能看他是一个人，再则看他的样子并不凶恶，说话结结巴巴简直是在乞求人家，这和要饭的有什么两样呢？因此就没有人动，有人甚至还厌恶地扭过脸去。更多的人则是静静地坐在座位上瞅着他，看他下一步怎么办。他被人瞅得恼羞成怒了，换了口气说："再不给钱，我、我可要动手了！对不起各位了！"说着就从怀里掏出一把刀子来，车厢内站出一个中年汉子来，说："慢着，天旱也不旱你一个，大家都不容易，你年纪轻轻咋能动这歪心思呢？"汉子的话似在缓和劝说，语气却透着一股煽动的味道。又有人试图说两句什么来，可后座上喇喇站起另外两个一胖一瘦三十左右岁的男子来，手里摆弄着匕首。胖子轻轻一拍刚才说话的汉子肩膀，汉子就软了，第一个乖乖交上了钱。第二个是女乘务员，女乘务员连同装钱的皮夹包一起交给了他们。人们像绵羊一样任他们搜着，好像刚才挤车那会儿不是他们，或者力气都在挤车时用光了，变成了哑巴。那几个被罚票的农民有一个哀求地说："行行好，我身上只带够了盘缠钱，刚才罚票已罚光了，要不把东西给你们吧。"他知道那三个家伙不会要东西的。一个家伙拽掉了说话的农民裤子，在内裤兜里搜出两张十元钞票来。另外几个人就乖乖地把藏在贴身裤衩里的钱都拿了出来，免得叫他们脱裤子。

　　一切都是在不动声色中进行的。那个老实的司机老老实实坐在自己的座位上，从后视镜子里看着这一切，心里在祷告老天爷，叫他们快点儿结束，好叫他把车开走。在这荒郊野外多停留一分钟，谁知道接下来会有什么事情发生呢？

赵保真坐在车厢后面的座位上，神情茫然地打量着这一切。开始他也像别人一样没弄明白发生了什么事。那三个人看上去是地地道道的农民，这三个农民可能昨天还在自己地里干活儿，今天就扔下锄头出来抢东西了，是什么让他们变成这样呢？赵保真真有点儿想不明白，难道他们就不怕去坐牢吗？就不怕永远失去土地，还有老婆和孩子吗？那一胖一瘦的农民肯定成家了。这一刻赵保真想起了自己的老婆和孩子，因为他看到他前面坐着个抱小孩的妇女惊吓得张大了嘴。他们这会儿在家干什么呢？显然不像这个妈妈和孩子一样惊得张大了嘴，眼睁睁地看着眼前发生的罪恶肮脏的一切。

　　三个人笨手笨脚的样子，使他们搜得很慢。农民的本性使他们连一块钱也不放过，赵保真瞧见那个最年轻的劫匪弯下腰去把掉在座椅下的一块钱纸币也拾了起来。他们这个样子也叫赵保真和前边的司机生出一样的担心来。赵保真也不愿意看到流血的事情发生。而他们抢去的钱都会被追回来的，凭他的经验知道，这三个初次干这活儿的家伙不会把手里的钱焐热到明天早上的。他们肯定是这附近村子的。

　　"我的钱是不会给你们的，我的钱是进城给孩子看病的，你没看见他在发烧吗？"前排座位上的妇女发话了，她显然已消除了先前的紧张和恐惧。

　　正搜到这里的那个年轻一点儿的家伙愣了一下，停住了手，不知所措地看着她……又不知所措地看着他的两个同伙。他身后的两个同伙也是一副不知所措的样子，呆呆地站在那边望着。

　　"给钱！"他恶狠狠地说了一句，似乎为刚才一瞬间的心软而后悔，并示威地晃了一下手里的刀子，似乎要压住这个女人的怒气和不满。

"你别想，除非你杀了我……"妇女并不害怕，她也看出了他刚才的胆怯。说话的家伙刚才那双闪动的眼神里流露出更多的是不安和恐惧。

沉默。车厢里像被什么东西窒息住了。

恐惧和疲惫这一刻在这个年轻歹徒身上发生了变化，他受不了了。他突然扔掉了手里的钱袋，张大了嘴疯喊出一句什么，举起了刀子……没等他的刀子落下去，一个人的身影挡在了他面前。

赵保真像装着棉花的麻包软绵绵地倒在了妇女的脚下。妇女的尖叫声和那个年轻歹徒的惊叫声同时向他耳朵里撞来："杀人啦！""我杀死了他……"

那两个同伙像兔子一样撞开车门，跳下车去，眨眼工夫便逃得无影无踪。

车颤巍巍开动了。赵保真颠簸着渐渐疲惫地合上了眼皮，脑神经停止的一刹那，他在想一件事，幸亏这趟回来没带着老婆孩子……

赵保真成了烈士，荣立了一等功。

赵保真是在休病假期满的前一天死去的。治安二队的吴兴跃队长在向局长汇报这件事时，特意强调了这一点。因为他是让局长考虑他并不是在执行公务中牺牲的。局长听出了他的意思，就火了："难道他带病同歹徒搏斗的精神不更可嘉吗？"吴队长唯唯诺诺连连点头称是，就无话可说了。局长又问起吴队长："他当时为什么不开枪呢？他没带枪吗？"吴队长只好老老实实地说："他当时是在休病假期间，枪按规定收回来了。"局长听了也变得无话可说了，因为局里规定凡是因私休假的，武器一律交回局里。据说当初还是局长自己给规定的。

吴队长回到自己办公室里还在想，当初如果让他带枪回去，会不会出什么事呢？

赵保真死后，赵保水来过县里一次，他要求把赵保真的骨灰迁回乡下去安葬。县民政局没有同意，说烈士的骨灰都要统一安葬在县城烈士陵园里。因此，赵保真的骨灰就安葬在县城东角的烈士陵园里了，修了一个很大的墓碑。赵保水也去看过了，比村长家墓地所有的墓碑都要大，而且四周还摆满了花花绿绿的花圈。

赵保水就蔫蔫地一个人空着手回去了。

回到村子里，他走到爹娘的坟前，跪了下来，久久方才从心里吐出一句话来："爹，你可以闭上眼睛了……"

图书在版编目(CIP)数据

诱惑 / 王鸿达著. — 北京：中国文史出版社，
2020.2

（中国专业作家小说典藏文库·王鸿达卷）

ISBN 978 - 7 - 5205 - 1420 - 0

Ⅰ. ①诱… Ⅱ. ①王… Ⅲ. ①中篇小说 - 小说集 - 中
国 - 当代 Ⅳ. ①I247.5

中国版本图书馆 CIP 数据核字（2019）第 245046 号

责任编辑：卢祥秋

出版发行：**中国文史出版社**

社　　址：北京市海淀区西八里庄 69 号院　　邮编：100142
电　　话：010 - 81136606　81136602　81136603（发行部）
传　　真：010 - 81136655
印　　装：北京东君印刷有限公司
经　　销：全国新华书店
开　　本：720 × 1020　1/16
印　　张：19.25　　　字数：224 千字
版　　次：2020 年 2 月第 1 版
印　　次：2020 年 2 月第 1 次印刷
定　　价：63.00 元